至誠の残滓

矢野　隆

集英社文庫

目次

至誠の残滓

序

元治《げんじ》元年六月五日　未《ひつじ》ノ刻　京壬生《みぶ》　前川《まえかわ》邸

「あの商人、やはり浪士とつながっていたか」

そう言って原田左之助《はらださのすけ》は口の端に笑みをたたえた。縁廊下に足を垂らして座りながら、背のほうにまわした手で上体を支えている。肩越しに見える部屋のなかは薄暗く、そこに座るふたりの男の顔が影になっていた。

左之助から見て右方に座る小柄な男が口を開く。

「古高俊太郎《ふるたかしゅんたろう》……。奴《やつ》が武士だったころの名だそうだ」

「長州者か」

問うたのは、小柄な男の隣に座っている男だった。細身であるが衣の上からも鍛えあげられた身体《からだ》付きであることがわかる。

「いいや。大津の生まれだそうだ。が、炭屋の顔の広さを利用して、長州の不逞《ふてい》浪士たちの間者《かんじゃ》を務めていたようだ」

「弱みがあったのか」

「いいや、尊王《そんのう》攘夷《じょうい》の志のためだとよ」

細身の男に、小柄のほうが鼻で笑いながら答えた。

左之助はふたりから顔を逸《そ》らして、天を仰いだ。梅雨明け間近の青空を、群雲が流れてゆく。

「けっ、なにが尊王攘夷の志だ。少し脅されたくれぇで、仲間たちのこと洗いざらい吐いちまいやがって」

「お前はそう言うが、副長の拷問を見たら、吐いちまうのも無理はねぇ」

声を震わせて言った小柄な男のほうに、左之助は顔だけをむける。

「そんなに凄《すご》かったのかよ」

「そりゃ、もう……」

大袈裟《おおげさ》に肩を震わした小柄な男に、細身の男が冷淡な言葉を浴びせかける。

「どのような拷問でも吐かぬ者は吐かぬ。けっきょく痛みに敗れたということは、左之助の申すとおり、其奴《そやつ》の志はその程度であったということよ」

「そ、そりゃお前や左之助なら、どんな拷問にも耐えられるかも知れねぇが、手足すべての爪の先から釘《くぎ》さされて、身体じゅうの出っ張ってるところを五寸刻みにされちゃ、普通の者は吐いちまう」

「仲間にとっちゃ、気が触れちまってたほうが良かったのによ」

「たしかにな」

左之助の軽口に細身の男が同調する。二人の意見が合うなど珍しい。というより、左之助はこの男と馬が合わない。意見が合ったことに、左之助自身が不機嫌になる。

細身の男がむけてくる酷薄な視線から逃れるように、ふたたび空を見上げた。灰色の雲が右から左へと流れてゆく。ぎらついた陽光が、雲の切れ間から差し込み、左之助の目を突いた。

「へぇっくしょいっ」

腹の底から吐き出した声とともに、くしゃみをする。細身は舌打ち、小柄は驚きの声で左之助に応えた。

「済まねぇ」

「本当にお前は張り詰めるってことを知らねぇな」

呆《あき》れたように小柄な男が左之助を叱りつける。

「張り詰めたってどうにもならねぇだろ。ていうか、人を突き殺す時に張り詰めてたら、身体に力が入って上手《うま》く行かねぇもんな」

言って細身のほうを見る。

「あぁ、仕損じると手負いになって危うい」

またも気が合った……。

隊士は三十人あまり。そのなかでこの三人だけで語るなど、一度あったかどうかだ。

居たたまれない気持ちになって、左之助は立ち上がる。

「とにかく今晩、都のどっかに不逞浪士たちが集まるんだな」

「そういうことだ」

小柄な男が答え、その後に細身の男が続ける。

「左之助、お前と俺は井上《いのうえ》さんの隊だ」

「なんでぇ、お前ぇ《め》と一緒かよ。近藤《こんどう》さんと土方《ひじかた》さんは」

「それぞれ隊を率いる」

「永倉《ながくら》や総司《そうじ》は」

「近藤さんの隊だ」

「ええぇ、じゃあ俺も近藤さんの隊がいい」

「餓鬼みたいなことを言うな」

ふたりの問答に割り込んだ小柄な男が、左之助をたしなめる。

「もう、決まったことだ。お前と斎藤《さいとう》は、源《げん》さんの隊だ」

「わかったよ山崎《やまざき》のおっさん」

細身の斎藤が立ち上がった左之助を見上げながら三日月のように口を細く吊《つ》り上げて笑った。

「不逞浪士たちを一網打尽にして、新撰組《しんせんぐみ》の名を天下に轟《とどろ》かせる良い機会だ。抜かるんじゃないぞ」

「へぇ、お前ぇにも、新撰組がどうとかこうとかって想《おも》いがあるんだな。知らなかったぜ」

「茶化すんじゃねぇ」

山崎と呼ばれた小柄な男が、左之助を叱る。

「俺たちは新撰組の隊士だ。組を想わねぇ奴などいるわけがないだろ」

正論を言われて、左之助は言葉に詰まった。いまさら斎藤に謝るのは、癪《しゃく》に障る。だからといって山崎に謝るのも筋違いな気がする。だったら選ぶ道はひとつしかなかった。

「足引っ張るんじゃねぇぞ」

憎まれ口を叩《たた》いて立ち去るのみだ。

「御主《おぬし》のほうこそな」

大股に縁廊下を歩く左之助の背中に斎藤の声が届く。

言い返さなかった。

至誠の残滓

明治十一年八月二日　午前十時　東京駒込蓬萊町《ほうらいちょう》

腹立たしいほどの暑さで、脳天が焼けるようである。

これがまだ午前中……。

午後はいったいどこまで暑くなるのかと〝詮偽堂《せんぎどう》〟主人、松山勝《まつやままさる》は思わず溜息《ためいき》を吐《つ》いた。

掌《てのひらご》越しに仰ぎ見た空が、真っ青を通り越し白く霞《かす》んでいる。十日ほど前からしきりに鳴き出した蟬《せみ》の声が、苛立《いらだ》つ心をいっそう荒らげてゆく。この辺りは寺が多い。どこもかしこも木々に覆われている。その所為《せい》で蟬の鳴き声も騒々しいを通り越して、けたたましい。

だいたい今日は、目覚めがすこぶる悪かったせいで、朝から機嫌が悪かった。

「なんだあの夢は、ったく」

昔の夢を見るなんて初めてのことだった。

なにやら嫌な予感がする。

「こりゃ今日は、店開けねぇほうがいいかもな」

松山は古物を商っている。空を仰ぐその背中の向こうにある間口二間《けん》ほどの小さな店の中には、年代すら定かでない有象無象の商い物が溢《あふ》れかえっている。そのうちの三割ほどは、商っている松山ですら正体の解《わか》らぬ物である。

もともと商人ではない。古物商になりたかった訳でもないし、自分が商いに向いていると思ったことすらもないのだ。気付いたら商人になっていた。成り行きだ。

奉公人などおらず一人でやっているから、やる気がなければ何時《いつ》でも休むことができる。無理して開けて、せっかく来た客に悪態を吐いて逃がしてしまうより、気持ちが乗らない時は閉めたほうがいい。

「釣りにでも行くか」

つぶやいた松山の耳に、昼でも薄暗い店の奥から、咳《せき》をする女の声が聞こえてきた。喉の奥に厄介な閊《つか》えがあるようで、喉が飛び出してしまうのではないかと思うほど激しい咳である。

瞼《まぶた》を閉じ、頭を左右に振った。白色に染まった陽光に背を向け、敷居を跨《また》いで湿った店内へと足を踏み入れる。途端に松山の身体を薄闇が包み、それまでよりも強い響きで女の咳が耳朶《じだ》を打った。

商人になって十年あまり。未《いま》だにこの埃臭《ほこりくさ》さには慣れない。

蔵と母屋《おもや》が繋《つな》がった家の、蔵の部分を店として使っている。表通りに蔵が面しており、その中央を突っ切るようにして奥にある母屋と接続している。店となっている蔵は二階建て、母屋のほうは平屋だ。松山が譲り受けた時には、すでにこういう形に納まっていた。

一面土間の一階部分に種々雑多な棚が置かれ、陶器、漆器、農具、武具、馬具、玩具、刀剣、古着などなど、多くの古物が所せましと並べられている。

店の入り口から裏の母屋まで繋がる直線上にだけ棚は置かれておらず、松山はそこを通って母屋へと向かっている。途中、母屋と接続する辺りに土間より一段高くなった板間が二畳ばかり設けられており、その上に帳場がある。

帳場を通り過ぎ、母屋と店を仕切る敷居を跨いだ。店から入ると母屋の裏口となっており、小さな土間とちょっとした上《あ》がり框《かまち》がある。その先に廊下があって、突き当たりの障子が閉まっていた。咳が聞こえているのは障子の向こうだ。土間に草履を脱ぎ、廊下に上がって障子に指をかける。咳をする女の意識を逆撫《さかな》でしないように、努めて緩やかに開いてゆく。

障子紙の向こうに、白く透き通った肌の女が伏せっていた。あまりの苦しさに耐えきれぬようになったという風情で、布団から上体を持ち上げ俯《うつむ》いている。両手で顔を覆っているのは、止まらない咳をなんとか押し留《とど》めようとしているためだ。

「大丈夫か」

松山は言いながら丸まった背に手を当ててさすった。それから心の中で、自らが吐いた言葉を自嘲する。

大丈夫な訳がない……。

女の喉から止めどなく溢れてくるのは、乾いた咳だ。性質《たち》の悪い病に侵されているのは明白である。それのどこが大丈夫だと言うのか。それでも松山は、大丈夫かと尋ねることしか出来ない。そしてそんな自分の言葉の拙《つたな》さに、毎回うんざりする。

松山が無粋な問いを投げた後、女が返す言葉はいつも決まっていた。

「大丈夫です」

咳《せ》き込みたいのを必死に留め、松山に答えるためだけに無理に笑顔を作ってみせる。

細い肩越しに見せるその儚《はかな》げな微笑が、松山の心を一層暗澹《あんたん》とさせた。

「医者を呼ぼう」

「ちょっと風邪が長引いているだけですから、数日寝ていれば治ります」

「そう言ってすでに半月は経《た》つじゃねぇか」

「今年の夏風邪はしつこいようで、裏のお千代《ちよ》さんも十日ばかり寝込んでいたじゃありませんか」

一気に語った所為で肺腑《はいふ》に無理をさせたのか、女が再び激しく咳き込みだした。

風邪の咳ではない……。

「お皐《こう》」

女の名を呼んだ。

「私は大丈夫です」

お皐はそう言って満面に笑みを浮かべる。

芯の強い女だ。大丈夫だと言ったら、梃子《てこ》でも動かない。医者に見せるなどと言っても聞きはしないだろう。この家に金がないことを一番解っている。医者にかかれば金がかかるから気丈に振る舞っているのだ。

「しかし」

「あと数日こうさせていただければ、必ず治りますから」

力強くうなずいたお皐の目が松山の背後を見た。

「あら……」

お皐の視線が、開け放たれた障子の先へ注がれている。

「お客様ですよ」

「こんな日和《ひより》に昼日中から古物なんざ見に来る奴なんてろくな奴じゃねぇさ」

「旦那様」

強い口調でたしなめるお皐の指が、店のほうを指している。

不満を露骨に示すように口をへの字に曲げ、松山は振り向いた。薄暗い店内に確かに誰かいる。細身の男だ。洋装である。

「さぁ、旦那様」

お皐の左手が松山の掌に触れた。

「解ったよ」

嬉《うれ》しそうにうなずくお皐を布団に寝かせ、松山は部屋を出た。後ろ手で障子を閉め、廊下を越えて土間の草履に足を入れる。そのまま敷居を跨げば、そこはもう詮偽堂の店内だ。

「いらっしゃい」

それだけ言うと帳場となった板間に腰を掛けた。板間の高さは、五尺七寸（一七〇センチあまり）の松山がちょうど落ち着けるくらいのものだ。

大抵の場合、松山は客に一声かけると、ここに座って黙っている。そして相手の出方を待つ。多種多様な商い物を扱う店である。客もまた千差万別。こちらから押して攻めるより、身を引いて相手の出方次第で対応を変えるくらいの受け身であったほうがいい。

〝古道具屋ってのは手前《てめ》ぇからほいほい喋《しゃべ》るもんじゃねぇ〟

先代の親爺《おやじ》からの教えだった。この教えを松山は十年もの間、忠実に守っている。そもそも商売などしたことがない素人である。先代の想いに感銘を受けたというよりも、言われたことを忠実に守るしか術《すべ》がなかったというほうが正しい。

松山の視界の端で、客が品物を見ている。刀だ。御一新の後、刀はめっきり売れなくなった。徳川慶喜《とくがわよしのぶ》が大政を朝廷に奉還し、帝《みかど》が京から東京に移り住み、武士は過去の遺物となった。そして二年前に廃刀令が発布され刀を帯びるという行為すら禁じられてしまうと、無用の長物となった刀を買い求める者などいなくなったのである。この御時世に刀を見る者など、余程の好事家《こうずか》か、何やら良からぬ企みを抱いているかのどちらかである。

見るでもなく視界に留めながら、客をうかがう。

糊《のり》の利いた灰鼠《はいねず》の洋装に身を包んだ細身の男である。背は幾分、松山よりも高い。五尺七寸の松山よりも身長が高いということは、かなりの大柄である。

松山は胸の奥に不穏な気配を感じていた。その原因は、この客にある。今朝見た夢の男と、この客の後ろ姿が重なるのだ。

そんな訳がない。奴が俺の居所を知る訳がない。心につぶやき、嫌な予感を振り払う。

男は無造作に並べられた刀を一本一本確かめるように抜いている。そうして数本に一本、目に留まった時だけ真剣に刃先から鍔元《つばもと》までゆっくりと眺めて、小さな溜息を吐くとすぐに鞘《さや》に納めて元の位置に戻す。全ての刀を見終わったのと、男が口を開いたのは同時だった。

「この程度の品物で商売になるのか左之助」

予感が確信に変わった瞬間だった。

男は背を向けたまま、松山の名を呼んだ。今の名ではない。昔のものだ。松山勝という名はこの店を受け継いだ時に仕立てた名前だ。本当の名は別にある。

「やっぱりあの夢はそういうことだったのかよ……」

松山のつぶやきが聞こえなかったのか、男は平然と言葉を吐く。

「永倉と共に貴様が隊を離れた時が最後だから、かれこれ十年ぶりか」

「今頃何しに来やがった」

男の背中に語り掛ける。

「それが久方振りに会った友への言葉か」

男が振り向いた。

酷薄な気性が存分に滲《にじ》み出た蛇のごとき瞳。天から獲物を狙う鷹《たか》の嘴《くちばし》のように尖《とが》った鼻。捕えた鮭《さけ》を骨ごと喰《く》らう熊のそれのような厚ぼったい唇。全てが今朝の夢の男の顔貌と合致していた。

「その余裕と皮肉に満ちた物言い……。相変わらずだな斎藤」

男の名を呼んだ。斎藤と呼ばれた男は、松山の言葉に返すように厚い唇に微笑を浮かべる。

「今は藤田五郎《ふじたごろう》と名乗っている」

「警官なんだろ」

「山崎か」

「そこまで知ってんのかよ」

松山の言葉に、斎藤がより一層妖しい笑みで応えた。

松山の四つ下。数えで今年三十五だ。歳下《としした》とは思えぬほど、斎藤の物腰には貫禄《かんろく》があった。十年前、いやもっと前からだ。江戸の片隅の道場で知り合った頃から、この男には妙な貫禄があった。

「貴様に頼みたいことがある」

「久方振りに会った友に、いきなり頼み事たぁ、どういう了見だ」

「なにかと入用なんだろ」

斎藤の蛇のような目が、店の奥にある母屋へと向いた。

「盟友であった永倉と袂《たもと》を分かってまで手に入れた御内儀だ。死なせると後悔するぞ」

「相変わらず人の急所をずけずけと突いてくる野郎だな手前ぇは」

斎藤の襟首を思わず摑《つか》んでいた。じりじりと捻《ね》じり上げられながらも、斎藤は不敵な笑みを浮かべて見下ろしている。

「貴様の力が借りたいのだ。元新撰組十番組組長、原田左之助」

明治十一年八月三日　午後九時　東京駒込蓬萊町〝詮偽堂〟二階

「そんな事まで知ってやがったのか」

目の前に座る男が、つぶやくとともに手にした猪口《ちょこ》を唇に当てた。縁まで満ちていた酒がきれいになくなるのを見届けてから、左之助は徳利の酒を男の猪口に注《つ》いだ。

詮偽堂の二階は物置である。先代の頃から集まった商い物が、至る所に乱雑に散らかっていた。いつかは整理しなければと考えながら、すでに十年が過ぎている。

足の踏み場もない床に、古い鎧櫃《よろいびつ》が幾つか転がっている場所がある。そこは二、三人ならば櫃の上に座って酒が呑《の》めるようになっていた。左之助と男はそれぞれ別の櫃の上に座り、重ねた長持の上に徳利と肴《さかな》を並べて呑んでいる。明かりと言えば百目《ひゃくめ》蠟燭《ろうそく》の焰《ほのお》だけ。朧《おぼろ》げな灯明に照らされた古物に囲まれていると、今にもこの世の物ならざる物が現れそうな怪しさがある。

しかし二人はそんな雰囲気などに呑まれるような玉ではない。本当に恐ろしい物は狐《こ》狸《り》妖怪の類ではないことを、身に染みて理解している。

「お前の事も知っていた」

「俺の職についてもか？」

「売れない新聞錦絵の記者だって言ってたぜ」

「あの野郎、〝売れない〟って言いやがったんだな」

「その通りじゃねぇか」

「うるせぇ」

男は悪態を吐くと、器の上の鰯《いわし》を取って頭から齧《かじ》りついた。

「俺は鳥羽伏見の後、死んだことになっている。あの野郎を最後に見たのは会津だった。その間、気付かれたようには思えなかったが」

目の前の男は高波梓《たかなみあずさ》などと名乗っているが、昔の名は山崎烝《すすむ》という。

「鳥羽伏見で敗れ、江戸へ戻ることになった時、近藤さんと土方さんは俺に言ったんだ」

「御主《おぬし》はここで死に、闇に潜め。そして新撰組を陰から見張るんだ、だろ。何回も聞いて覚えちまったじゃねぇか」

山崎は左之助の七つ上だ。

「あの頃の俺は、あんたはてっきり江戸に帰る船の上で死んだと思ってたんだぜ」

山崎は新撰組が江戸へ戻る船の上で隊士たちに見守られながら水葬されている。

「近藤さんと土方さんしか知らない事だったからな。お前と永倉が隊を抜けるって時も、俺は事前にお前らの裏切りを摑んでいたんだ。土方さんに指示を仰ぐと、二人を生かしておけとあの人は言った。だからお前は今こうして生きていられんだぞ」

「はいはい。何度も聞いた。何度も聞いた」

言いながら左之助は空になった山崎の猪口に酒を注いだ。

「で、あの野郎は今さら何を言ってきやがったんだ」

「ある士族を調べて欲しいだとよ」

山崎が肥え太った毛虫のような右の眉を思いっきり吊り上げながら左之助を睨《にら》んだ。

「調べ物を頼むのが俺じゃなくて、なんでお前なんだよ」

諸士調役兼監察。

新撰組に在籍していた頃の山崎の役職である。山崎は監察として不逞浪士の探索だけではなく、隊士たちの素行を密《ひそ》かに調べて近藤や土方ら組の中枢へと報告するという役目を負っていた。そしてそれを忠実にこなし、特に土方から厚い信望を得ていたのである。

「どうしてお前ぇなんだ……」

不思議そうに山崎がつぶやいた。

「俺のほうがあんたよりも弱みに付け込めるからじゃねぇのか」

「お皐ちゃんか」

「あぁ」

「あの野郎っ」

山崎が目の前に転がる鎧櫃を蹴り飛ばした。中に入っている鎧が、激しい音をたてる。

「一応、売り物だぞ」

「何が入ってるのかも知らねぇ癖によく言うぜ。それよりあの野郎、お皐ちゃんの病気の事まで調べ上げて、その上でお前ぇに話を持ってきたって訳か」

「そうだ」

「奴はこの前の九州での戦争じゃあ、旧幕時代の士族どもを斬りまくって手柄を立てたそうじゃねぇか。新政府の犬に成り下がっただけでは飽き足らず、昔の仲間まで駒に使おうって腹か」

「奴にとっちゃあんたもその駒のひとつさ」

怒りで我を失っている山崎が、殺すような目で左之助を睨んだ。殺気が宿る視線を逸らすようにして、左之助は酒を呑んでから言葉を繋いだ。

「新政府のお偉方は薩長《さっちょう》の人間ばかりだ。奴等《やつら》にとって俺たちのような新撰組の生き残りは、復讐《ふくしゅう》してもし足りねぇほど憎らしい相手だ。それが二人も東京で生きているって解れば、どうなる」

「だったらあの野郎も一緒だろうが」

「あいつはもう新政府の犬だ。手懐けた飼い犬には薩長の人間たちも興味はねぇさ」

「糞《くそ》ったれ」

空になった猪口に目を落とす山崎の肩が大きく震えている。

「で、斎藤が調べろと言ってきた士族ってのは、一体《いって》ぇどんな野郎なんだ」

「人買いだとよ」

「んだと」

山崎が鰯に手を伸ばしながら睨んだ。話の先を促す相槌《あいづち》に応えるように、左之助は続ける。

「この御時世に乗った侍共は、大体あくどい事をして稼いでやがる。そいつもその一人だ」

御一新以降、禄を失った侍の大半は、金を稼ぐことを知らぬため没落を余儀なくされた。多くの侍が路頭に迷い、家族は離散し、僅《わず》かな財産さえ奪われた。そんな中でも時代を機敏に捉えた者たちは、元侍という立場を利用して新政府に取り入るか、人脈や伝《つ》手《て》を使って金を儲《もう》ける道を選んだ。

「元長州藩の士族、塚本新八《つかもとしんぱち》」

「それが的《まと》の名前か」

新撰組に居た頃のような口振りで山崎が問うた。左之助はその懐かしい響きに、妙に胸が躍るのを抑えきれずにいる。

「その塚本とか言う成金士族が、人買いを生業《なりわい》にしてるからって、どうして俺たちが調べねぇとなんねぇんだ。そんなことはそれこそ官憲の仕事だろうが」

「塚本は元長州藩の士族だ。明治政府の中にもかなり広い人脈を持っているんだとよ。だから警察がおいそれと手を出せる相手じゃねぇらしい」

「しかし調べるってのが解らねぇ」

あくまで納得がゆかぬという様子で、山崎が詰め寄る。

「俺たちの素性だけじゃなく、お皐ちゃんの病まで調べ上げたあの斎藤だぞ。京に居た頃を思い出してみろ。伊東《いとう》たちが隊を割った時なんか近藤さんと土方さん直々の命で、奴等に潜り込んで内情をつぶさに報告し、伊東たちが死んだ後は平気な顔をして隊に戻っていたような奴だぞ。密偵としてのあいつの手腕は俺も認めてる。そんな斎藤が、たかだか人買い一人調べ上げられねぇ筈《はず》がねぇだろ」

山崎がまくしたてる。

「それに調べ上げた後はどうすんだ。結局、斎藤に報告するってんなら、奴が調べるのと一緒じゃねぇか。そんな事が俺たちの首とお皐ちゃんの病を利用してまでやりてぇ事なのか」

「俺には野郎の腹積もりなんざ解んねぇ。だが奴は確かにそれだけを言って店を去った」

もともと左之助は、小難しい事を考えるのが得意ではない。その上こうやって理詰めで責め立てられると、全てをひっくり返してしまいたくなる癖がある。頭を使うよりも身体を使うほうが何倍も得意なのだ。

「とにかく、その塚本って奴を調べる。手を貸してもらいてぇ」

調べたらそれなりの報酬を払うと斎藤は約束した。お皐を医者に診せるためにも、斎藤の申し出はこの上なく有難い。今はなんとしても金がいるのだ。

「まぁ、お前には恩があるから何があっても断るつもりはねぇが」

蝦夷《えぞ》で土方が死んだ後、山崎は身一つで江戸まで流れてきた。ある日、山崎は偶然、詮偽堂の前を通りかかった。声をかけたのは左之助である。それから数か月、山崎が〝高波梓〟という仮名で新聞錦絵の記者という職を得るまでの間、この二階で養っていた。それが山崎の言う恩である。

「済まねぇ」

深々と頭を下げた左之助の耳に、母屋のほうからお皐の咳き込む声が聞こえてきた。

明治十一年八月六日　午前十時三十分　東京赤坂丹後町

この年の七月二十二日というからまだ二週間程前の事である。明治政府によって公布された郡区町村編制法によって、この辺りは赤坂区と呼ばれるようになる。もともと武家屋敷が建てられていた土地であり、大名家の屋敷なども多かった場所だ。明治となった今でも官人や軍人の邸宅が大半を占めている。

不釣合いな場所に来てしまった何とも言えない居心地の悪さを感じながら、左之助は赤坂の街を歩いていた。赤坂離宮の巽門《たつみもん》のほうから、青山御所に折れるようにして曲がる。そのまま次の曲がり角を左に折れて南に進むと、左手に陸軍の施設が見えてくる筈だ。

その手前に左に曲がる道がある。それを曲がって少し行くと目的の場所が見えてくるというのが山崎の説明だった。

路地を進んで専修寺《せんしゆうじ》という寺の側に一際大きな洋館があるらしい。それが塚本新八の邸宅だと山崎はいう。

山崎の調べでは、塚本という男は田舎から売られてきた女たちを女衒《ぜげん》から買い取って、それを外国に売り飛ばしているという。それを斎藤は〝人買い〟という言葉で評したのだ。

塚本という男が気に入らなかった。場合によっては斎藤に無断で、殺してやろうかなどという仄暗《ほのぐら》い感情すら芽生えてきている。

だから塚本の顔を、自分の目で見ておきたいと思った。もしかしたら自分の獲物になるかも知れない男である。顔が解らなければ殺すに殺せないではないか。

目の前に寺が並んでいる。恐らくそのひとつが専修寺なのだろう。などと考えながら歩いていた左之助の左手に、豪奢《ごうしゃ》な建物が姿を現した。

広大な敷地を囲う赤煉瓦《あかれんが》の小高い塀よりもなお高く聳《そび》える白亜の洋館。左之助に見えているのは二階部分なのだろうが、どんな巨人が住んでいるのかというくらいに高さがある。その二階部分を貫くようにして屋根を支える太い柱が、等間隔に十本並んでいた。

この屋の主《あるじ》の莫大《ばくだい》な富を、異国の砦《とりで》のごとき威容が厳然と誇示している。

溜息が零《こぼ》れるのを抑えきれぬ左之助は、締めつけられて苦しい襟元に手をやった。赤坂の街に馴染《なじ》むようにと、慣れない洋装をした所為で、襟の締めつけに苦しんでいる。

そのうえ照りつける日差しに逃げ場のない洋装の中で汗が熱せられ、熱気に変わってゆく。首から下が蒸された饅頭《まんじゆう》のようになって、この上なく心地が悪い。

塀にもたれ掛かりそうになる身体をなんとか保ちつつ、表門に向かって歩く。

その時だ。

背後から蹄《ひづめ》が土を蹴る音が聞こえてきた。しかも二頭。その後ろからは滑車が忙《せわ》しなく回るような音と、石を弾《はじ》くような音も聞こえてくる。

馬車……。

　思った時には背を塀に預けるようにして道を空けていた。凄《すさ》まじい勢いで馬車が目の前を通り抜けてゆく。車体に切られた硝子《ガラス》窓から男の顔がのぞいている。達磨《だるま》のようにぎょろりと大きい瞳が、左之助を一瞬だけ睨んだ。まるで道端に落ちている塵《ごみ》でも見るかのように、感情の全くない目で左之助を見た男は、すぐに顔を前方に戻し通り過ぎていった。

　馬車が洋館へと入っていく。いつの間にか開かれていた門扉が、馬車を迎え入れてゆっくりと閉まるのを左之助は呆然《ぼうぜん》と眺めていた。

「塚本新八」

　束の間《つかのま》に見た男の顔を脳裏に思い浮かべながら、左之助はつぶやいていた。

　まるまると肥え太った脂ぎった顔に、爛々《らんらん》と輝く丸い目玉。鼻の下と顎を包み込む豪壮な髭《ひげ》に、威厳が満ちている。

　富裕という形容がなんとも様になる、嫌な顔だった。

明治十一年八月六日　午後八時二十分　東京駒込蓬萊町〝詮偽堂〟二階

「で、何もせずに帰ってきたってのか」

「別に俺がするこたぁ、なんもねぇだろ」

「だったら行く必要もねぇだろうがよ」

呆れたといった様子で、山崎が酒を呷《あお》る。それから紬《つむぎ》の袂から巻き煙草《たばこ》を取り出し、燐寸《マッチ》を擦った。深い息と同時に山崎の口から煙が舞う。

「こっちのほうは色々と出てくる、出てくる」

煙草盆に灰を落としながら、山崎は左之助を見た。

「お前、去年の八月に土佐立志社の林有造《はやしゆうぞう》って男が捕まったの知ってるか」

「西南戦争のための武器を調達しようとしてたとかってあれだろ」

「そうだ。林ってのが捕まってから今年にかけて、立志社に関係のあった奴等がばたばたと捕まったんだが……」

そこまで言った山崎が、一度言葉を止めて煙草の火を消した。

「どうもその騒動に塚本も絡んでいたらしい」

「それがどうした」

「そうくると思ってたぜ」

溜息混じりで山崎が続ける。

「すでに立志社の騒動は収まってる。なのに今も塚本は捕まっちゃいねぇ。どうしてだ」

「どういうこった」

「奴を助けた野郎が政府の中にいるからに決まってんだろ」

左之助の額に青筋が浮かぶ。

「奴は人買いだぞ。喰えずに泣く泣く女郎屋に売られた娘たちを、女衒から買い取って異国に流しているような外道だ。そんな奴を助ける野郎が政府の中にいるだと。冗談じゃねぇぞ」

「おっ、原田左之助らしくなってきたじゃねぇか」

茶々を入れる山崎を睨む。

立ち上がらんとする左之助に構わず、山崎は飄々《ひょうひょう》と続けた。

「京に居た頃も、俺が齎《もたら》した情報に最初に怒りで食いついてくるのはいつもお前ぇだった。尊王攘夷だ、討幕だと高尚な題目を唱えてあくでぇ真似《まね》をしてやがる奴等のことを聞くと、お前ぇは真っ先に飛び出していった」

「弱い者を泣かすような奴は許さねぇ」

左之助の目が蠟燭の明かりを受けて輝く。

「女郎は年季が明けりゃあ里に帰れる。だが異国に売り飛ばされちまったら二度と戻れねぇ」

「しかも親がある時ゃ死んだと言って騙《だま》すんだから、始末に負えねぇやな」

山崎がまた煙草に火を点《つ》ける。

「所詮、この世は嘘偽《うそ》り……。誠の旗で生きたお前が辿《たど》り着いた境地だったんじゃねぇのか。嘘偽りの世の中ならば、いっそ何も見ずに生きていく。だから先代の残した名前を捨ててまで〝詮偽堂〟なんて名を付けたんじゃねぇのか」

「五月蝿《うるせ》えっ。今はそんな事言ってる場合じゃねぇんだよ。女が泣いてんだ。助けるのが男ってもんだろが」

「本当に、お前らしくて楽しくなってくるぜ」

嬉しそうに笑う山崎の口から煙が溢れ、天井に向かって昇ってゆく。

「塚本は、武器の闇取引に人買い、阿片の密売に人殺しまで、悪事という悪事に手を染めて金を搔《か》き集める外道だ。しかもその背後には新政府の影がちらついているから性質が悪ぃ」

「気に喰わねぇ野郎だぜ、ったく」

一気に酒を呷った。その引き締まった顔つきは、もはや古道具屋の主人などではない。京の街を恐れさせた十番組組長の顔であった。そんな左之助を冷やかすように、にやけ面《づら》の山崎が調子のいい声を吐く。

「勢い付くのもいいが、俺が調べてきた情報が偽物だったらどうすんだよ」

「お前は友だ。信じる」

「餓鬼の物言いだな」

照れ笑いを浮かべる山崎の口を酒が濡《ぬ》らす。

「で、どうするんだ。もう少し調べて斎藤に報告するか」

「いや」

左之助は立ち上がった。灯火から離れるようにして蔵の端へと歩く。古い書物が並べられた棚と古着が満載の長持が積み上げられている間に手を伸ばし、一本の棒を取り出した。先端を床に付けると、もう一方の先端が左之助の顎先あたりまで届く棒である。左之助は棒の三分の一にあたる場所を左手で摑み、右手は反対側から三分の一にあたる所を摑んだ。そして腰を深く落としながら、腹の底からゆっくりと息を吐く。

左之助の目が闇を睨む。

丹田に溜《た》めた気を尖らせた口から一気に吐き出す。凄まじい勢いで左之助が虚空を突いた。

「女たちが何処《どこ》に隠されてるか調べてくれ」

「お前まさか」

言葉を失う山崎のほうへと振り返り、爽やかに笑った。

「政府の犬どもが手を出せなくても、一介の古道具屋なら嚙《か》みつけらぁ」

「お皐ちゃんはどうすんだ」

「女どもが苦しんでるのを見過ごすこたぁ出来ねぇ」

しばし呆然と左之助を見ていた山崎が、我を取り戻し、ぶるぶると首を左右に振る。

「俺が荒事、苦手なことは知ってんだろ」

「女たちの居所を調べてくれるだけでいい」

「一人で行くつもりか」

左之助の頭が大きく上下した。

「京の都で幾度も修羅場を潜《くぐ》り抜けてきた俺が若僧どもに負ける訳がねぇだろ」

「本気か」

「あぁっ」

激しく答えた左之助の掌中で、樫《かし》の木の棒が甲高い鳴き声を上げた。

明治十一年八月十八日　午後九時三十分　東京深川佐賀町

新堀《しんぼり》のほうから永代橋《えいたいばし》を渡り、北へ向かうとすぐに佐賀町二丁目である。この辺りは御一新の前から倉庫街として栄えた街で、文明開化の御時世となっても変わらず多くの倉庫が軒を連ねている。

左之助は目当ての倉庫の前で、棒の両端から笊《ざる》を下ろした。巡察中の警官に声をかけられて面倒な事にならないために、着流しの頭に手ぬぐいをほっかむり、商売終《じま》いの行商を演じたのだ。手ぬぐいを懐に仕舞い、棒を片手に歩き出す。視線の先には真新しい煉瓦造りの倉庫があった。アーチ型の門の上には〝塚本紡績〟という金看板が赤煉瓦にしっかりとはめ込まれている。

山崎が調べてきた場所はたしかにここだ。

塚本が経営する紡績会社の倉庫に、女たちは捕えられていると山崎が報《しら》せてきたのはこの日の昼前のことである。

「あんまり無理すんじゃねぇぞ。危なくなったらすぐに逃げろ。お皐ちゃんのためにもな」

それだけ言うと山崎は、そそくさと去った。別に当てにしていた訳ではないから、何と言うこともない。

昼の暑さが嘘のように、路地を吹き抜ける風が冷たかった。

小さく身震いした。武者震いだと自分に言い聞かせながら、棒の先端で分厚い門扉を叩く。巨大な梵鐘《ぼんしょう》を打つような音を轟かせながら扉が震える。

中から人が現れる気配はない。

もう一度、叩く。左の扉に、小さな潜り戸が切られている。二度目の音が収まりかけた頃、その潜り戸がゆっくりと中から開いた。

左の肩に棒を抱えた左之助は、潜り戸の向こうから顔を出した男を見下ろす。

「なんだぁ」

細長い馬面が見上げながら言った。月明かりに照らされた男の目鼻立ちが、左之助にははっきりと見て取れる。男には逆光となっているため、左之助の姿は影としか見えていないはずだ。

「ちぃとばかり尋ねたいことがあるん……」

「帰れ」

問いが終わらぬうちに馬面が言った。

山崎の情報は正しかった……。

左之助は不逞浪士たちを思い出す。

後ろ暗い事をしている奴らは事が露見するのが恐ろしいから、外部との接触を極力拒む。相手の素性が解らない場合は、必ずと言っていいほど、何を言っても〝去《い》ね〟か〝帰れ〟を繰り返す。

間違いない。この倉庫では後ろ暗い事をやっている。

「吉原に出入りしている……」

左之助がそこまで言った時、目の前の馬面の口許《くちもと》がわずかに痙攣《けいれん》した。

「ったく、判《わか》り易い野郎だな」

思わずつぶやいた左之助を男が睨む。

「て、手前ぇはどこの……」

言い終わる前に、棒の先端が男の腹に深々と突き立った。身体をくの字に曲げた男は、悲鳴ひとつ上げることなく前のめりになって気を失う。もちろん声を上げさせなかったのは、左之助である。どこをどう打てば人がどうなるか。数々の修羅場の中で十分過ぎるくらい学んでいる。

開いたままの潜り戸へ身体を入れた。

薄暗い倉庫内はジメジメと湿っぽく、所々に配されている灯火だけが、視界を確保する頼りだった。

大門から倉庫の奥まで一直線に通路が通っており、左右には煉瓦で組まれた部屋が連なっている。通路に面している場所に壁はなく、代わりに鉄格子が嵌《は》められていた。

「何だ手前ぇっ」

門と鉄格子の間のちょっとした広間に男たちが屯《たむろ》している。怒号が上がったのはそこからだった。

左之助の姿を認めた男たちが、一斉に立ち上がる。その数、十数人。見張りの男たちだ。塚本のような男に使われている者たちである。どのみち真っ当な奴等ではない。

「ここで何やってんだ」

京に居た頃から左之助が敵に投げる第一声はそれだった。勤王だ佐幕だなどという小難しい理屈を考えることは苦手だ。あの頃も理屈は近藤や土方に任せ、自分は黙って従い動いた。だから敵にかけてやる言葉はこれ以外に知らない。

「何者だ手前ぇ」

男が一人歩いてくる。大きく胸を反らし、顎を突き出している姿に余裕と高慢さが滲んでいた。ぶら下げた左手には鞘に入ったままの刀が握られている。

男の背後に居並ぶ者たちの何人かが、左之助に向かって両腕を差し出していた。

拳銃だ。少しでも左之助がおかしな真似をすれば一斉に引き金が引かれる。

「女を返してもらいに来たぜ」

「なんのこった」

近づいてきた男の顔が、怒りと戸惑いに歪《ゆが》んだ時には、すでに左之助は動いていた。

男との間合いを大きく詰め、己の肩口が敵の鳩尾《みぞおち》に触れるほどに身体を密着させる。

棒は男から遠ざけるように、思いっきり背後に引いていた。間合いが詰まるのと同時に、引いていた棒を相手の鳩尾に向かって突きだす。

「もげっ」

男が悶絶《もんぜつ》して気を失った。左之助の上に覆い被《かぶ》さる格好となる。盾代わりだ。これで男たちは左之助を撃てない。

「この世がどんだけ嘘偽りに塗《まみ》れていたとしてもよぉ」

覆い被さった男を担ぐようにして、じりじりと敵に向かって進んでゆく。

「貫かなきゃなんねぇ誠ってやつぁあるんじゃねぇのかい」

誰に聞かせるでもなくつぶやく。

「う、五月蠅ぇっ」

我を失ったような悲鳴にも似た声で、敵の一人が叫んだ。

「ばっ、馬鹿。止《や》めろっ」

他の誰かが叫ぶ。

銃声。

覆い被さっている男の身体が、悲鳴と同時に大きく揺れた。激痛で気を取り戻した男は、そのまま左之助の身体から飛《と》び退《の》くと床を転げまわる。

見境を失った敵が、撃った。腹が据わっていない証拠だ。もともと罪悪感に苛《さいな》まれていた心が限界を超え、左之助の登場で一気に爆発したのであろう。咄嗟《とっさ》のことに正常な判断すら出来ず、恐れのあまりに味方を撃ったのだ。目先の欲得だけしか考えず、理非の分別など眼中にないからいざ変事となると己《おの》が行為にすら抑制が利かなくなる。行動には必ず覚悟が必要だと自覚する侍ならば、こうはならない。

先刻の銃声は明治という世の悲鳴だ。誰もが欲得のみを考えて生きる。金こそが正義。

「そうじゃねぇだろ」

相対している敵のあまりの程度の低さに、寒々しさを覚えながら左之助は言葉を吐いた。その頃になると、銃声で変事に気付いた檻《おり》の中の女たちが騒ぎ始めている。

「じゃあ、ちゃっちゃと終わらせちまうか」

左に駆けた。

呆然としていた敵が、左之助の動きに気付いた頃にはもう遅い。数発の銃声が倉庫内に鳴り響いた。最初の男となんら変わらない覚悟のない銃撃。当たる訳がない。左の壁にぶつかる辺りで右に折れて、倉庫の奥へと進む。広間が途切れて檻の壁の辺りまで来ると、今度は身体を敵のほうに向けた。広がる敵の姿を前方に捉えると、棒を小脇に挟んで思いっきり体勢を低くする。

悲鳴とともに銃声が鳴った。額の上に風を感じる。

「惜しい」

言った左之助の口許が吊り上がって笑みを象《かたど》る。

目の前に刀を持った男。来るなとばかりに大上段に構え、振り下ろそうとする。

「遅《おせ》え」

刀がまだ自分の顔の前を通り過ぎる前に、突き出した棒の先端が男の喉を激しく圧《お》した。潰してはいない。が、数瞬は息が出来ず、激痛でのたうち回ることになる。この戦いでは使い物にはならない。

またも銃声。どことも解らぬ場所を撃っている。赤煉瓦を削る音が幾度も聞こえた。すでに左之助の棒が二人目の脳天を叩いている。もちろん頭骨は砕かない。皮が裂ける程度だ。鉢を割られてでも掛かってくるような奴等ではない。

これで十分である。

助けを求める女たちの声が、左之助の血を熱くしてゆく。助けを求める弱き者たちの声が、左之助を昂《たか》ぶらせる。

誠……。

忘れかけていた感情が蘇《よみがえ》り、左之助を十数年前の京へと誘う。

浅葱色《あさぎいろ》のだんだら模様の羽織を着て、京の治安を守るため毎夜のごとく血の雨の下を潜り抜けた日々。不逞浪士たちとの死闘の中に、生きているという実感を得ていたあの頃。

誠のために……。

正義を信じ貫いていた昔の眩《まばゆ》い自分が、今の己と重なってゆく。

「来い、来い、来い……」

瞳が爛々と輝き、唇の間から牙が覗《のぞ》く左之助の顔は最早《もはや》一匹の獣であった。

幕末の京を生きた左之助の前には、明治の悪漢など子供同然である。次々と打ち倒され、床に転がってゆく。残りは十人を切っている。

それは、突然だった。

「動くなぁっ」

門のほうから怒声が聞こえた。

男たちがそちらを向いて固まっている。

つられるようにして左之助も門のほうを見た。

開かれた大門から夥《おびただ》しい数の警察官が倉庫内へ入ってきている。

「貴様等、全員逮捕だっ」

一番偉そうな男の号令と共に、警官たちが倉庫へと殺到する。塚本の手下たちが、訳が解らぬといった様子のまま、制服の波に呑まれてゆく。

「斎藤の……」

そこまで言った左之助が、警官たちに取り押さえられた。

「なっ！　ちょ、ちょっと待て俺は……」

いきなり十数人もの警官に周りを囲まれ押し潰されてしまえば、さすがの左之助にも反撃する余裕などなかった。

「斎藤っ。斎藤はどこだっ」

「何を騒いでおるかっ」

馬乗りになった警官の拳が左之助の頬をしたたかに打つ。心地よいほどに打ち所を心得た拳だった。殴るのに一番重要なのは力ではない。どれだけ急所に有効な一撃を加えられるかである。

あと数秒もせぬうちに意識が途切れる。

殴った男の顔を見た。

灯火に照らされたその顔は……。

「さ、斎藤」

つぶやいた左之助は、眠りに落ちる刹那《せつな》の中で、目の前の男が今は藤田五郎と名乗っていることを思い出していた。

明治十一年十二月三十日　午後八時　東京駒込蓬莱町〝詮偽堂〟二階

「この歳んなると一年なんざあっという間だ」

腑抜けた声で山崎が言った。

すでにもう一刻あまり。二人して呑んでいる。今日は呑むと決めていたから、十分用意していた。

いつ何時、召集が掛かるか解らぬ隊士生活の間に、酒は冷やで呑むという癖がついている。用意した酒はすべて常温のままだ。

「今年はお互いに散々な年だったな」

頬と鼻の頭を赤らめた山崎が、にへらにへらと笑いながら言った。

左之助は仏頂面で山崎を睨む。

「散々だったのは俺のほうだ」

「馬鹿野郎」

言った山崎が、しゃっくりをして続ける。

「俺だってお前ぇの所為で金にもならねぇ仕事をさせられて、本職のほうが疎《おろそ》かになっちまった。随分親方にどやされたんだぞ」

「頑張ったってどうせ売れねぇ新聞錦絵の記者が、なに偉そうに言ってんだ」

「なんだと」

「なんだ」

蠟燭を挟んで睨み合う二人の足元から、薄暗く湿った笑い声が湧いてきた。思わずといった様子で見下ろした二人の視線の先に、店へと降りる階段がある。ぎしぎしと軋《きし》む年季の入った階段を、一人の男が上ってきた。

「貴様等の口喧嘩《くちげんか》など京に居た頃は一度も見たことがなかった」

男はそう言って二人の前に立った。すらりと細い男の頭は、二人よりも一段高い所にある。

左之助を見下ろしながら男が言った。

「些《いささ》か遅くなったな」

「手前ぇ今頃よくのこのこ顔出せたな」

「まぁ、座れよ斎藤」

まるで昔からこの席の常連であったかのように、斎藤は左之助と山崎と丁度三角になる場所にあった長簞笥《ながだんす》の上に腰を下ろした。

「俺の分の猪口は」

「ある訳ねぇだろ」

「そうか……」

斎藤が徳利をひとつ取った。

「俺はこれでいい」

そう言って徳利の口に唇を付けて、そのまま呑み始めた。しばし徳利を傾けた後、腹の底から息を吐き出し、斎藤が左之助を見る。

「奥方の加減はどうだ」

「まぁまぁって所だ」

「あの薬は効いただろ」

左之助は答えない。

塚本の倉庫を襲い逮捕された後、左之助は数日間勾留され、何の取り調べもなく釈放された。その数日後、今度は斎藤の使いという警官が店に現れ、今回の一件は他言無用で頼むとだけ言い残して消えたのである。その時、警官から渡されたのが、今斎藤が言った薬であった。さる有名な医者が処方したとかいう物で、肺腑の病によく効くという。確かに効いた。斎藤の薬を呑ませてから、お皐の咳は幾分治まっている。

「まだ残っているか」

「あぁ」

ぶっきらぼうに答えると、左之助は己が手にある猪口の酒を一気に呷る。それから斎藤が徳利のまま呑んでいることがやけに癪に障り、空になった猪口を投げ出し自らも徳利を手に取った。

「何しに来やがった」

問うた左之助をしばらく眺めた後、斎藤は不意に笑った。

「どうした」

「殴られると覚悟していたのでな。少しは大人になったようだな左之助」

斎藤は左之助より四つも若い。なのに近藤の道場で寝食を共にしていた頃から、斎藤はどこか左之助を見下している所があった。

「何の用だって聞いてんだよ」

「そうだったな」

斎藤が徳利を傾ける。その一瞬の空白を狙ったように、山崎が口を開いた。

「今年の八月二十三日に起こった一件と、俺たちに塚本って士族を調べさせた事……。別件じゃねぇんだろ」

「相変わらず鋭いな」

「へっ、俺を誰だと思ってやがる」

斎藤と山崎が不敵に笑い合う。しかし左之助には八月二十三日と言われても何のことやらさっぱりわからない。

左之助の心を見透かしたかのように、山崎が言葉を吐く。

「八月二十三日、近衛《このえ》砲兵大隊の兵卒二百名あまりが、大隊長の宇都宮《うつのみや》少佐らを殺害し、兵営に火を放ち、そのまま大砲を持ち出し路上へと出た」

「この一件は政府でも最重要機密として秘匿されているというのに詳しいな」

得意満面に笑みを浮かべ、山崎が一人だけ猪口を傾ける。

斎藤は続ける。

「蜂起の計画は砲兵大隊の兵卒だけではなく、近衛歩兵第二連隊や東京鎮台予備砲兵第一大隊も絡んでいた。が、鎮台予備砲兵第一大隊の大隊長である岡本《おかもと》少佐は、蜂起の当日に突然夜間行軍演習を指揮下の兵たちに指示。皆を引き連れ王子方面へと向かった。

これによって予備砲兵第一大隊は蜂起に参加することができなくなった。これが……」

斎藤の酷薄な瞳が、左之助を射た。

「お前の手柄だ」

「なんで」

「お前が喧嘩を吹っ掛けた塚本は、この岡本少佐と繋がっていた。もともと塚本は前年に逮捕された土佐立志社の奴等とも繋がっていて、政府に叛意《はんい》を持つ者の援助を行っていたのさ」

土佐立志社という言葉を左之助は覚えている。山崎と語った事件に出てきた。たしか西南戦争で戦う薩摩の兵たちに武器を調達しようとした者たちが逮捕されたという一件だったはずだ。

「立志社との繋がりが露見しても塚本は逮捕を免れた」

「長州の伝手か」

山崎の言葉に斎藤が満足そうにうなずいた。

「塚本は明治政府のかなり上のほうと繋がっていた。だから立志社の者たちが逮捕された時も無事だったのさ」

「やっと得心がいったぜ」

己の膝をぱちりと叩き、山崎が叫んだ。どういうことか解らぬ左之助は、口を半開きにさせたまま二人をうかがっている。

「塚本を調べるのに、なんで俺じゃなくて左之助を選んだのか、ずっと腹に残ってたんだ」

「どういうこった」

左之助はたまらず問うた。

「こいつはお前に塚本を調べさせたんじゃねぇ。騒動を起こしてもらいたかったんだよ」

「はぁ」

「その通りだ」

山崎の言葉を肯定すると斎藤は空になった徳利を足元に置き、目の前の新たな徳利を取った。それから左之助へと言う。

「女たちが異国に売られているなんて聞いて、お前が黙っているとは思えなかった。お前が塚本を襲いでもしてくれれば、警察は別件で踏み込むことが出来る。その偶然の中で、奴の悪事が露見すれば、さすがに奴も誤魔化せはしまい。近衛兵が叛乱を企んでいることを知った陸軍は、塚本をどうにかして確保出来ぬかと警察に協力を要請していた。そこで俺がお前を使って餌を撒《ま》いたって訳だ」

「お、お前ぇはつくづく……」

　怒りで頭が回らなくなる。目の前のしたり顔を殴り飛ばしたくてしかたがない。

「塚本を確保できたお蔭《かげ》で予備砲兵第一大隊の岡本が叛乱に加担していることを知った軍部は、奴を懐柔。すんでの所で叛乱を思いとどまらせた。結果、近衛砲兵大隊の二百人の兵士たちは孤立し、仮皇居のある赤坂に陳情を試みようとして、待ち受けていた鎮圧部隊によって制圧された。これがどの新聞にも載っていない事実だ」

「なるほど」

　山崎が唸《うな》っている。斎藤は「書くなよ」と念を押した。それから再び左之助へと言葉を吐く。

「まぁ、理屈はそうだが」

　感情を面に出さない斎藤が、今日は常に口許に微笑を湛《たた》えている。それが左之助にはなんとも気持ちが悪い。

「久しぶりに誠のために生きた心地はどうだ。悪くはなかろう」

　図星だ。

　斎藤が言った通り、塚本の倉庫に殴り込んだ時、左之助は昔日の心を取り戻していた。正義のため誠のため、命を懸けて戦っていた若い頃の自分を思い出し、久方ぶりの感動を味わったのだ。

　己の中にまだこんなにも瑞々《みずみず》しい感情が残っていたのか。悪は許せぬと正々堂々と言えるだけの青さが残っていたのか。

四十前の己の身中にまだ熱く燃え盛る焔が宿っていることを再確認させてくれた斎藤に、口には出せぬがお皐の薬以上の感謝の念があった。

「俺が調べて、左之助が殴り込む。事が終わった後に余裕面してお前が現れる。なんだか本当に昔に戻ったようだな」

笑っているのか泣いているのか、山崎は皺《しわ》に覆われた顔を歪めてつぶやいた。

「近藤さんも土方さんも山南《やまなみ》さんも沖田《おきた》も源さんも皆死んじまった」

淋《さび》しそうにつぶやく山崎の言葉を斎藤が継ぐ。

「だからと言って俺たちの人生が終わる訳じゃない。俺たちはまだここにこうして生きている」

「そうだな」

山崎が言うと三人とも黙り込んだ。

しばしの静寂。

破ったのは斎藤だった。

「さて……」

立ち上がるとすぐに部屋の隅へと足を向けた。そこには一際立派な刀掛けがある。

「先刻からずっと気になっていたのだが」

言って手に取ったのは朱塗りの鞘に納まった一振りの刀だった。

「そいつぁ」

「和泉守兼定《いずみのかみかねさだ》」

左之助の言葉を断ち切るように斎藤が言って振り返った。

「あの土方さんが死ぬまで佩刀《はいとう》を手放す訳がない。箱館で死ぬ直前に、小姓に託した兼定が武州にあるという話は聞いていたが、それだけじゃねぇとは思っていた」

「さすが鬼の三番組組長。なかなかの見立てじゃねぇか」

左之助の言葉に斎藤はうなずきもしない。

「あんたが持ってきたんだろ山崎さん」

「その通りよ」

猪口を鎧櫃の上に置いて山崎が答えた。

「俺は土方さんが死ぬその時まで一兵卒に紛れて見届けた。そしてあの人の骸《むくろ》から刀を譲り受け、江戸へと流れた」

「だからこれは売り物じゃねぇんだ」

左之助の言葉を聞き流しながら斎藤は懐から封筒を取り出した。厚みのあるそれを、座っている左之助の膝に置く。

「会津で副長と別れる時、これまでの礼だと言って貰《もら》った金を両替した物だ」

「百円」

札束を取り出し左之助は思わずつぶやいていた。刀を抜いて眺める斎藤が続ける。

「廃刀令のこの御時世、こんな所に眠らせちまってたら刀も可哀相《かわいそう》だ。幸い、俺の仕事は正々堂々、刀を差せる。俺が持っているのが一番良いはずだ。副長の金を使うならこれしかない」

「どうする」

山崎が左之助をうかがう。

「一度出した金だ。なにがあっても置いていくぞ」

「俺《おら》ぁ古道具屋だ。なにも売らずに百円もの大金を貰う訳にゃあいかねぇ」

左之助は山崎へと視線を移し、一度うなずいてからもう一度斎藤を見た。

「持っていけ」

「そうか」

斎藤の声が珍しく、嬉しそうに跳ねていた。

「では、いずれまた」

細い足が一階に続く階段へと進んでいく。

「もう来るんじゃねぇ」

左之助の悪態に、階段を降りかけていた斎藤の足が止まる。

「そうだ、言い忘れていたことがあった。塚本の後ろ盾だった男のことだ」

左之助は答えない。

塚本の後見が誰であろうと関係のない話だ。みずからの誠に従ったまで。

「度重なる政府への叛乱活動を受け、陸軍は迅速なる指揮の必要性を政府に訴えた。それを受け入れた政府によって今度、陸軍省参謀局が廃止されて参謀本部が出来た。これで陸軍の統帥権は政府から陸軍に移った」

「まさか塚本の後ろ盾ってのは」

山崎が斎藤を追うように階段へと駆けた。

「土佐立志社と今回の近衛砲兵大隊の蜂起によって一番得をしたのは誰だ。塚本は結局、そいつに操られていた人形だったたって訳さ」

じゃあな、と言い残し斎藤は階段を降り闇に消えた。

「おい、今回の件で一番得をした奴って誰なんだよ」

呆然と立ち尽くす山崎に、左之助は声をかける。

「山県狂介《やまがたきようすけ》……。いや今は参謀本部長、山県有朋《ありとも》」

「あの長州の宝蔵院流の槍使《やりつか》いか」

左之助も槍を使う。同じ槍の使い手として昔から気にはなっていた。

「その通りだ、あの槍使いだ」

山崎は闇に揺れる灯火を見つめながら、力ない声を吐く。

「なるほど……。山県が裏で一枚噛んでいたとはな……」

「だったら何か。俺たちは奴の出世のためにひと肌脱いだってことになるって訳か」

「そういうことになるな」

腸《はらわた》が煮えくり返る思いである。

誠を貫いたはずの行為が、徳川から天下を簒奪《さんだつ》した大敵長州の山県の助けとなった。

「くそっ……」

徒労感が全身を包む。

うつむいた左之助の視界に札束が映る。

妻の病は完治していない。

無念だろうが何だろうが、この金は必要なのだ。怒りで捨て去ることが出来るほど、左之助は清廉ではなかった。

「やっぱりこの世は嘘偽りで出来てらぁ」

握り締めた札束が擦《こす》れて悲鳴を上げる。

叫びたいのは左之助のほうだった。

残党の変節

明治十二年三月十一日　午後二時　東京浅草　浅草寺《せんそうじ》奥山

こいつは絶対に人を斬ったことがない。

高波梓は心のなかで毒づいた。

周囲に屯する人々は、醒《さ》めた高波の心持とは裏腹に、興奮した面持ちである。皆の熱い視線を受け、襷掛《たすきが》けした男はますます調子に乗ってゆく。

「さてさて取りいだしたるこの三宝《さんぽう》」

男が饒舌《じようぜつ》に言うと、見物人のなかから、待ってました、と声がかかる。それに気を良くした男は、これ見よがしに三宝を宙で回して、裏表を皆に確認させた。そしてそのまま、大袈裟な身振りで筵《むしろ》の上に置いた。

見物人たちは筵を取り囲むようにして男の芸を見ている。高波もそのなかにいる。筵の一番奥、見物人から一番遠い所に漆塗りの箱が並べられていた。真ん中の箱の上に刀掛けが置かれている。三本掛けられるようになっていた。一番下と真ん中には六尺（一八〇センチあまり）はあろうかという太刀が掛けられており、一番上の空いた場所にあった物が今、男の腰にあった。

男が三宝を置いたのは、刀掛けと見物人の間の二間四方の空間のちょうど真ん中あたりである。

まだまだっ、と見物人から声があがった。お決まりの掛け声なのであろう。男は声のしたほうに微笑《ほほえ》んでみせ、刀掛けの隣に置かれている新たな三宝を手に取った。先刻筵の上に置かれた物よりも一回り小ぶりなそれを積み重ねるようにして置くと、五尺ほどの背丈である男の足の付け根くらいまで届く高さになった。

芸を際立たせるために、太刀の間合いの外で、中間《ちゆうげん》姿の相方が口上を唱えている。

三宝に飛び乗るだけでは面白うないだろうと、見物人たちを煽《あお》っていた。

「この高下駄《たかげた》を履き、それでも三宝の上で見事抜刀できるかとくとご覧あれ」

言って両腕を広げた相方の手には、歯が一尺ほどはあろうかという高下駄が握られている。まるで仇討《あだう》ちであるかのように睨みつけながら、相方が高下駄を持って男に詰め寄ってゆく。男は煩悶《はんもん》する演技とともに数歩後ずさってから、相方の手から高下駄を分捕って、白足袋の下に履いた。

田舎芝居よりも大袈裟な二人の掛け合いに、高波は苦笑を浮かべる。いささかうんざりしてきてはいるが、この最後の芸だけは見てゆこうと心に決めて、男に視線を送った。

「せやっ」

神妙な面持ちの男が、腹の底から気合を発して三宝の上に飛び乗った。右足だけで三宝の上に立ち、見物人にむかって見得《みえ》を切る。歓声を浴びながら、男の右手がゆっくりと柄《つか》へとむかってゆく。

六尺ほどはある太刀を本当に抜けるのか。

刀の長さは背丈や好みによってばらつきがあるが、三尺もあれば長いほうである。それ以上長くなると扱いづらくて実戦にはむかない。見た目は派手だが、道具としては失格だ。

三宝の上に立つあの男が、昔の敵だったら。

高波は夢想する。

仲間たちは大声で笑うだろう。恐らく男はその態度に激昂《げっこう》する。それでも仲間たちは笑うのを止めない。

「抜いてみなよ。こっちは誰も抜かないから」

総司あたりが言う。

男は挑発に乗って太刀を抜く。

そして皆はより一層大声で笑う。

「その鞘んなかに本当に刀が入ってたんだな。そりゃ重かっただろ」

副長が呆れるような声で言うと、そこに総司が被せる。

「大丈夫ですよ。戦うのは僕一人です。壬生狼《みぶろ》などと呼ばれてはいますが、よってたかっていたぶるような酷《ひど》い真似はしませんよ」

菊一文字は鞘のなかだ。

男は上段に構えることすらできない太刀を八双に持ってゆく。そして顔を赤らめてぶん回す。そこはまだ総司の間合いではない。しかしその太刀ならば当たる。

「ふふっ」

総司が笑って地を蹴る。太刀が触れるよりも先に、男の脇を駆け抜けた。

男の首から血飛沫《ちしぶき》があがる。

菊一文字は鞘のなかだ。

いつ抜いたのか、いつ斬ったのか、いつ納めたのか。

解らぬまま男は絶命する。

「せやぁぁぁっ」

奇声が高波を覚醒させた。

いつの間にか三宝の上で男が太刀を抜いていた。見物人たちがやんややんやと喝采を送る。陽光を浴びて妙にぎらつく太刀を見せびらかすように、男は幾度も左右に振っていた。

「柄を握る手ががちがちじゃねぇか」

男を見あげながら高波はつぶやいた。

しょせんは芸である。あの男にとって刀は人殺しの得物ではなく、身過ぎ世過ぎの道具なのだ。求める物が違う。そんなことは高波にも解っている。解ってはいるが、ああしてひけらかすように刀を抜く者を見ると、どうしても昔の仲間たちのことを思いだしてしまう。

奴らはあんなに柄を硬く握りはしなかった。手にも肩にも無駄な力は入れない。だから刀を宙で捌《さば》く時など、目の前の男よりも流麗で、見栄えが良かった。

嫌な物を見ちまった。

自嘲が唇を笑みの形に歪める。男から目を逸らした高波は、中間姿の相方のほうへと顔をむけた。

目が合った。

相方の視線がやけに冷たい。仇《かたき》でも見るかのごとくに、高波を睨んでいる。しかしそれも束の間。相方は高波からすぐに視線を逸らすと、愛想の良い顔に戻って口上を述べる。

嘲る気持ちが面に出ていたのかもしれない。それを機敏に察した相方が、仲間にむけられた侮蔑に怒って睨んできたのだ。

なんとなくいたたまれない気持ちになった。

太刀を抜いたまま三宝から飛び降りた男に背をむけ、喝采の止まぬ人ごみを掻きわける。視界が開けたが、人でごった返していることには変わりはなかった。

浅草寺の本堂の北側から北西の辺りは奥山と呼ばれ、御一新以前から多くの見世物小屋で賑《にぎ》わっている。旧幕のころは曲独楽《きよくごま》や先刻の居合抜きなど、芸を見せる物が多かったが、今では瓦斯《ガス》を使った器具や電信装置、汽車の見世物などなど、文明開化の世に相応《ふさわ》しい物がつぎつぎと登場し、奥山の風情もひと昔前とは大分様変わりしていた。

先刻の居合抜きの男は、そんな時代の波に抗《あらが》いながら頑《かたく》なに芸を守っているのだ。

あの男は自覚無自覚に拘《かか》わらず、変わらないことを選んだのである。

高波は変わることを選んだ。いや、変わらなければ生きることができなかったと言ったほうが正しい。

御一新の前は山崎烝と名乗っていた。

鍼医《はりい》の息子である。そのまま親の跡を継いでいれば、今でも山崎は鍼医として生きていたかもしれない。しかしそうはならなかった。三十になる頃、新撰組に入隊した。

新撰組の前身は壬生浪士組という。つまり浪士の集まりである。鍼医の息子であった山崎は、新撰組に入り、浪士となった。仕える主を持たぬ浪々の身の武士が浪士である。

山崎は新撰組に入ることで武士の末席を汚す存在になったのだ。といっても、やっていたことはおよそ武士とは呼べないことばかりだったのだが。

諸士調役兼監察。それが、山崎に与えられた役職であった。新撰組の内外の様々な事柄を調べあげ、局長と副長に報告するというのがその仕事であった。

組の裡《うち》では、隊士たちの動きに常に目を光らせ、法度《はっと》に背く者がいたらすぐに局長と副長に報せた。

組の外というのは京の治安である。尊王攘夷の志士たちの跋扈《ばっこ》を許さず、幕府の権威によって帝を御守りするというのが新撰組の建前である。長州や土佐などの志士の動向を監視するのが山崎の務めであった。

山崎が侍然としていたことなど一度もなかった。志士たちに怪しまれぬよう、身分を偽るための変装を施し京の街を巡る。場合によっては薦《こも》を被るようなこともあった。人の闇を覗くような真似ばかりをしていた。それが務めであったから仕方がないのだが、やはり良い気持ちではなかった。

鳥羽伏見で幕軍が敗れ、新撰組も江戸へむかうということになり、山崎は死ぬことになった。

副長、土方歳三《としぞう》の命令である。

これより先、新撰組はますます厳しい状況に置かれることになるだろう。組の箍《たが》も緩み、脱落する者も出てくる。監察として顔が知られている以上、お前の前では誰も本性を顕《あら》わさない。だからお前はここで死ね。そして陰から組を監視し続けろ。

土方はそう言って、山崎の仮の葬儀を江戸へとむかう船のなかで盛大に行ったのである。

こうして死人となった。

仲間たちから隠れるようにして、山崎は北へ北へとむかった。その旅は、最果ての地、蝦夷・箱館にて終焉《しゅうえん》をむかえる。副長が死に、新撰組が潰《つい》えたのだ。それと同時に、山崎は死人であることから解放された。山崎烝は死に、亡者となって彷徨《さまよ》い、箱館の地で二度目の生を得たのである。

全てから解放された山崎の足は、自然と南へとむいた。行く当てがあった訳ではない。人がいる。食い物がある。仕事がある。そんな単純な発想だけで山崎は江戸にむかった。

あれから十年。山崎烝は高波梓となった。

新聞錦絵の記者になった。鍼医の息子から浪士、死人となり、そして生まれ変わり、今は記者である。

高波にとって変わるということは、生きることと同義であった。

人も世間も同じかもしれないと思う。高波が立場や身分を変えながら生き永らえてきたように、徳川の世もまた、明治として生まれ変わったことで、日本という国を生き永らえさせたのだ。そう考えると、あの動乱の勝者は薩長しか有り得ないのである。徳川という古き殻を破り、明治という新しき世に再生させるしか、日本が生き延びるための道はなかったのだ。新撰組が命懸けで守ろうとした物は、敗れる宿命にあったのである。記者などというと大層な仕事であるように思われるのだが、そもそも新聞錦絵に記者は必要ない。元となる記事は、すべて新聞からの流用である。

御一新によって四民平等の世となったとはいえ、なんの抵抗もなく文字を読める者はそれほど多くはない。新聞錦絵はそんな人々のために、見栄えのする絵を中央に置き、漢字の大半に振り仮名を記したのである。

これが当たった。

新聞の内容は知りたいが、難解で読めないという人々の欲求に合致した新聞錦絵は、飛ぶように売れたのである。元となる新聞のほうも好調で、凄まじい勢いで部数を伸ばした。明治五年の二月に千部で創刊した東京日日新聞は、半年後には五千に迫る部数となり、現在では万を優に超えている。日日新聞以外にも郵便報知や読売など、多くの日刊紙が発刊され、新聞市場は大いに賑わっている。

要は便乗商法だ。それでも求める人がいれば、商売としては十分に成り立つ。

しかし新聞錦絵の客を見逃すほど、新聞業界は甘くはなかった。四年前に平仮名絵入新聞が発刊されると、たちまち新聞錦絵は窮地に立たされた。漢字よりも読みやすい平仮名を多く用いた記事と、絵入りで解りやすい構成、しかも新聞の記事を流用している新聞錦絵とは違い、情報の早さは普通の新聞と変わりがない。それまで新聞錦絵を買っていた読者たちが、平仮名絵入新聞に飛びついた。結果、新聞錦絵の部数は悪化の一途をたどっている。保《も》ってあと二、三年というところだろうと、高波は見ていた。

新聞錦絵がなくなり、職を失ったとしても、新たな仕事を見つければよいだけのこと。幾度も生き方を変えてきた高波は、業界の衰退も、その程度のことだと思っている。

高波の主な仕事は裏づけ取材である。新聞に記された記事の内容が事実であるかどうかを、一応調べるのだ。

高波の雇い主はいい加減な性格で、記事に書かれた場所に赴き、ある程度確かだという証言が取れた時点で、すぐに版に起こす。当然、新聞記者ほど精緻な取材などする必要がない。実際のところ、紙の仕入れや、版木の進捗《しんちょく》状況の確認や絵師との折衝など、雑多な業務に費やしている時間のほうが取材よりも何倍も長い。

記者といえば聞こえがいいが、いわば使い走りである。主と奉公人という旧来の関係から脱却せんとした高波の雇い主が煩悶した結果、記者という耳慣れぬ言葉を使って奉公人とは違う形態の雇用を目指したのだ。明治という新しい世の仕組みに置いていかれまいとする主の悲痛な叫びが聞こえるようだった。高波の主もまた、めまぐるしい時の流れのなかでなんとか変わろうとしている一人なのである。

浅草界隈《かいわい》に住む下岡蓮杖《しもおかれんじょう》なる人物が、火を焚《た》かずに走る機関車を考案中であるという記事が読売新聞に出た。これを錦絵にしようという主の命を受け、高波は浅草を訪れたのである。幸い下岡からはかなり熱の籠った話が聞け、成果も上々であった。その帰途、なんとなく浅草寺の奥山に足がむいたという訳である。

取材に出てしまえば、ある程度の自由がきいた。住み込みでもない。このあたりが、奉公人とは違うところである。このまま店に帰っても、日々山積みになっている雑務を押し付けられるのが落ちだ。

「左之助の所にでも行ってみるか」

浅草寺から西へ進み、不忍池《しのばずのいけ》の北を抜けて行くと左之助の店がある蓬莱町である。

夕刻というにはまだ早い抜けるように蒼《あお》い春空の下、高波の足は西にむく。剣呑《けんのん》な気配を背後に感じたのは、浅草寺を抜けた頃のことだった。

明治十二年三月十四日　午前十一時　東京駒込蓬莱町〝詮偽堂〟

松山勝というのが、原田左之助の現在の名である。伊予松山は左之助の生まれ故郷であり、勝という名はただ単に、この後の人生で勝ちに恵まれるようにという安易な発想でつけた。だからあまり執着はない。

自分が何者であるかなど、名で変わるものでもないし、立場や身分がどうであろうとそれは同じだと思っている。新撰組の十番組組長の原田左之助であった時も、古物商詮偽堂の主、松山勝である今も、左之助という人間の本質はまったく変わっていない。

面白い物好きの面倒臭がり。槍を持たせたら少々強い。

それが己だ。それ以上でも以下でもない。余計なことを考える性分ではないから、常に頭のなかは空っぽ。なにも入っていないから、ぶれるほど思い悩むこともない。新撰組を抜けたのだって、余計なことばかり考える友が袂を分かつと言ったからそれに乗っかっただけだ。当時の新撰組は面白くなかった。友の決断が、そんな左之助の背中を押しただけのことだ。

誠の一文字を貫いた道から逸れた左之助は、この世は所詮嘘偽りだと嘯《うそぶ》いた。結果、義理の父から受け継いだ古物屋の名をわざわざ詮偽堂と変えもした。が、やはり左之助の内なる世界はなにひとつ変わっていないように思う。

蔵をいじった店内の一階に設《しつら》えられた帳場に胡坐《あぐら》をかき、机に肘を置いて入り口を睨んでいる。

客は来ない。

もう五日ほど妻以外の者と会話をしていなかった。最後に来た客は古い着物を幾枚か見ただけの冷やかしで、愛想笑いを浮かべてそそくさと店を後にした。もう二度と来ないだろう。

肘をついたまま左之助は舌を鳴らした。五日ぶりの客にむけられた舌打ちである。

「なにしに来た」

小綺麗《こぎれい》な洋服に身を包んだ紳士に、毒づいた。茶簞笥の上に並べられていた根付《ねつけ》のなかから親子の鼠《ねずみ》が彫られた物を手に取って眺めていた紳士が、主人の悪態を聞いて首だけを帳場にむける。蛇のように酷薄な瞳が左之助を射た。

「相変わらず客に無愛想な主人だな」

「お前ぇは客じゃねぇ」

抑揚のない声に悪《あ》しざまに答えてから、肘を机から離してふんぞり返った。顎を上げ、見下ろすようにして紳士を睨む。

「何しに来た斎藤」

「藤田五郎だ」

どちらも合っている。この紳士の名は藤田五郎。明治政府の犬だ。しかし昔は左之助と同じく新撰組で組長をしていた。その時の名が斎藤一《はじめ》である。

昨年、左之助はこの男の所為で捕まった。それ自体は事なきを得たのだが、やはりしこりはある。妻の病に効く薬を紹介してくれた件に関しては恩義を感じている。

憎くもあり有難くもあった。

斎藤という男に対して愛憎入り交じる感情を抱くのは、今に始まったことではない。

新撰組にいた頃から、いやもっと前、江戸の片隅の小さな道場に出入りしていた頃から、この男に対しては複雑な感情を抱いている。

「奥方の調子はどうだ」

冷淡な顔つきのわりに、幾分ぼってりとした口許を笑みの形にゆがめた斎藤が問う。その解妻を想っての言葉なのだろうが、友の不幸を喜んでいるような顔つきでもある。その解りにくさが左之助は苦手だった。捉えどころがないから、対応に困ってしまう。副長であった土方などは、この面妖な男の本心を理解していたようだが、新撰組と袂を分かつその時まで、左之助には結局一度として斎藤の本質が見えなかった。

誰よりも情が薄いような顔をしていながら、この男は他のどの組長よりも長く新撰組に残った。甲陽鎮撫隊《こうようちんぶたい》となって新政府軍を迎え撃ち、流山《ながれやま》で局長の近藤勇《いさみ》が捕縛され板橋で斬首になった時も、斎藤は土方とともに組を守っている。その時には左之助はとっくに組を離れていた。そして斎藤は会津へと流れた土方とともに戦い、敗れた会津藩士を想い当地に残ったのである。

決して義を軽んじている訳ではない。が、心の奥底にある熱が、皮肉な物言いと冷淡な顔つきの所為で伝わりづらいのだ。

「どうした」

黙考する左之助に斎藤が声をかける。鼠の根付を親指と人差し指の間で弄《もてあそ》びながら、やはり顔だけを帳場にむけている。

「あんまし調子は良くねぇな」

「そうか。多少銭はかかるが良い医者を紹介してやってもよいが」

「もう少し様子を見てから考える」

斎藤は強く勧めはしなかった。鼠を茶簞笥の上に戻し、今度は達磨を取る。そして左之助を見た。

「最近、山崎は来たか」

「そういえば十日くれぇ来てねぇな」

取材といって外に出ては店を冷やかしにくる山崎は、五日に一度は顔を出す。十日も空くのは珍しい。

「他所《よそ》に取材に出てんだろ」

言いながらも、それは有り得ないと思っている。山崎の勤める版元は、最近の新聞錦絵の低迷によって傾きかけている。遠方に取材に出すような金などないはずだ。

「店にも三日ほど顔を出していないそうだ」

疑いの眼差《まなざ》しを斎藤がむけてくる。

「なにやらまた良からぬことでも企んでおるのではないだろうな」

ふんぞり返ったままの左之助は、今度は足を大きく開いた。着流しがはだけて、褌《ふんどし》が露《あら》わになる。背は蔵の土壁にもたせかけ、膝に腕を預けて斎藤を睨んだ。

「いつ誰が良からぬことを企んだってんだ。え、藤田五郎さんよ」

「山崎の頭と変装術、そしてお前の槍の腕があれば、そこらの盗人《ぬすっと》よりも良い仕事ができるだろう。片や潰れかけの版元で名ばかりの記者などをしている男。片や客も来ずに日がな一日店先を睨んでいる男。おまけに古物屋の店主のほうは、妻が大病をかかえている。どちらも金に満足しているような御身分ではあるまい」

板間を飛び越し、裸足《はだし》のまま土間に立った。依然として達磨を指で弄ぶ斎藤の面前まで歩み、顔を寄せて殺気を送る。茶箪笥に身体をむけている斎藤は、左之助に正対する気はない様子で、やはり顔だけを回したまま笑っていた。

「そう熱くなるな」

「洒落《しやれ》になんねぇこと言ってっと、ぶっ殺すぞ」

「俺の腕を知らぬ訳ではなかろう」

「刀を持たねぇお前ぇなんか怖かねぇんだよ」

「そういうお前は槍がない」

「お前ぇなんざ拳で十分だ」

「やってみるか」

こふ、こふこふっ。

不意に母屋のほうから咳き込む声がした。弱ったお皐の吐く息が、左之助の昂ぶりを冷ましてゆく。

「大丈夫なのか、続いているぞ」

左之助の鎮静を敏感に感じ取った斎藤が、穏やかな声を吐く。左之助は目をつぶって首を左右に振った。

「総司みてぇに血を吐いてる訳じゃねぇ。大丈夫だ」

「医者に見せる金がないのか。ならば俺が」

「お前ぇに借りつくるくれぇなら、死んだほうがましだ」

斎藤の言葉を遮って、左之助は答えた。斎藤が視線を逸らすように達磨に目を落とす。

「幾らだ」

「三十銭」

本当は十五銭で売っている。昔の好《よしみ》で吹っかけてやった。

「安いな」

懐から革の財布を取りだし銭を出すと、斎藤はそれを茶箪笥の上に置いた。そして達磨をポケットに入れ、間合いを外すようにするりと出口のほうに体《たい》を引く。

「山崎の行方、本当にお前はなにも知らんのだな」

「相変わらずくどいな、お前ぇはよ」

「下手に動くなよ」

口許に皮肉めいた笑みをたたえ、斎藤が往来に姿を消した。

明治十二年三月十五日　午後三時　東京神田富松町

「高波から松山さんのことは聞いております。古い御友人だそうですな。いやはやあの人付き合いの苦手な男が、友だというのですから、一度お会いしたいと思うておったのですよ。なはははは」

脂ぎった初老の男が早口で一気にまくしたて、茶を飲んだ。どうやらこの男が、山崎の勤める地本問屋《じほんどいや》〝扇屋《おうぎや》〟の主、扇屋幸右衛門《こうえもん》であるらしい。四十になる左之助より十は年長であろう。いや、もしかしたらもう少し歳を食っているかもしれない。小太りで脂ぎっているため血色が良く、皺もそれほどない。そのため若く見えているようにも思う。

「して高波とはどのような関係で」

茶を飲み干し空になった湯呑《ゆのみ》を色褪《いろあ》せた畳の上に置き、幸右衛門がつぶらな目を左之助にむけて問う。人差し指の先で頬を掻きながら、微笑を浮かべ左之助は答えた。

「御一新の前に同じ師に教えを仰いでおったのです」

二人の仲について幸右衛門にそう話しているとは、山崎の弁である。左之助はそれを思い出し、咄嗟に口裏を合わせたのだ。

「なんでも医師を目指されておったとか」

「いや、高波のほうが私などより何倍も出来が良かったのです。私は師の雑用をやっておっただけで、医術のほうはさっぱりでして」

「しかしうちの高波も、松山さんも今では別の道を歩んでいる。御一新によって行く道を変えた者を幾人も見てきましたが、松山さんもその御一人でありますな」

　愛想笑いで応えるしかなかった。

　この男には山崎が姿を消したという緊迫感がない。主のあっけらかんとした態度を見ていると、心配して店まで来てしまったことが莫迦《ばか》らしく思えてくる。そんな不安を振り払うため、左之助は本題に入った。

「このところ高波が私の店に姿を見せず、心配しておりまして」

「四日前に浅草へ取材に出かけたっきり、うちにも戻っておりません。取材に行った御方の所にはうちの小僧を遣いに出して、たしかに高波が取材をして帰ったという報告を受けております。帰りに浅草寺の奥山で見世物でも冷やかそうと思うと、帰り際に言ったようなのですが」

「浅草寺で見世物ですか」

　なんとなく気になった。

山崎という男は娯楽と無縁の男である。あまりに人の闇を見続けてきたからなのだろうか、夢現《ゆめうつつ》の作り事を楽しもうという気持ちがない。そんな山崎がすすんで見世物を見ることに、どうも違和を感じる。

「何もなければ良いのですが、用心に越したことはない。一応、警察のほうにも届け出まして、店の者にも方々探させておる次第です」

心底心配しているのだろうが、上っ調子な口調の所為で悲愴感《ひそうかん》がまったくない。

「私のほうでも探してみましょう」

「店の者が知らぬ面も松山さんには見せておったことでしょう。私どもでは行き届かぬ所もあると思います。何卒《なにとぞ》よろしくお願いいたしまする」

深々と辞儀をする幸右衛門に、左之助は負けぬくらいに頭を下げた。

明治十二年三月十五日　午後五時　東京浅草　浅草寺奥山

陽《ひ》が西に傾きはじめている。黄色い日差しが柔らかく身を包むなか、左之助は人の群れに紛れて歩く。方々から聞こえてくる囃子《はやし》や口上に、自然と心が躍る。元来楽しいことが大好きな左之助にとって、見世物が溢れかえる浅草寺の奥山は、歩いているだけでわくわくしてくる場所だった。

仕事でもないのにこんな所に山崎が来たということが、やはり腑に落ちない。もし気まぐれで足を踏み入れたというのなら、どういう風の吹き回しであろうか。

山崎は左之助と違い、面倒臭いことを考えるのを好む。その分、己の立ち位置にぶれる所がある。しかしぶれた自分を悔いることはない。変節すればしたで、素直にそれを受け入れるだけの器がある。だからもしかしたら、夢現を楽しむだけの余裕が出てきただけなのかもしれない。

だったらそれで良い。

しかし山崎は姿を消した。普段ならば足をむけることのない場所に行った後にである。幸右衛門や左之助にも秘密にしていたことでもあるのか。もしかしたら山崎は、左之助にも隠れ、新撰組の頃のような仕事をやっていたのかもしれない。

「なにしてんだよオッサン」

つぶやいた左之助の視界の端で、高下駄を履いたまま三宝の上に乗る居合抜きの芸人が器用に舞っていた。

明治十二年三月十六日　未明　東京某所

「今日、お前の仲間が来たぞ」

粘ついた声が、高波の耳を撫でた。斎藤とはまた別の種類の、冴《さ》え冴《ざ》えとした目で見つめられている。一重の細い目に浮かぶ極端に小さな瞳に、光は一切なかった。土気色をした面の皮と相俟《あいま》って、男の顔はまるで死人のようだった。

奥山の居合抜きである。三宝の上に飛び乗り太刀を抜いていた時の愛想の良い笑みは、高波を見つめる顔にはなかった。

あの日、浅草寺から左之助の店を目指し、奥山から日輪寺《にちりんじ》のほうへと出ようとした時、背後から突然襲われた。いきなりのことでなにがなんだか解らぬうちに気を失い、気づけば縛られて土間に転がされていたのである。高波には左之助や斎藤のような武技の心得はない。正面から正々堂々と襲われたとしても、恐らく結果は今と大差なかったであろう。

攫《さら》われてから幾日過ぎたのか。

四方を土壁に覆われている。居合抜きが姿を見せる時、天井に切られた穴から階段を下ってくることからも、ここは地下なのであろう。飯が五度出されたから五日か。とにかく日にちの感覚はなかった。

部屋に降りてくるのは居合抜きのみであり、それも飯を持ってくる時くらいのものである。縛られたまま茶碗《ちゃわん》に盛られた冷や飯を口だけで喰らう。食い終えた茶碗は、次の飯の時に男が持っていく。今日の飯はすでに終えた。飯以外に男が降りてきたのは初めてのことだった。

「お前は俺のことを覚えていないんだろ」

居合抜きが土の床に膝をつき、高波に顔を寄せる。手にした手燭《てしょく》の蠟燭を顔の前に翳《かざ》しているから、二人の鼻の間で焰が揺れていた。灯火越しに見ても、男の血色の悪さは変わらない。

「今日来た仲間の名前は、たしか原田左之助といったか」

この男は左之助のことを知っている。そして奴を仲間だと言った。

新撰組だ。

この男との縁は新撰組に端を発している。そしてそれは、山崎烝と名乗っていた頃の高波のことを知っているということを意味している。当時、尊王攘夷の志士たちにとって、新撰組といえば各組の組長たちのことを意味しているといっても過言ではなかった。斎藤や左之助の顔を覚えている者は多い。

しかし山崎は違う。

山崎は志士たちに決して顔を知られてはならぬ存在だった。京の街に身を潜め、姿を晦《くら》まし、不穏な動きをする尊攘派の侍たちを調べるのが役目である。顔を知られぬように、常に変装することを心がけていたし、それを見破られたということはないはずだった。

いや。

あの時ならば考えられぬこともない。

「お前、池田屋の生き残りか」

男の細い右目が小さく震えた。

元治元年の六月のことだ。京に潜伏している長州藩の志士たちを中心に、都の市中に火を放ち、その隙に帝を連れ去ろうという計画があった。新撰組は彼らが集う池田屋を急襲。近藤勇や、左之助の盟友である永倉新八《しんぱち》らの奮戦によって多くの志士たちを惨殺および捕縛し、新撰組の名は一気に京の都に鳴り響いた。

「俺は枡屋《ますや》の奉公人をしていた」

男の今の言葉だけで、高波はこの拉致がいかなる因縁によってもたらされたのかを悟った。あの時、志士たちの計画をつかむきっかけとなったのは、一人の男を捕縛したからだ。枡屋喜右衛門《きえもん》と名乗るその男は、商人でありながら多くの尊攘派の志士たちと交流を持っていた。長州藩士たちに不穏な動きありという情報を摑んでいた高波は、枡屋喜右衛門を捕え、新撰組の屯所に運んだ。土方らの苛烈な拷問に堪え兼ね、枡屋は志士たちの計画を洗いざらい吐いた。

そうだ。

枡屋喜右衛門を捕縛する際、あの時だけは高波は変装をしていなかった。新撰組の装束であるだんだら模様に染められた浅葱色の羽織を着込み、同役の島田魁《しまだかい》とともに枡屋の正面から正々堂々乗りこみ、喜右衛門を捕縛したのである。枡屋の奉公人であったのならば、高波の顔を覚えていてもおかしくはない。

「お前のせいで、俺の人生は狂っちまった」

蠟燭が近づく。鼻先に焰が触れ、思わず顔を背けると、男の薄い唇が奇妙な角度に吊り上がった。

「あの時、旦那様がお助けなされていた方々は、明治の世で大層な出世をなされた。山県様などは今では参謀本部長だ」

当時、禁中で起こった政変によって長州は窮地に立たされていた。枡屋はそんな長州の志士たちの多くを支援していたのである。

「お前たちが旦那様を連れていかなければ、今頃俺は」

「大店《おおだな》の番頭になっていたとでも言うのかい。それとも、暖簾《のれん》分けしてもらってどこぞの会社の社長様にでもなってたってか」

男の顔が引きつった。

「長州が後ろ盾だったんだ。喜右衛門が生きてりゃあ、そりゃ枡屋も今頃は大層羽振りが良かっただろうな。だがなぁ、もう喜右衛門はこの世にいねぇんだよ」

拷問の後、喜右衛門は獄舎に移され斬首された。

「もしあの男が生きていたとして、お前はいったいどうなっていただろうな」

「お、俺は」

手燭の焔が風もないのに揺れている。男の動揺など知ったことではない。構わず高波は続ける。続けなければ腹の虫がおさまらなかった。

「あの時、あぁならなけりゃこんなことにならなかった。あいつらはあんなに出世してんのに、俺はどうしてこんなことになってんだ。そんなこと言ってる奴ぁ、なにしたって駄目なんだよ。もし喜右衛門が生きていて、長州の志士たちが恩義を感じ、大政商になっていたとしても、お前ぇみてぇな奴は、やっぱり今でも使い走りだ」

「そんなことはねぇっ」

叫んだ男が手燭を投げる。開いていた高波の目を蠟が襲う。激痛のあまり身をよじる。蠟が固まって右目が開かない。

「そんなことはねぇんだよ」

高波の短く整えている髪を男が鷲摑《わしづか》みにして、顔を引きあげる。胸の上あたりまで床から離れ、首が大きく反らされて息苦しかった。

「俺は、旦那様に可愛《かわい》がられていた」

言うと同時に、高波の顔面を床に叩きつける。鼻の奥に尖った痛みが駆け抜けた。両の鼻の穴を生温い物が落ちてくる。目の痛みと息苦しさの所為で、顔じゅうがひたすら辛《つら》い。

「番頭よりも目をかけられていた」

引きあげてはすぐに落とす。

「なんで俺はこんなことしてんだよ」

居合抜きの芸人か。

「本当なら、俺は今頃、馬車に乗ってっ」

叶《かな》うはずもない夢を見ている。

「なんでっ」

男が叫ぶ度に、高波の頭が冷たい土の床を打つ。

「なんで、俺は盗みなんかっ」

待て、盗みとはなんだ。

「もう何もかもうんざりなんだよっ」

最後の一撃で、高波の頭から疑問と意識が同時に吹き飛んだ。

明治十二年三月十七日　午後八時　東京駒込蓬莱町〝詮偽堂〟二階

「その窃盗団ってのが、尊攘派の残党って訳か」

問うた左之助に、斎藤が無言のままうなずいた。別々の鎧櫃に腰かけている。二人が座る櫃の間に長持が二つ重ねられており、その上に銚子と猪口が置かれていた。左之助は別段気にしていないのだが、斎藤は斜めになった長持の上にある銚子の座りの悪さに、些か苛立っているようだった。

「窃盗団といっても五人程度の小さなものだ。居合抜きの芸人とその小僧。そして山伏姿で大釜の煮え湯を浴びたり、焼け火箸を握ったり、燃える薪《まき》が敷かれた上を裸足で渡るという三人の男。こいつらは奥山でもかなり評判となっているらしい」

「そういやそんな見世物があったような気もすんな」

山伏姿の男たちが叫んでいるのと、妙にそこら辺が暑かったのだけは覚えている。男たちのむさくるしい声が煩わしかったので、人垣を避けたのだった。

「奥山に行ったのか」

「あぁ」

「なにか摑んだか」

頭を左右に振ると、斎藤は溜息を吐いた。

「もし本当に奴らが山崎を攫ったとするなら、新撰組の時の怨恨という線が一番濃い。そうだとすれば、当然奴らはお前の顔も知っている。お前が奥山に現れたことで、奴らが焦って山崎を殺したらどうするんだ」

「そんなことは」

ないとは言いきれない。

「ど、どうするよ」

「お前はどうしたい」

冷徹な目が左之助をうかがう。左之助が答えるより先に、斎藤が言葉を継いだ。

「今、警察が奴らの塒《ねぐら》に踏みこんだら、当然山崎は保護されるだろう。どうして山崎を拉致したのかと奴らは問われるはずだ。新撰組の残党だから。間違いなくそう答えるだろうな。奴らには山崎を庇《かば》う理由がない。そうなれば、山崎の素性は知れる。旧幕時代、あの男の名は志士たちの間では恐怖の対象だった。山崎を恨んでいる長州閥の御偉方は今も多い。間違いなく山崎は闇に葬られるだろう」

「だったら警察より先に助けるしかねぇだろが」

「それしかあるまい」

「お前ぇ、警官だろ。いいのかよ」

「所詮、木っ端だ。山崎の素性に比べれば大したことはない」

「よし、そうと決まれば」

左之助は鎧櫃を蹴って立ち上がる。そして古い書物が並べられた棚と長持が積み上げられている間に手を入れ、己が顎先辺りまである棒を取った。

「一人で行くつもりか。しかも今から」

「善は急げって言うだろ」

「奴らは尊攘派の残党だ。新政府で報われず、鬱屈の溜まった奴ばかりだ。修羅場も潜っているだろう。手強《てごわ》いぞ」

「オッサンを死なせる訳にはいかねぇ」

斎藤の口許がほころぶ。

「所詮この世は嘘偽りだとほざいているが、お前はなにも変わらぬな」

「おうよっ」

「少しだけ寄り道をしろ」

「なんだ」

斎藤が立ちあがり、ズボンについた埃を手で払う。

「俺の家に副長の刀がある」

「そいつぁ、うちで買った物だろが」

「どこで買おうと今は俺の物だ」

笑い合う。

「お前ぇも来んのかよ」

「見殺しにはできんだろ」

明治十二年三月十八日　午前二時　東京千束村《せんぞく》　焼場北

夜討ちならば寝静まってからがいいという斎藤の申し出を受け、左之助は夜更けを待った。斎藤の家に寄り、時を過ごしたのである。驚いたのは斎藤に妻がいたことだ。しかもちゃっかり子供まで拵《こしら》えていた。

京にいた頃は、女を欲望を満たすためだけの道具のように用いていた男が、良き夫然として妻と接している姿は面白さなど通り越して、もはや薄ら寒いものすら感じさせた。遠い親戚と旧知の間柄にある知人。それが妻に左之助を紹介した斎藤の言葉である。夜分の客であるというのに時尾《ときお》なる妻女は、左之助を快くもてなしてくれた。そして夜も更けると、左之助に気取《けど》られることなく静かに別室へ退去し、子供とともに寝てしまった。そして夜が更けきったのを見計らい、左之助は斎藤とともに家を出て浅草を目指した。

浅草寺から北に進むと千束村へ至る。千束村をしばらく北に歩む。すると梟首場《きようしゆじよう》の隣に焼場があった。周囲は田畑が多く、人家はまばらである。ここも東京かと疑いたくなるくらい、闇に沈む閑散とした光景であった。

「あそこだ」

まばらな人家のなかのひとつを指さし、斎藤が言った。塀を巡らした敷地には納屋もあり、外から見ていると田畑持ちの百姓家のようである。見世物を生業にしている者たちが住むにしては、いささか分不相応に思えた。盗みを働いているということを事前に聞いていなければ、もっと違和があっただろう。

「目を付けてはいるが、見張りを置くまでではない。しばらく泳がせておこうというのが今のところの警察の判断だ。まぁ、それだけ取るに足らない存在だということでもあるがな」

「思い切り暴れてもいいんだな」

「警官である俺がいいと言える訳がないだろ」

「ここまできて警官も蜂の頭もねぇだろうが」

「一応、体面というものがある」

「二人きりで体面もねぇだろ」

「それもそうだな」

思えば斎藤とこうして一対一で語り合うことは、これまでなかった。正面から向き合ってみると、感情の籠らない言葉のなかにも妙な面白味があると思えてくる。

街灯などあるはずもない田畑に走る道を、駆け足で進む。深夜の村落に人影はない。盗人たちの住処《すみか》に明かりはなかった。五人そろって夢のなかということか。

「芹沢《せりざわ》を殺《や》った時のことを思い出すぜ」

「俺は知らん」

「お前ぇ、いなかったか」

「あぁ」

そう答えて斎藤が扉のない門の前に立った。

「山崎を助けるよりも先に、五人を制圧する」

シャツのボタンをひとつ外し、斎藤がつぶやく。

「夜襲の時は一気に殺っちまうもんだ。下手に勘づかれちまうと後が面倒だ」

「行く」

斎藤が駆けた。閉ざされた玄関の左側に、庭に面した縁がある。おそらく縁側の向こうの障子の先が、広間であろう。縁側に斎藤が飛び乗った。

「俺は裏から行くぜ」

告げるとともに、左之助は玄関を右に折れ、屋敷の裏に回った。所々剝がれかけている土壁を左方に見ながら、塀と壁の間を行く。

表のほうで悲鳴が上がった。

すでに斎藤は盗人を見つけたようだ。あいつは刀を抜いたのか。それだけが気になった。いくら殴り込みとはいえ、左之助には殺すつもりなどない。せいぜい、散々に叩きのめして動けなくする程度のつもりだ。しかし斎藤は土方の愛刀、和泉守兼定を携えている。いかに敵が元志士だといえど、斎藤が相手では分が悪い。

そんなことを考えているうちに、玄関の真裏に出た。

開け放たれた木戸から、今しがた飛び出してきたという様子の人影がふたつ。

「探す手間がはぶけたぜ」

にんまりと笑いながら、左之助は人影に走った。

人影が悲鳴を上げる。その手の辺りでなにかが閃《ひらめ》く。匕首《あいくち》、もしくは小刀か。とにかくそれほど長くはない。左之助に気づいた二人が同時に身構えた。

ためらわない。間合いを探るような真似もしない。敵にむかって一直線に走った。すでに棒は攻撃の態勢を整えている。

「来るなっ」

「そりゃ無理な相談だ」

小さな気をひとつ吐き、棒を突き出す。ぎゅっという短い苦悶の声を吐いて、敵の一人がその場に突っ伏した。

「くそったれ」

残ったほうの男が刃物を投げつけた。くるくると宙を回転しながら、左之助に向かってくる。やはり匕首だ。避《よ》けない。棒で突く。

匕首が棒の先端で弾かれて軌道を変えた。棒は突進を止めない。匕首を撥《は》ね飛ばした勢いのまま、敵の鼻筋の一番くぼんだ場所を打つ。急所である。全力で打てば殺すこともある場所だ。当然、手加減はしている。

瞬く間に敵が二人動かなくなった。当分、意識は戻らない。転がる敵をまたぐようにして左之助は木戸を潜った。

「来るな、来るなっ」

悲痛な叫びが聞こえてくる。竈《かまど》のある土間を抜け、下駄も脱がずに屋敷に上がった。悲鳴が標《しるし》である。襖《ふすま》を蹴破り、声を目指す。気を失った敵が二人、広間の隅に転がっていた。斬られてはいない。どうやら当身でやったらしい。

床の間に腰をかけるようにして、男が泣き顔で叫んでいる。その鼻先に和泉守兼定の研ぎ澄まされた切っ先がむけられていた。左之助は男の顔を覚えている。奥山で居合抜きを披露していた男だ。

「山崎はどこだ」

「な、納屋だ。納屋にいる」

斎藤の冷徹な尋問に、居合抜きは泣きながら答える。

「やめろ斎藤」

左之助が告げると、斎藤の視線が居合抜きから逸れた。左之助を見た斎藤は、冷笑を浮かべたままその場に跪《ひざまず》く。そして膝で畳を擦りながら、居合抜きとの間合いを詰めると、刀身を首に当てた。

「あいつはそう言っているが、どうする」

「やっ、止め」

「俺たちが去ったらすぐに東京を離れろ」

「えっ」

「東京を離れて、今日あったこと、そして俺たちのこと、全部忘れるんだ」

「わ、解った」

「約束だぞ。もし違《たが》えたら、解っているだろうな」

言った斎藤の手元で和泉守兼定が揺れた。男の首から血が一筋したたり落ちるのが、仄かな灯火のなかに見える。

「解りましたっ。だから殺さないで」

「それでいい」

懐で器用に刀を反転させた斎藤は、柄頭で男のこめかみを思いっきり打った。情けない悲鳴をひとつ上げて、居合抜きがその場に倒れる。

「山崎を探すぞ」

刀を鞘に納めながら立ち上がった斎藤の顔に貼りついた冷笑を見て、やはりこの男は好きになれぬと改めて思った。

明治十二年三月三十日　午後七時　東京駒込蓬萊町〝詮偽堂〟二階

「今回は本当に、お前たちのお蔭で助かった」

眼前に座す左之助と斎藤に、山崎が深々と頭を下げた。

「京にいた頃は、あんたのお蔭で散々いい思いをさせてもらったんだ。どうってことねぇよ」

左之助は酒を満たした猪口を、山崎に差し出した。この男がお鷹にまで扮し、地べたをはいずり回って調べ上げてくれた多くの情報のお蔭で、新撰組の勇名は都中に知れ渡ったのだ。組長として表舞台に立っていた左之助は、山崎の働きに敬意を払っている。

「それにしても災難だったな」

斎藤の言葉に山崎が肩をすくめた。殴られた顔の傷はまだ完全には癒えておらず、鼻を覆うようにして包帯が巻かれている。右の目尻のほうにも焼けただれたような小さな傷が残っていた。

「それにしても随分殴られたじゃねぇか」

「ついカッとなっちまってな」

「どういうこった」

左之助の問いに山崎がぺろりと舌を出した。

「どうやらあの居合抜きは、衝動的に俺を攫ったみてぇで、仲間たちは奴のすることを放っておいたようなんだ。だからいつも飯を持ってくるのはあの男だった。拷問するでもなく、殺すでもなく、ただ飯を持ってきて、空いた茶碗を下げるだけだ」

「なんだそりゃ」

「俺のほうこそなんだこりゃだったぜ。が、あの居合抜きが一度、情けねぇこと言いやがったから俺ぁ腹が立ってよ。囚《とら》われの身であることを忘れて説教してやったんだ。そしたら、この様《ざま》よ」

山崎が傷を指さす。

「誰かの所為にして手前ぇは何ひとつ変わらねぇ奴を見ると、見境なくなっちまうのさ」

鍼医の息子でありながら新撰組に入り、一度死人となった後、蘇って江戸に流れ着き、今では新聞錦絵の記者。そんな変転の人生が、変わらぬまま恨み言を吐く者を忌避させるのだろう。少なからず時の流れとともに立場を変えてきた左之助にも、解らぬことではない。己が望むと望まざるとに拘わらず、時代がその場に留まることを許さない時がある。そういう時に動けなかった者は、けっきょく何者にもなれず、後に残るのは恨み言だけだ。左之助も、おそらく山崎も、己の行く道は己で決めたという自負がある。左之助が山崎のような目にあったとしても、多分同じことをしただろう。

「まぁ、大事にならずなによりだ」

　斎藤が立ちあがった。今日は珍しく制服姿である。

「あの盗人たちは放っといていいのかよ」

「俺たちが押し入った次の日には、あの家はもぬけの殻だったらしい。どうせせこい仕事ばかりをやっていた連中だ。恐れをなして逃げ出したのだろう」

　あのまま盗人たちが警察に捕えられていたら、なにかの弾みで山崎や左之助のことを喋ったかもしれない。そうなれば、二人の素性が政府の連中に知られることになる。新撰組といえば尊攘派の連中にとっては今も憎むべき存在だ。左之助や山崎の身に危険が迫るような事態も容易に想像できた。だから斎藤は山崎のことを助けたのだ。それはこの男なりの、かつての同志に対する情だったのかもしれない。

「本当に済まなかった」

　山崎が斎藤に頭を下げる。

「ひとつ貸しにしておく」

　無表情のまま告げた斎藤が、胸のポケットから煙草を取り出し火を点けた。半ばまで吸った煙草を靴底で踏み消し、吸い殻を握りしめたまま斎藤が背をむけた。そのまま何も言わずに一階へと続く階段に歩を進める。

闇に消えてゆこうとする背に、山崎は声をかけた。

「斎藤」

階段を降りかけていた斎藤が足を止める。顔は階下にむけられたままだ。

「ありがとよ」

「ふんっ」

それだけで斎藤は去って行った。

「いい所があるじゃねぇかあいつにもよ」

「うるせぇよ」

答えた左之助は猪口を手にして酒を一気に呷る。

すこしだけ苦かった。

闇夜の盛衰

明治十二年八月二十日　午前十一時　東京麴町《こうじまち》　参謀本部二階

残暑とは名ばかりの容赦ない日差しが、藤田五郎こと斎藤一の顔を照らしていた。薄手のカーテンが光に白い衣を着せる所為で、余計に眩《まぶ》しい。相対する男は窓を背にしているから、こちらの気持ちなど解るはずもない。陽光を背負い黒色に染まった姿を、斎藤は目を細めることなく見つめている。

「久しぶり……。と言ったほうがいいのかな。いや、君と僕にはそもそも面識がなかったはずだな」

長州の志士どもがよく口にした〝君〟と〝僕〟を、男は別段気にするでもなく自然と吐いた。昔から斎藤は、この気取った物言いが好きではない。己は特別なのだと、おおっぴらに言っているような浅ましさがある。

「中将殿にお会いするのは、初めてであります」

「それは本心からの言葉か。それとも〝警視局警部補　藤田五郎〟として吐いた言葉なのかな」

「仰《おつしや》っていることの意味が理解できかねます」

「そういうことにしておこうか。藤田警部補」

男が低い声で笑う。人の奥底に土足で踏み込むような、湿った笑い声だ。分厚い机に肘をつき、両手を組み、顎を甲の上に載せている。余裕を滲ませたその姿に、斎藤は吐き気を覚えた。

二人きりで相対するのは初めてである。それなのにこのわずかな会話だけで、相手に嫌悪の情を抱かせるのだから大したものだ。良くも悪くも、生半《なまなか》な性根では普通これほど相手の心を動かすことはない。目の前の男が、尋常ではないということだ。まぁ凡夫であれば、あの苛烈な時代を生き残り、こうしてふんぞり返ってなどいられないという気もする。

「藤田五郎。そう呼べばよいのか」

「それが私の名であります」

「戸籍の上で……。と、いうことかな」

思わせぶりに話す男である。勿体《もつたい》ぶっていて回りくどい。こういう喋り方をすることで、相手の出方を窺《うかが》っているのだ。少しでも動揺を面に出せば、待ってましたとばかりに喰らいついてくる。

「藤田五郎、山口《やまぐち》二郎《じろう》、そして……」

男はそこで言葉を切った。

「斎藤一」

言葉を奪うようにして、斎藤は言った。男が甲の上の顎を、かすかに上下させる。すべての行いが陰に籠っていた。

「あの頃の京にいた志士のなかで、その名を知らぬ者はいない」

「新撰組三番組組長の名です」

「藤田警部補の言う通りだ」

「なにが言いたい」

声を荒らげもせず、斎藤は問う。いい加減、回りくどい問答に付き合うのはうんざりだった。男が手の甲から頭を上げた。影に彩られた肩が、一度緩やかに上下する。斎藤は制服の胸ポケットから箱を取り出し、紙巻き煙草を一本つまむと、燐寸を擦った。茶褐色の葉に焔《とも》が点り、先端から細い煙を立ち昇らせる。ひとしきり肺腑に吸い込んだ後、ゆっくりと口から吐きだした。その間も男は、黙ったまま斎藤を注視し続けている。毛足の長い絨毯《じゆうたん》を踏みしめながら、男へと近づく。机の上に置かれた灰皿の縁で、人差し指と中指の間に挟んだ煙草を叩いた。近づいたことで男の顔がようやく形を持つ。やたらと口許が印象に残る顔だ。前歯が大きくせり出している。

「調べはついているんだろ」

「君は己の立場が解っていないようだな」

相手は陸軍中将、斎藤は警視局の警部補だ。互いの身分には天と地ほどの開きがある。本来なら斎藤の身分では、こうして一対一で言葉を交わすことなどできない相手だ。

斎藤の口角が歪《いびつ》に吊りあがる。

「昔は、俺たちから逃げ回っていた長州者が、偉そうな口を利くじゃないか」

「時代が変わったのだよ」

「過ぎ去った昔を持ち出したのは、あんたのほうだろ。参謀本部長山県有朋さんよ。あぁ、俺のことを昔の名で呼ぶのなら、あんたは狂介か」

山県が小さな笑い声をひとつ吐いた。斎藤を見上げる目が、わずかに下がる。ふたたび手の甲に顎を載せたのだ。

「その名で呼ばれたのは何年ぶりか。久しぶりに聞いても悪い気はせん。狂介に戻すか」

「貫属《かんぞく》戸籍で、改名は禁じられている」

「そうだった」

山県の笑い声に自嘲が滲む。前歯がせり出した口が、怪しく蠢《うごめ》く。

「そろそろ本題に移ろうか」

吸い口あたりまで灰になったまま危うい均衡を保っている煙草を灰皿に押しつけ、背筋を伸ばして山県を見下ろす。

「正院監部《せいいんかんぶ》という言葉を知っているか」

斎藤は沈黙を答えに代える。

「八年ほど前、太政官直属の機関として設立された部署だ。主に行っていたことは、新政府に不満を持つ者たちの調査。要は間者よ」

「話が見えんな」

「案外せっかちなのだな、三番組組長は」

しつこく昔を持ち出す山県に辟易《へきえき》している斎藤が黙っていると、陰険な目付きの中将は話を続けた。

「正院監部自体は警視庁内に国事警察が創設されて以降解体され、今はもうない。が、監部の間者たちの多くは、その後も政府要人に飼われて生き延びておる」

「あんたも飼い主の一人って訳か」

山県が微笑を浮かべ、なおも語る。

「飼い犬の一匹を殺して欲しい」

「何故《なぜ》、俺が」

「僕が知らないと思っているのか」

国事警察という言葉が山県の口から出た時に、覚悟はしていた。

「一年ほど前、塚本何某《なにがし》なる士族とその一党が逮捕された一件で、大層活躍したそうじゃないか」

人身売買などを手掛けていた士族、塚本新八を逮捕するために、斎藤はずいぶん骨を折った。西南戦争、そして立志社の騒動から続く不平士族たちの企みは、この塚本新八の逮捕によって一応の収束を見た。そしてそれを機に、陸軍は参謀本部を立ち上げ、政府の手を離れたのである。塚本を操っていた人物。それが眼《め》の前の山県だと斎藤は睨んでいた。

山県はなおも語る。

「塚本は立志社とも繋がり、政府に叛乱を企んでいたそうじゃないか」

それはこの男の掌中での出来事であったはずだ。しかし陰鬱な中将は、塚本との間柄など噫《おくび》にも出さない。

「叛乱を企む者を調査、捕縛する。そんなことは一警部補のやれることではない」

国事警察。それが斎藤の真の所属先である。この事実を知るのは、警察でも上層の数人だけだ。公の立場は、警視局警部補である。

「これは参謀本部長として、国事警察所属の藤田五郎警部補に頼んでいるのではない。

あくまで山県有朋一個人として、斎藤一君に依頼しているつもりだ」

山県はあえて、斎藤一と呼んだ。つまり現在の藤田五郎に用があるのではなく、新撰組三番組組長であった斎藤一に人を殺して欲しいということなのである。

「もちろん君の上司にも話は通していない。こうして正式に面会を依頼しはしたが、その辺りのことはうまくぼかしている」

ぬかりはないのだろう。別に斎藤は、心配もしていなかった。

「牧本要蔵《まきもとようぞう》。それが獲物の名だ」

極めて淡々と山県が告げた。

「監部であった頃の伝手で三菱の末端会社に勤めている。渉外担当などと言ってはいるが、給金泥棒だ。どうせ脅迫めいたことをして潜り込んだのだろう」

間者などをしていると、人の弱味を嫌というほど知る。それを元手にすれば、金に困らぬ生活もたしかにできる。

「奴には家族がいない。死んでも誰も困らん。喜ぶ者は山ほどいるだろうがな。まぁ、世直しだと思ってくれればいい」

「人殺しに世直しもへったくれもないだろ」

「都の警護などと御託を並べ、さんざん人を斬り殺しまくっていた君の言葉とは思えんな」

「嫌だと言ったらどうする」

山県の縦に太く横に短い眉が、わずかに吊りあがる。

「こういう時に、僕のような人間が考えていることなど、君にはとっくにお見通しだろ」

明治十二年八月二十日　午後七時三十分　東京根津宮永町

「戻った」

後ろ手に戸を閉めつつ、斎藤は屋内に声をかけた。白足袋を履いた爪先で静かに廊下を撫でる音をさせながら、妻である時尾が姿を見せる。張り出た腹が重そうだった。

「お帰りなさいませ」

靴を脱ぎ、框から廊下に上がると、時尾が背後に回る。うながされるようにして制服の上着から腕を抜いていると、妻の静かな声が聞こえた。

「お客様です」

「誰だ」

「牧本様と仰る御方です」

時尾は、会津藩大目付高木《たかぎ》小十郎《こじゆうろう》の娘である。五年前に妻に貰った。もちろん斎藤の前歴を知っている。だから主人の客のことをとやかく詮索はしない。

「そうか」

「客間で待っていただいております」

「なにも出さなくていい。お前は勉《つとむ》とともに奥にいなさい」

勉は四歳になる息子である。時尾の腹のなかには二人目の子がいた。あとふた月もすれば生まれる。

「解りました」

それ以上なにも言わず、時尾は黙って斎藤に背をむけた。奥のほうから母を呼ぶ勉の声がする。急《せ》かされるようにして時尾は、廊下の奥に消えた。

汗で汚れたシャツのまま、斎藤は廊下をゆるりと歩む。閉ざされた客間の障子戸のむこうに、気配がひとつくぐもっていた。指先を引手にかけて、少しだけ開く。客間の気配は動こうとしない。それを確認してから、一気に開いた。六畳ほどの部屋の真ん中に設えられた卓袱台《ちゃぶだい》の奥に、こぢんまりとした体格の男が座っている。細面でどことなく山崎を思い出させる風貌だった。間者という生き物は、どこかで似通ってくるのかも知れないなどと、斎藤は密かに思った。

座したままこちらを見上げる男と視線を合わせたまま、斎藤は腰のベルトから刀を外す。そして妻に牧本と名乗った男の前に座る。胡坐をかき、膝の上に手首のあたりを載せた。正座でかしこまっている牧本を見つめながら、一度小さく息を吸いこんだ。

「藤田五郎です」

「牧本要蔵と申します」

男は卑屈なくらいに媚《こ》びた笑みを浮かべ、斎藤に辞儀をした。相手に阿《おもね》るような態度が、なんとなく作り物染みている。

「私はあなたに見覚えがないのだが」

「お目にかかるのは初めてです。ですが、私はあなたのことを、よく知っている。ねぇ斎藤一さん」

卑屈な容貌はそのままに、牧本は不快な言葉を口にした。ぴんと張った両腕が、しきりに動いている。膝を撫でているのだ。そのせせこましい仕草は、山崎とは正反対だった。あの元間者は、どんなことがあってもつねに堂々としている。それはもう、厚かましいを通り越して清々《すがすが》しいほどだ。

「御用は」

斎藤の問いに、上目遣いの牧本の目が弓形《ゆみなり》に歪んだ。目だけが笑っている。

「今日、参謀本部に呼ばれましたな」

腐っても元は太政官直属の間諜《かんちょう》組織に所属していた男だ。そのあたりは抜け目がない。

「御会いなされたのは、参謀本部長山県有朋でしょう。何を頼まれましたか」

「別段これといって頼まれてはおらぬ。昔は敵同士だったが、今はともに帝に奉仕する身。往時のことを懐かしく話したいと申され、付き合ったまで」

「見え透いた嘘は止めてもらおう」

牧本の口調が、急に圧を帯びた。それまで卑屈に歪んでいた顔が、いつの間にか引き締まっている。小さく見えていた体格も、幾分膨れたように見えた。被っていた羊の皮を脱ぎ捨て、狼《おおかみ》が顔を出す。いや、狼というにはいささか覇気が足りない。羊の皮を脱いで犬が出てきた。その程度の変貌である。やはりこの男は、どこまで行っても犬なのだ。

「なぜ笑う」

言われて己が笑っていると知った。斎藤はこれみよがしに口の端を吊り上げ、牧本を正面から見据える。

「ここで殺してやろうか」

刀は胡坐をかいた右膝のむこうにある。手を伸ばせば届く場所だ。持ってすぐに抜刀する。左手で抜くが、支障はない。左右どちらでも斬れる。その程度のことをするくらいには、まだ錆《さ》びていない。廃刀令が発布されてすでに三年。もちろん牧本は刀など持っていなかった。懐に銃を忍ばせている恐れはあるが、絶対に己の抜刀のほうが速い。

牧本が銃を構えた瞬間、その腕ごと首を掻っ切って終わりだ。

「そう逸《はや》らんでくださいよ」

斎藤の気にあてられ、牧本がふたたび卑屈な態度に戻った。情動のすべてが作り物であるから、そのあたりは自在であろう。外面がどんなに変化しようと、牧本の芯はおそらくまったくぶれていない。

「私を殺せと命じられたんですな」

「だとしたらどうする」

「見逃しちゃくれませんか」

きっぱりと言ってのけ、牧本は続ける。

「別に斎藤さんにしくじれと言ってる訳じゃないんです。身代わりはもう用意している。私にそっくりな食い詰め士族です。そいつ、金に困ってまして。家族のために死ねるなら、本望だって言うんですよ。誰も困らない」

我欲に満ちた言葉を、貧相な唇から一気に吐き出した牧本は、大きく息を吸うと、妻が出したであろう冷めた茶を飲み干した。

「私はねぇ斎藤さん」

膝の上で小刻みに揺れる己の掌を見つめながら、牧本がつぶやく。

「山県の秘密を知ってしまったんですよ。だから消されるんだ」

「監部がなくなったあと、山県に飼われてたんだろ。秘密のひとつやふたつ共有するのが、飼い主と犬の間柄というものだ」

斎藤にも覚えがある。局長たちと袂を分かった伊東甲子太郎《かしたろう》らの動向を調べるため、新撰組を離れたことがあった。御陵衛士《ごりようえじ》と名乗り、尊王攘夷の志士となった伊東たちは、後に新撰組によって粛清される。それまでの間、斎藤は御陵衛士の内情をつぶさに近藤、土方両名に報せていた。その時、たしかに近藤と土方は飼い主であり、斎藤は犬であった。秘密を共有することで、間諜は成立するということを、斎藤は身をもって知っている。

「生易しい秘密なら、狙われることはない」

声が震えていた。心底から恐れている。

「なにを知った」

「言える訳がない。が、ただひとつだけ教えておいてやる。山県の駒になったが最後、あんたは死ぬまで奴の飼い犬だ」

「生憎《あいにく》、俺は人なんでな」

牧本が鼻で笑う。

「俺は死にたくない。まだ生きていたいんだ」

「家族はいないと聞いたが」

「そんなもんが生きる理由になるとは、俺には思えないね」

吐き捨てるように牧本が言った。

「家族なんて言葉が、あの頃の京を生き抜いたあんたの口から出るとは思わなかった。美しい女房と可愛い子供ができて、どうかしちまったんじゃないのか。俺は俺のために生きたい。美味《うま》い飯を喰って、綺麗な女を抱く。金はあるんだ。使わなくてどうする」

「いい心掛けだな」

「だろ。だから頼む、見逃してくれ。悪いようにはしない」

下手な芝居のように、牧本が顔の前で両手を合わせた。

「見逃してくれないってんなら、こっちにも考えがある」

「面白い」

いつでも抜けるように、右手の指先に気をやる。

「昔の仲間に手紙を渡している。俺と連絡が途絶えれば、ある連中にその手紙を送れと言ってある」

「なんだそれは」

「あんたと、あんたのお仲間のことだよ」

「同僚ならいるが、俺に仲間などいない」

「とぼけても無駄だぜ。いるだろ蓬莱町と神田に」

牧本が勝ち誇ったように顎を突き出す。

「ある連中というのは、都であんたたちに散々追い回された奴等だ。新政府の仕事にあぶれ、不平を持つ士族たちが、今でもこの街には山ほどいるんだぜ。そいつらが昔を隠して生きている、あんたの正体や、あんたの仲間のことを知ったら、どうなるか」

右手の指先が伸びる。その先には軍刀拵えに直した副長の佩刀、和泉守兼定があった。

「緩みきった世の中にすっかり飼いならされちまったあんたに残された道はひとつだ」

斎藤の殺気を逸らすように、牧本が立ちあがった。卓袱台を回り、斎藤に近づく。間合いの裡にある。斬れぬこともない。

「東大久保村、植物御苑《ぎょえん》の北にある花園社に三十日の夜七時だ。そこで俺の身代わりを始末する。手伝ってくれ。あんたも山県に見せるために、俺を殺った証《あかし》がいるだろ」

「お前も来るんだな」

「俺が直接いいと言わねぇと、仲間は手紙をあんたに渡さねぇからな」

引手に力をこめる牧本が、手を止めて肩越しに斎藤を見下ろす。

「そうそう、最近は物騒だから、身重の奥さんと小さい子供だけじゃ、夜は危ない。初めて会う奴を家に上げるようなことは止めさせたほうがいい。そのうち、大事な家族ってやつを失うことになるかも知れないからな」

障子戸を閉じる刹那に見えた牧本の目に、高慢な光がみなぎっていた。

明治十二年八月二十五日　午後三時十五分　東京駒込蓬萊町　〝詮偽堂〟

「帰れよ」

敷居を跨ぐと同時に、無礼な店主の声がした。猫の額ほどの帳場に身体を縮めて座っているのは、いまにも潰れそうなこの店の主人である。

「客を追い返すとはいい度胸だな」

「どこに客がいるんだ」

左之助は帳場に肘をついて、大袈裟に身を乗りだした。掌を額にかざしながら、斎藤のむこうにある出入り口のほうを見る。そんな店主の無礼など意に介さず、斎藤はうっすらと埃をかぶった棚の上に積まれた浮世絵を手に取った。胸のあたりまで持ってきた時、鼻の奥にむず痒《がゆ》さを感じた。くしゃみをするほどではないが、不快ではある。

「掃除くらいしろ」

「やってる」

帳場に肘をつき、両の掌で顔を挟むようにした左之助が、斎藤を見ている。甲の上に顎を載せた山県の姿が、不意に頭をかすめた。同じような格好でも、ずいぶんと印象が違う。

「阿呆《あほう》丸出しだな」

「いいからさっさと帰れ」

「お前が目利きなどできるとは考えられんな。売り物はどうしてるんだ」

「先代にみっちり教え込まれてんだ。お前ぇに心配されなくても、ちゃんとやってるよ」

「だったら品物の手入れは、しっかりやれ」

言葉を交わしながら、手にした浮世絵を眺めている。浅草の観音様の祭りが描かれているが、絵にまったく興味がない斎藤にも、大した物じゃないということが解るくらいに拙い絵だった。

「買う奴がいるのか」

ついに店主は語らなくなった。突いていた肘は右一本になり、返した掌に頬を載せ、そっぽをむいている。虚《うつ》ろな目が見ている先に、天井があった。その上は二階になっている。左之助はそこで酒を呑む。

「おっ、珍しい客だな」

背後で聞き覚えのある声がする。浮世絵を棚に戻し、入り口のほうを見ると、陽光を遮るようにして中年の男が立っていた。山崎烝、今は高波梓か。店主の酒の相手である。

「こうして何度も偶然揃《そろ》うってのは、やっぱり縁ってのはあるんだな」

言いながら山崎は敷居を跨いだ。開襟シャツの胸をはだけさせ、白い団扇《うちわ》で風を送っている。

「なにが縁だ。お前ぇは三日に一度は来てんだろ。うちの客の大半と顔見知りんなるくれぇに入り浸りやがって。そんなに頻繁に来てりゃ、縁がなくても顔を合わせんだろ」

「俺も暇なんだよ、お前ぇと一緒でな」

山崎は帳場の脇に置かれていた丸椅子を持ち、その脚を土間に擦らせながら、棚と棚の間にできた細い通路のような場所に置いた。椅子に腰を下ろすと、団扇で顔を煽ぎだす。

「お前ぇがそこに居座ると、客が裏に回れねぇだろうが」

「どこに居んだよ客なんて」

「そこに居んだろ」

左之助の突き出した顎が、斎藤を指した。

「あいつ、客だったのか」

「今、客になったんだよ」

山崎が団扇を止めて斎藤を見ると、あっ、いらっしゃい、などと奉公人のような声音で言った。

「まったく相変わらずだな、お前たちは」

鼻から小さな溜息を吐き、斎藤は先刻の浮世絵が置かれた見世棚に目をやった。腰をかけるのにちょうどよい高さである。ズボンのポケットから取り出したハンカチで棚の縁を軽く払い、尻を付ける。

「なにしてんだよ」

左之助が眉を吊り上げて問う。

「座っている」

「品物《しなもん》の上に座んじゃねぇ」

「品物には尻を付けていない」

答えると山崎の切れのいい笑い声がした。座っているのは棚の縁だ。品物との間には若干の余裕がある。

「同《おん》じこった」

「俺が座ることより埃を気にしろ」

「違いねぇや」

割って入った山崎が相槌を打って、また笑う。その間も団扇で顔を煽ぎ続けている。たしかにこの店は暑い。夏物とはいえ、背広は辛かった。上から順にボタンをはずし、上着を脱いだ。綺麗に折り畳んで右腕にかける。

「衣紋《えもん》掛けに掛けといてやろうか」

「埃まみれになったら敵《かな》わん」

「けっ、好きにしやがれ」

「相変わらず、お前たちは仲が悪ぃな」

山崎の言葉を聞き流し手にかけた上着のポケットから煙草を取り出して火を点けた。

左之助が帳場越しに、山崎に硝子の灰皿を手渡す。椅子から腰を上げ、身を乗りだして腕を伸ばし、山崎が差し出した灰皿を受け取った。

「今の暮らしはどうだ」

煙とともに吐き出す。

「どっちに聞いてんだ」

店主が問う。

「二人にだ」

「悪かねぇ」

即座に断言したのは山崎だ。

「いつなくなるか解らねぇ版元だし、身の振り方考えねぇといけねぇなとは思うが、そんな悩みはちっぽけなもんだ。あの頃みてぇな生き死にの問題じゃねぇ。なんとかやっていける。こういう暮らしも悪かねぇよ」

「お前はどうだ」

左之助に目をむける。

「さぁな」

「おい、お皐ちゃんが奥で聞いてたら悲しむぞ」

山崎が小声で言った。左之助はちらりと奥を肩越しに見る。

「まぁ、俺にしちゃ上出来なんじゃねぇか」

「お前、京に妻と子供がいただろ」

問うた斎藤を、店主がにらむ。奥にいる新たな嫁を気にしているようだ。蔵を改造して作ったこの店と、嫁のいる住居は、小さい廊下で繋がってはいるが、戸で仕切られているから、少々大きな声で語っても聞こえはしない。それでも妻を気にするあたり、なんとも滑稽である。

試衛館《しえいかん》に出入りしていた古参の面々のなか、左之助だけが京で所帯を持ち、子も儲けている。たしか男子であったはずだ。

「逢《あ》いたいとは思わんか」

「江戸に官軍が攻めて来て、逃げてるうちにここの大将に拾われて、なんだかんだあって今じゃ、大将の娘と所帯持って、こうしてる。京に帰ってる暇はねぇ」

「この店にあんのは暇だけだろ」

山崎の相槌に、短い文句をひとつ垂れてから、左之助はふんぞり返って、土壁に接するように置かれた戸棚に背を預けた。そのまま両腕を高く伸ばし、頭の上で手を組んだ。

「むこうでちゃんと生きてんだろ。今さら俺が出て行ったって、面倒なだけだ。もう十年以上も会ってねぇんだ。あいつらにはあいつらの柵《しがらみ》が出来てる。俺の入る隙間はねぇよ」

「そうか」

脂《やに》で薄茶色に染まった灰皿に吸い殻を押し付けると、斎藤は立ち上がった。山崎に灰皿を手渡し、二人に背をむける。

「なんだよ二階には寄ってかねぇのか」

さえない記者の声を背に受け、敷居まで歩む。肩越しに振り返ってから、問いに答える。

「昼間から酒を呑むような趣味はない」

「なにしに来やがったんだ、お前ぇはよ」

左之助の悪態が聞こえた時には、斎藤は夕暮れに染まる往来へと足を踏み出していた。

明治十二年八月二十七日　午後九時二十分　東京日本橋薬研堀《やげんぼり》

「お前ぇたち、誰に手ぇ出してんだ、こらっ」

斎藤の相棒の手を振り払って、男が怒鳴った。店から漏れる微《かす》かな明かりでも、顔が真っ赤に染まっているのが解る。叫んだ後も肩で息をしている男は、口から饐《す》えた臭いをまき散らしていた。

巡邏《じゅんら》の最中、酔っ払いに出くわした。こんなことは日常茶飯事である。相棒と一緒に適当になだめて、家に戻すか牢《ろう》にぶちこむ。一日も頭を冷やせば、どんなに悪い酒でも醒める。斎藤は若い相棒に任せ、遠くから四十男のがなり立てる声を聞いていた。よろめく足の向こうに、別の若い男が座っている。店の壁に背をあずけ、頬をさすっていた。四十男にからまれ殴られたらしい。

「あんまり騒ぐと、一緒に来てもらうよ」

「上等じゃねぇか。どこにでも行ってやらぁ」

相棒の言葉に、四十男が激昂する。

「俺ぁ、薩摩ではちっとは名の知られた男なんだぜ。南洲公《なんしゅうこう》の遠縁にあたる。お前ぇらなんかが」

気付いた時には、男に近寄り、殴っていた。

「なにしやがっ」

吹き飛んでしゃがんでいる男の顔を殴る。

「西郷《さいごう》の遠縁ってわりには、手前ぇ、薩摩訛《なま》りがねぇじゃねぇか」

「い、いや」

口籠る男の顔を三度殴る。

「どうした、西郷の遠縁ってことは、政府にもつながりのひとつやふたつあるんだろ。さぁ、どうすんだ。お前、いま警官に殴られてるんだぞ」

言いながら殴り続ける。男の頬が膨れて青黒い血でぱんぱんになっていた。あと二、三度殴れば、頬の内側の肉が裂けて破れる。などと思っているうちに、男が口からどろりとした血を吐き出した。

「止めてっ、お、俺には女房と小さな子がっ」

「大事な家族がいるんだったら、みっともねぇ真似するんじゃねぇ。酔いにまかせて、見るからに弱そうな奴に喧嘩ふっかけて、調子に乗ってんじゃねぇ」

「ご、ごめ」

すでに男は反抗する気を失っている。

「藤田さんっ」

若い相棒が肩をつかんで力ずくで斎藤を引き剝がした。

「どうしたんですか、いったい」

四十男はうずくまったまま泣いている。喧嘩を売られた若者は、恐怖で震えていた。

店からも客や女将《おかみ》が顔を出している。

「喧嘩で怪我《けが》したんだったな、お前」

四十男を見下ろして問う。すると真っ赤な顔が怯《おび》えて幾度も上下した。

「どうすればいいんですか」

相棒が声を潜めて問う。その肩に触れ、一度小さく叩く。

「ひと晩ぶち込んどけ」

言って店を後にする。煙草に火を点けると、闇に橙色《だいだいいろ》の花が咲く。どうしてあんな酔っ払いなどに、あれほど怒りを覚えたのかと己に問う。理由は解っていた。

明治十二年八月三十日　午後七時十五分　東京東大久保村

四谷から足を西にむけ、宮内省植物御苑の辺りまで来ると、そこはもう村であった。東大久保村の南は千駄ヶ谷村。そして西は角筈《つのはず》村だ。密集していた民家もまばらになり、じょじょに田畑が目立ってくる。内藤新宿が近いが、この辺りは静かなものだ。植物御苑を左に見ながら歩き、敷地が終わる辺りで北へむかう。すると花園社がすぐそこだ。

この刻限になっても空は、まだわずかに明るかった。紅に染まる時は過ぎ、すでに薄紫色になってはいるが、それでも遠くを見通すだけの明るさは残っている。

斎藤は一人参道を歩む。祭りがやっている訳でもない。誰彼時《たそがれどき》の境内には人の姿は見当たらなかった。さすがにこの刻限になると、遊んでいた子供たちも家に帰っている。人の姿はない。が、気配はある。本殿の前を右に折れ、奥の雑木林のほうへと足をむけた。昼を惜しむかのように蟬たちが鳴き続ける。木々のなかに踏み入ると、尋常ではない五月蠅さだった。暑さが和らいだ夕刻だからまだ許せるが、これが昼だと思うと気が遠くなる。熱気で濃い土の匂いがした。甘いのか酸いのかよくわからぬ匂いを嗅ぎながら、林の奥へと進む。

「来たか」

薄闇に染まった大樹のむこうから、人影が半身をさらしていた。声は十日前に聞いた牧本のものである。

「来るしかないだろ」

「それもそうだ」

人影が木から離れる。あまり高くはない背丈も、貧相な身体つきも、記憶のなかの牧本に相違ない。夜に溶けた顔に、目鼻が見つからなかった。間合いを詰めようとしていることを気取られぬよう、さりげなく右足を出す。

「あまりこっちに来るなよ」

斎藤は制服のまま。もちろん腰のベルトには、兼定を下げている。牧本が警戒するのも無理はない。

「身代わりはどうした」

「それが、寸前になってびびっちまって、仲間たちが攫ってる最中だ。じきに来るから もう少し待ってくれ」

斎藤は懐から煙草を取り出した。よどみなく燐寸で先端に火を点ける。すると己の顔のまわりだけ視界が明るくなった。

「吸うか」

「いや」

牧本は近づくのを避けている。

「お前、本当に牧本か」

「鬼の三番組組長ともあろう御方が、随分と疑《うたぐ》り深いんだな」

「この疑り深さで、今まで生きてきた」

喋るとすぐに煙草を口にする。吸うと、焰が盛って顔を照らした。

「何故逃げた」

「前にも言っただろ。あの男は危な過ぎる。監部がなくなっちまうってなった時、藁《わら》をもつかむ思いで縋《すが》っちまったが、今となっちゃ後悔している」

「なにがあった」

「言ったら、あんたも一生狙われる」

煙草を地面に落とし、長靴《ちょうか》の足先で消す。吸い殻は断末魔のように一度濃い芳香を放ち、完全に消えた。

「ここで俺は死んだことになる。そうすりゃ、もうあの男に縛られることもねぇ」

「まだ引き受けてはいないぞ」

「あんたはやるしかねぇんだ。俺を殺れとあの男が言ったら、やるしかないことくらい俺も知っている。だから俺は人質を取った。あの男の命令をこなし、俺の願いも聞き届ける。これが最善の策だとは思わないか」

言う通りである。妻と子、左之助と山崎を救うためには、この男の身代わりを殺し、山県をだますしかない。

「もうすぐ仲間たちが身代わりを連れてくる。それまで大人しく待っていてくれ」

「好機だな」

斎藤の言葉に一瞬戸惑った元間者は、ひとつ咳払いをしてから口を開いた。

「た、たしかに今が好機かも知れん。来月まで持ち越せば、あの男はあんた以外の刺客を差しむけて」

「勘違いするな」

言葉をさえぎる。

すでに右足は地を蹴っていた。牧本は十分な間合いのつもりだろうが、斎藤にとっては取るに足らない距離である。虚を衝《つ》かれて固まる牧本が我を取り戻した時には、斎藤の顔は彼の顎下に潜り込んでいた。抜き放たれた剣は、顔よりも深く牧本へ潜り込んでいる。

「あっ、あんた、なにして……」

言った牧本の口から血がほとばしった。

「家を汚すと、後が面倒だったから今日にした」

鳩尾に鍔元まで刀を呑み込んでもなお立っているのは、さすが元間者である。生半な鍛え方であれば、瞬く間に力が抜け、膝から崩れ落ちる。両手で柄を握ったまま、左の肩を牧本の胸のあたりに付ける。前のめりになっている身体を下から支えるためだ。力なく下がった牧本の頭のちょうど耳のあたりに、斎藤の口許が位置している。

「お前は勘違いをしている」

ささやく。牧本は聞いているようだが、答えるだけの気力がない。

「俺にとって、柵はどこまで行っても柵に過ぎん。妻や子であろうと柵の一部。奴等などそれ以下だ。そんな物にいちいち執着していては己の命すら守れん」

「奴等がどうなっても」

「知らんな」

掠《かす》れた声で必死に言葉を紡ごうとしていた牧本を止めて続ける。

「奴等は奴等で生きてゆく。それを助ける義理はない。奴等を狙いたければ狙えばいい。生きるも死ぬも、奴等次第よ。それが」

ぐいと牧本の耳に近付く。

「犬の生き方だろ」

「そうだ……。そうだったな」

口から血の泡を吐きながら、牧本が笑う。

「お前には聞かせてやってもいいだろう。い、犬には犬なりの武器がいるからな」

黙って牧本を待つ。

「あ、あの男は」

斎藤の耳に言葉が注ぎ込まれる。

「ほう……」

思わず声をあげた斎藤に、牧本はなおもささやく。

「あの男の前を行く者は、なぜ都合よく死ぬんだろうな」

耳に当たる息が弱い。

「精々、あの男に喰われぬように気を付けろ」

牧本が急に重くなった。支えていた肩を払い、屍《しかばね》を地に転がす。

じきに仲間たちが来る。その前に姿を消さなければならない。

「山県有朋」

つぶやき、走りだす。牧本でも、その仲間でもない気配が、社の周囲にくぐもっているのを、斎藤はたしかに感じていた。

明治十二年八月三十一日　午前十一時　東京麹町　参謀本部二階

本部内が浮足立っている。というより、この国自体が浮かれていた。

「こういう時に呼び出すのもどうかと思ったが、報告事は早めに終わらせるに限るからな」

窓の外の喧噪《けんそう》をよそに、山県はいつもの陰鬱な声で言った。

「男児であらせられる。真に喜ばしい限りだ」

山県の言葉に、斎藤は無言を保つ。

帝の子が生まれた。男児である。ゆくゆくは明治の次の世を担うことになるであろう赤子の誕生に、東京はどこも朝からお祭り騒ぎであった。しかしそんなことは斎藤には関係ない。己が子の出生時ですら、喜びよりもまず先に、赤くて皺くちゃで醜いと思ったほどである。他人の子など、どれだけ位が高かろうが、喜ぶ気になどなれなかった。

「それにしても、牧本が君の家を訪ねるというのは予想していなかった」

「お蔭で、探す手間も、尾《つ》ける時も省けた」

「願ったり叶ったりだったという訳か」

山県が手の甲から顎を上げ、右手で机上の灰皿を押した。斎藤は一歩近づいてから、煙草を取り出し、火を点ける。

「君ならばやってくれると思っていた」

大仰に生やした髭を歪ませて、山県が微笑を浮かべた。斎藤を見上げる汚らしい目付きに、思わず唾を吐きかけたくなる。語ろうとする自然な動作で、代わりに煙を吐きかけた。

「俺が裏切っていたらどうした」

漫然と煙を浴びて、山県はわずかに肩をすくめた。すでに顎は甲の上に戻っている。どんなことをしても、この男は怒らないのではないか。いや、誰かに感情を読み取られるような真似はしないのではないか。幼い頃からそうやって生きてきた所為で、今では考えずとも自然とそういう風に顔の肉が鍛えられているのであろう。同じような生き方をしてきた斎藤にはなんとなく解る。

「ずっと見ていたんだろ、俺たちのことを」

社で感じた無数の気配は、山県の手の者に間違いない。斎藤が初めてこの部屋を訪れた時から、監視されていたのだ。恐らく牧本にも監視の目は光っていたはずである。もし斎藤が下手な真似をすれば、すぐに山県の耳に入る。相手は参謀本部長なのだ。斎藤一人を当てにするほど、愚かではない。牧本の申し出を受け、身代わりを殺して奴を逃がしていたら、斎藤の身が危うかった。官憲に手出しは出来ぬなどと口では言っているが、山県にかかれば警部補一人の命など、どうとでもなる。ましてや斎藤には国事警察という裏の顔がある。内偵を行っている際の殉職などと筋道さえ整えれば、警視局の上層部も信じざるを得ない。元から斎藤が選ぶ道はひとつだったのだ。

牧本の増長ぶりが滑稽に思えた。犬がどれだけ吠《ほ》えても、飼い主は痛くも痒くもない。餌も塒もすべて飼い主の物なのだ。

「俺をどうするつもりだ」

山県を睨む。どれだけ殺気を放ってみても、底なし沼のごとき瞳は、受け入れ、呑み込み、小揺《こゆる》ぎもしない。

「君の腕が鈍っていないことが、何よりも嬉しい」

殺気を呑んで満足したのか、闇が瞼《まぶた》に遮られ、肉と肉の境目が弓形に曲がる。

「君はあくまで警視局の警部補だ。公にこちらに引き込むつもりはない。安心してくれ」

「別に俺は」

「必要な時に声をかける」

言葉を切った山県の笑みに歪んだ肉の隙間から、闇がこちらを見ていた。誰かの喉が鳴る。山県ではない。

犬か？

いや……。

己だ。

身体と魂が遊離している。みずからの喉が鳴った音を、他人の物のように感じた。たしかにこの部屋にいるのに、山県と相対している身体が別の誰かの物だと錯覚している。

「喝っ」

腹の底から気を放つ。ぼやけはじめていた山県の輪郭が、明瞭になった。

「体調が思わしくないようだが」

「大丈夫だ」

それを聞き、おもむろに山県が立ちあがった。斎藤に背をむけ、高い天井まで届く窓の前に立つ。薄いカーテンを右手でゆるりと持ち、わずかに開いて山県は外を見た。

「僕は君のような人間が嫌いではない」

「あんたに好かれたいとは思っていない」

「安心したまえ、誰も僕に好かれようなどと思っていない。上っ面で媚びへつらうだけだ。まぁ、僕も誰かに好かれたいと思っていないから、お互い様なのだがね」

山県を陽光が照らす。この男に陽の光ほど似合わぬものはない。斎藤は二本目の煙草に火を点《とも》す。思いきり吸い込むと、苦みが口中に広がる。それを残らず肺腑に注ぎ、一度溜めてから、ゆっくりと吐き出す。すると、山県の妖気にあてられてぼんやりしていた頭が、すっきりと醒めてゆく。

「君が仕事を果たしたその都度、報酬を保証する。金とは限らない。その時に決めようじゃないか」

「好きにしろ」

「話が早くて助かるよ。では今回は、牧本を殺してしまった以上、奴の仲間たちが君を狙うかも知れない。君の家族の命の保証ということで、どうかね。済まないが、友達までは手が回らない」

「決められた物をもらうしかないんだろ」

「ますます気に入ったよ」

　言った山県が、こまやかな動きで皺を伸ばし、カーテンを元の位置に戻す。そして、踵《かかと》を起点にしてくるりと振り返り、立ったまま斎藤と正対した。

「役職上、私もこれから陛下の元に参らねばならんので、少々急ぐのだよ」

　斎藤が辞儀をしようとすると、山県がそれを阻むように言葉を吐いた。

「昔は敵味方に分かれていたが、今はこうして手を取り合っている。僕は参謀本部長、君は警部補という立場の差異こそ大きいがね」

「何が言いたい」

「これからもよろしく頼む」

鼻息をひとつ吐き斎藤は辞儀をする。頭を上げ、山県に殺気の瞳をむけた。

「では失礼いたします、参謀本部長」

「うむ」

殺気などあってなきがごとく、山県が平然と答える。その揺るぎない姿に、斎藤は苛立ちを覚えた。

明治十二年八月三十一日　午後八時三十五分　東京駒込蓬萊町

さすがにこの時刻になると、あたりはすっかり闇に染まっている。陽が沈んでなお蒸し暑い路地で、斎藤は立ち止まった。寺が多いこの街は、夕方になると、路地に立っていてもどこか抹香臭い。そこかしこから線香の煙が漏れてくるのだから、仕方がなかった。建ち並ぶ寺や民家から明かりが漏れている。香の匂いのなかに、夕餉《ゆうげ》の残り香も混じっていた。魚の煮付けであろうか、甘辛い醬油《しょうゆ》の香りがなかでも特に我を張っている。視線の先にある家からでないことは確かだ。なぜならこの屋の主は、家にはいない。

通りに面した蔵の二階に明かりが灯《とも》っている。なぜこんな妙な造りなのかと思ってしまう。普通、蔵は屋敷の奥にあるものだ。維新から明治にかけて、ずいぶん街の景色は変わった。恐らくその間に道筋が変化し、蔵が通りに面するという妙なことになったのであろう。いや、この店は先代の頃からあるという。となれば幕府があった頃から、蔵は通りに面していたということも考えられる。

無性に主に聞いてみたくなった。

斎藤は白壁から漏れる明かりを見つめる。開け放たれた分厚い扉のむこうから時折聞こえてくる男たちの笑い声が、底抜けに明るい。

腰に手をやる。軍刀拵えの和泉守兼定に触れた。暑気にあてられ鍔が熱を帯びている。

「副長」

この刀の元の持ち主は、斎藤を会津に残し、己は死地を求めて蝦夷へむかった。彼が箱館で死んだ時、新撰組は終わったのだ。

山口一、斎藤一、山口二郎、そして藤田五郎。名を変える度に斎藤は己の人生も変えてきた。山口から斎藤になったのは江戸から京へ行き、浪士組に加わる時だ。そして山口二郎になったのは、密偵として加入した御陵衛士から新撰組に戻った時である。藤田五郎に名を変えたのは、幕府から新政府へという時代の変遷の所為だ。名を変え、人生を変えても、斎藤は斎藤なのである。なんと呼ばれようと、斎藤という男の核はなにひとつ変わっていない。藤田五郎。それが今の名だ。

「精々、頑張って生き延びるんだな」

蔵の二階から漏れる底抜けに明るい声に語りかけると、背をむけ歩きだす。

胸のポケットを探る。

煙草は切れていた。

富者の懊悩

慶応四年一月十三日　紀州沖洋上　富士山丸右舷甲板

私は死んだ。

死んだ私を私は見ている。

局長の声が震えていた。泣いている。生来の大声は変わらないのだが、揺れる甲板の上で天を見上げながらがなり立てる言葉は、悲しみで途切れ途切れになっていた。

私はそれを乾いた目で見つめている。

空々しいと思っている。局長は知っているのだ。本当の私が死んでいないことを。

布団に包まれて今から海に流されようとしている骸《むくろ》は、私の物ではない。姿形がそっくりな偽者である。

骸は腐るほどあった。

なにせ私たちは数日前まで戦場に居たのだ。

幕府の命運を賭けた戦だった。

私たちは完膚なきまでに敗れたのである。

敵は錦旗を翻し、みずからを官軍と称して戦った。賊軍の烙印《らくいん》を押された私たちは、みるみるうちに士気を挫《くじ》かれ、蜘蛛《くも》の子を散らすかのごとく敗走したのだ。

私も傷を負った。

なんとか仲間たちと合流を果たした時には、言葉を発することすらできないほどの深手であった。寝ている私を見下ろす仲間たちの目には、諦めの色が滲んでいたのをはっきりと覚えている。

ただ一人、あの男だけは違った。

「こんな傷なんざ、すぐに良くならぁ。なぁオッサン。俺たちと一緒に江戸に戻ってもう一度、薩長相手に大暴れしようや」

そう言って傷ついた私の肩を叩いた左之助の顔は、満面の笑みだった。私が死ぬなどまったく考えていない。私を見つめる真《ま》っ直《す》ぐな瞳には、どんな困難に遭遇しようと決して前に進むことを諦めない毅然《きぜん》とした輝きがあった。

そんな左之助も泣いている。

局長に負けぬほど、人目もはばからずに泣いている。

気が引けた。

私は生きていると言って、彼の肩を叩いてやりたかった。しかしそれは、すべてが終わるまで絶対に許されない。

「御主はここで死に、闇に潜め。そして新撰組を陰から見張るんだ」

枕元に座った局長と副長は、私に密命を下した。

戦に敗れた幕府は薩長の攻勢に耐えきれず、ゆくゆくは瓦解するだろう。そうなれば新撰組は仕える主を失う。隊士たちの結束は必ず緩む。その緩みを陰から見張るのが、私の務めだった。

「おい斎藤」

副長の声が聞こえた。

狼の群れに背をむけて歩き出そうとしている孤狼《ころう》の姿を私は捉える。

呼び止める声を背に受けて、孤狼は肩越しに副長を見た。

「どこへ行く」

芝居っ気たっぷりで泣き喚《わめ》く局長の隣に立つ副長は、冷淡な視線を孤狼へ投げた。

斎藤一……。

摑みどころのない男だ。

監察方として都の闇に潜み、人々の表も裏も見てきた私でも、この男だけは最後まで理解できなかった。新撰組の一員として誠の旗に殉ずる覚悟を誰よりも深く決めていると思う時もあれば、誰よりも組を軽んじているのではと思わせることもある。人の顔を見ているようで、どこか遠くを見ているような目付き。人の心の深奥に鋭い針を刺すかのごとき、酷薄な物言い。この男のすべてが私を恐れさせる。もしかしたらこの男には、局長と副長の企みはばれているのかもしれない。布団のなかの骸が私ではないことを、目聡《めざと》く見抜いたのかもしれなかった。

「まだ葬儀は終わってねぇぞ」

威圧に満ちた副長の言葉に、斎藤は冷笑で応え、背をむけたまま一歩踏み出した。

「おい斎藤」

「多くの隊士が死んだんだ。この男だけ丁重に葬ってやることもなかろう」

「手前ぇっ」

それまでうつむいて泣いていた左之助が、怒りにまかせて斎藤に飛びかかった。

「止めさせろっ」

おごそかな葬儀に水を差した二人への怒りを声にみなぎらせながら、局長が叫んだ。

斎藤に馬乗りになる左之助を隊士たちが一斉に取り押さえる。

「おい斎藤っ。オッサンが死んでお前ぇはなんとも思わねぇのかっ」

両腕を羽交い絞めにされながら左之助が叫ぶ。

殴られて唇を切ったのか、袖で口許を抑えて斎藤が言葉を返す。

「お前のようにじめじめと泣いていれば、山崎は戻ってくるのか」

「この野郎っ。そうやってお前ぇは平助《へいすけ》の時も涼しい顔して隊に戻ってきやがった。お前ぇは仲間をなんとも思ってねぇのかっ」

伊東甲子太郎とともに新撰組と袂を分かった藤堂《とうどう》平助は、左之助や斎藤たちとは江戸にいたころからの仲であったという。平助は局長たちに殺された伊東の骸を取りに行き、都の油小路で隊士たちと斬りあって死んだ。

伊東一派に密偵として遣わされていた斎藤は、油小路での一件の後、咎《とが》めを受けることなく組に復帰した。

「手前ぇらっ、今は喧嘩してる場合じゃねぇだろうがっ」

副長のどすの利いた声が、揺れる甲板に轟く。

左之助と斎藤はなおも睨み合っている。

二人ともいい加減にしろ……。

そう叫んで左之助と斎藤の間に割って入りたかった。

しかしそれは叶わない。

私は死人なのだ。

山崎烝という男はもうこの世にはいない。

私は死んだ。

ではいったい私は誰なのか。

ここにいる魂が宿った肉の塊は、なんなのだろう。

隅々まで心を探ってみても、答えは見つからなかった。

明治十四年六月十三日　午後三時三十分　東京本郷　東京大学前

灰鼠色の洋装に身を包んだ若者が段を登るのを、高波梓は、黙って見ていた。狭い車内に乗り込んだ若者は、硬い長椅子に腰を下ろしてから異変に気付く。

「いかがなされたのですか社長」

開け放たれた扉から丸眼鏡を付けた顔を出し、不審げに問う。高波は先刻の場所を動かずに首を振った。

「御気分でも」

「そうじゃない」

御者《ぎょしゃ》は馬の様子を窺いながら待っている。

「ちょっと用事を思い出したから、先に帰っていてくれ」

若者が首を傾《かし》げる。

「社には後で戻る。行ってくれ」

御者がうなずく。馬に鞭《むち》が入った音を聞いた若者が、そそくさと扉を閉じて、椅子に座る。動き出す瞬間、硝子越しに丸眼鏡がぺこりと頭を下げたのを見送ってから、馬車に背を向け歩きだした。本郷にある東京大学の構内だ。このまま北に足を進め追分町《おいわけちょう》を越えれば、その先は蓬莱町である。

「あそこに行くの、いつ以来だっけか」

つぶやきながら踏み出す足が重い。すでに構内を出て、往来を北にむかっている。毎日のように通った道だ。頭より身体が覚えている。蓬莱町の辺りまで来ると寺が目立ってきた。

「そうそう長元寺《ちょうげんじ》」

寺号をつぶやきながら山門の前を歩む。

「清林寺《せいりんじ》」

目的の場所はすぐそこだ。

「うむ……」

煤《すす》けた蔵の前に立ち、高波は腰を伸ばした。腰骨に拳をつけ、胸を張って大きく息を吸う。

通りに面した蔵の奥に平屋が見える。この建物は変わっていて、普通は表にあるはずの家が奥に引っ込み、奥に隠すはずの蔵が通りに面している。蔵の裏手に当たる場所に、木戸が切られ、往来とこの家を繋ぐ関所となっているのだ。

「閉まってやがる」

高波が連日のように訪れていた頃は、常に開いていた木戸が堅く閉じられていた。

「なんでぇ居ねぇのかよ」

ひとりつぶやきながら、くるりと踵《きびす》を返す。と、背後の木戸が建て付けの悪さを大声で喧伝《けんでん》するように、がたがたと鳴りながら開いた。高波は、盗人のように大きく肩を震わせる。行くか戻るか。逡巡《しゅんじゅん》が右足を微かに前後に動かす。

「なにしてんだよ」

頭の後ろで声がした。腰から爆《は》ぜるように飛び上がった高波は、そのまま振り返った。男が立っている。以前より目元に皺が寄っていた。それ以外はさほど変わりはない。不機嫌そうにこちらを睨んでいる。

「ひ、久しぶりだな」

高波は男に言った。必死に作った笑顔が強張《こわば》っているのは、己でも解っている。

「よぉ、左之助」

「よぉ、じゃねぇよ馬鹿野郎」

相変わらずの悪態を吐きながら、原田左之助こと松山勝は、竹箒《たけぼうき》の先で高波の足を叩いた。

「前にここに来たのはいつだった」

「さぁな」

　言った左之助が背を向けて、店のほうに歩きだした。作り笑いを口許に浮かべたまま、高波も付いて行く。次第に心が昔に戻ってゆく。かつて山崎烝と呼ばれていたころに。

「まだ店はやってんのか」

「やらねぇと食っていけねぇからな」

　言いながら左之助が扉を潜る。後について山崎も敷居を跨いだ。

「お阜ちゃんはまだ……」

「人の嫁を死んだように言うんじゃねぇ」

　狭い帳場に座りながら、左之助がつぶやいた。昼でも暗い蔵のなか、開け放たれた扉から漏れる光で、不機嫌な顔が照らされている。所在なく立ち尽くしている山崎を捉えたまま、左之助の恨めしそうな目は動かない。

「いい身形《みなり》をしてんじゃねぇか」

「こ、これか」

　上着の襟をつかんで、左之助に問う。

「随分羽振りが良さそうじゃねぇか」

「いろいろと忙しくてなぁ。ここに寄る暇もなかった」

「そりゃあ、良かったな」

帳場に置かれた湯呑を取り、なかに入った物を、左之助が音をたてて喉に流し込む。

「新聞錦絵はいつなくなってもおかしくなかっただろ。現にもうすっかり見なくなったじゃねぇか」

湯呑を口につけたまま、左之助が鼻で笑う。山崎は言いわけがましく、語り続ける。

「それでな、記者をやってる頃からよぉ、使う当てもなかったし小金を溜めてたんだ。それを元手に最初は外国から糸を買い付ける商売を始めた。記者をやってる頃の伝手で、あっちの言葉を喋れる奴を引き入れてよ。最初は糸だけだったんだがな、国の殖産興業政策の流れに乗って、徐々に商う物が増えて、雇い人も十人ほどになってなぁ」

まったく返ってこない相槌に、山崎は不穏な気配を感じて黙った。左之助のじめついた目がこちらを見ている。

「こっちが大変だった時に、お前ぇは随分楽しんでたみてぇじゃねぇか」

「俺だって、楽しむ暇なんか無かったんだぜ」

夜も昼もなく働いていた。とにかく仕事を軌道に乗せることしか考えていなかった。苦楽など頭の隅にも上らぬ二年弱だったのだ。抗弁しようとした山崎に、左之助がまくしたてる。

「お前ぇが店に姿を見せなくなってから、こっちは大変だったんだ。訳の解らねぇ野郎が、いきなり言いがかりつけてきたり、お前は原田左之助だろとか言って、勝負しろと騒ぎだしたりよぉ。近頃やっと落ち着いてきたんだ。こっちは店どころじゃなかったんだよ」

左之助が語るには、問答無用で勝負を挑んでくる者、店を破壊しようとする者、夜中に火を付けようとした者までいたのだという。その全てをいちいち打ち払ったそうだ。相手をするのに飽き飽きしはじめた頃、やっと物騒な輩《やから》は姿を見せなくなったらしい。幕府の尖兵《せんぺい》として尊王攘夷の志士たちを斬りまくっていた新撰組は、相当の恨みを買っている。そういう輩だろうと左之助は語った。

「そんなことがあったのか」

「なに呑気《のんき》なこと言ってんだよ。ありゃあ、お前ぇの所為じゃねぇのか」

身に覚えがない。無言のまま首を左右に振り続ける山崎を見て、左之助が溜息を吐く。

「そんなことお前ぇがする訳はねぇよな。んなこたぁ解ってらぁ。やっぱ、あいつだな」

「あいつ」

「斎藤だよ。お前ぇが来なくなったのと変わらねぇ頃に、さっぱり来なくなっちまった」

怒鳴り散らされた所為で、なにが大変だったのかいまいちよく解らなかったが、どうやら左之助には左之助の事情があったらしい。苛立ちは、そこに起因しているようだ。

「今日はどうしたんだよ」

「やっと仕事も人に任せられるようになった。だからこうして、この店に来ることができた」

「お前ぇも苦労したんだな」

目を逸らしたまま左之助がつぶやく。

「まだまだ、いつ潰れてもおかしくねぇ小さな会社だ」

「それでも大したもんだ」

口の端を上げて、左之助はつぶやいた。山崎は背筋を伸ばし、頑なな主人に語りかける。

「また、これからちょくちょく寄らせてもらってもいいかな」

「客を選ぶような店じゃねぇよ」

「恩にきる」

言って、開け放たれた木戸のほうへと身体をむけた。

「もう行くのかよ」

「皆が待ってるからな」

「羽振りが良くなったんだろ。来る時ゃ、酒ぐらい持ってこい」

「解った」

肩越しに笑った山崎を、左之助の昔と同じ屈託のない笑みが見送る。

敷居をまたいで一歩外に出ると、山崎は高波梓へと戻った。

明治十四年六月十三日　午後六時　東京日本橋浜町　〝高波商会〟

元の雇い主である地本問屋、〝扇屋〟の紹介で借り受けることができた煉瓦造りの倉庫の二階に、高波商会はあった。高波を合わせて十二人という小さな商社である。社名が書かれた硝子がはめ込まれた扉を、高波は手で押した。

「社長っ」

戻ったという言葉よりも先に、若い社員の悲鳴にも似た声が高波を迎えた。客に応対するための木の卓を回り込むようにして、机が並んだ室内に入る。高波の部屋などない。一番奥の机が、社長用である。主がいない机の周りに皆が集まっていた。どうやら高波の帰りを待っていたようである。社員は十一人。今居るのは十人だ。

「どうした」

言葉をかけながら皆のもとに急ぐ。

「それが」

先刻、本郷で別れた丸眼鏡が、泣きそうな顔をして言った。先の言葉が出てこないようである。社員たちを掻き分けて、己が机に向かう。椅子には座らず、皆の顔を見渡した。どの顔も真っ青である。

「望月《もちづき》さんが」

赤茶けた髪を油で丁寧に後ろに纏《まと》めた三十そこその社員が言った。異国の言葉を喋ることができる、会社いちの切れ者である。

望月というのはこの場にいない男の名だ。長年扇屋で番頭をしていた腕を見込み、共にこの会社を立ち上げた。金を一手に任せている。高波よりも十ほど年長だから、六十になろうかという歳だ。

「望月がどうした」

椅子に手をかけ、赤毛の男に問う。

「それが」

「はっきりしろ岡部《おかべ》」

赤毛の名を呼んだ。岡部は額に垂れる髪の毛を右の指で後ろに流しながら、小さな溜息をひとつ吐いた。それから意を決したように、高波を正面から見据えて口を開いた。

「金を盗んでいなくなったようなんです」

「いなくなっただと」

高波が問うと、岡部以外の者たちもいっせいにうなずいた。

「今日社長たちが本郷に行くと、すぐに銀行から人が来まして。今朝早くに望月さんが社の金を下ろしていったと言うんです。額が額でしたから、銀行も確認をと思ったのでしょう。話を聞いて皆に問うたところ、誰も知らないということで」

「それで」

胸が激しく鳴っているが、悟られぬように平静を取り繕う。金を準備してくれなど、高波は命じていない。

「望月さんが外出する予定はなかったので、昼過ぎになって皆であの人の机を調べてみたんです。そしたら」

高波の我慢は限界を超えた。駆けるようにして望月の机に向かい、引き出しを開く。綺麗さっぱり片付けられていた……。

引き出しの中は、埃ひとつ見当たらないほど丁寧に磨き上げられている。片っ端から開けてゆく。書類はもちろん、私物まで完全になくなっている。そこに望月という人間がいたのか疑わしくなるほど、痕跡は見事に消えていた。おろおろと付いてきた岡部が、立ち尽くしている高波に声をかける。

「帳簿はなくなっていません。業務は続けられます。さすがに望月さんにも良心が」

「寝惚《ねぼ》けたこと言ってんじゃねぇっ」

怒鳴り声が四方の冷たい壁に跳ね返って、社員たちを責める。初めて見た社長の激昂した姿に、誰もが言葉を失っていた。額に手を当て赤毛に触れている岡部を睨み、問う。

「あの野郎、幾ら持っていきやがった」

「な、七百円です」

小さな息の塊が喉の奥から飛び出した後、高波はなにも言えなくなった。七百円といえば、三か月の利益に相当する。経費や給金などを差っ引いた純粋な利益だけで考えると、その倍の日数はかかる金額だ。息を吸えと己に命じ、なんとか肺腑に気を満たし、ゆっくりと吐いてから岡部に問うた。

「そんだけの金持って、あの爺《じい》さんは逃げちまったってのか」

「どうしますか」

いくぶん平静を取り戻した岡部が、淡々とした口調で問う。

「とにかく、奴を見つけるしかねぇだろ」

「しかし」

「なんだ」

高波の目は、岡部を注視している。社長の気迫にも動じず、有能な部下は続ける。

「二か月後の英国からの綿糸の買い付け、あれの見積もりがたしか七百円。望月さんはその準備金を銀行から引き出したようです」

頭に血が昇っていてすっかり忘れていた。七百円という金額を聞いてどうして気付かなかったのか。商売のことすら頭から消し飛んでいた己の浅はかさに失望を禁じ得ない。

国内での綿糸の生産が軌道に乗り始めているとはいえ、まだまだ異国からの安い糸は需要がある。数年前までは異国の綿布が売れていたが、最近では綿糸を仕入れて国内で布に仕立てて売るのが主流だ。高波の会社も横浜の居留地の外国人商人から綿糸を仕入れ、織物会社などに卸して利を得ていた。さまざまな商品を取り扱うが、綿糸は主力中の主力である。街に洋装が増え、需要は安定していた。

「も、もし」

岡部が言う。

「望月さんが見つからなかったら、七百円は」

「戻ってこねぇだろうな」

「どうするんですか」

望月の机を、高波の拳が打った。

「どうにかするしかねぇだろ」

社員たちが怯えている。高波は岡部を睨みつけながら問うた。

「望月はどこに住んでいる」

「たしか四谷だったはずじゃ」

岡部が周囲の仲間の顔を窺う。首を傾げたり、頼りなくうなずくだけで、誰も明確な答えを持っていないようだ。そして高波は、あることに気付いて愕然《がくぜん》とした。長年ともに働いてきた望月のことを、己はなにも知らない。扇屋で番頭をしていた頃から、通いであったのは覚えている。しかし、どんな暮らしをしているのか。家族はあるのか。社外での望月のいっさいを、高波は知らなかった。酒は呑まず、煙草もやらない。生真面目で朴訥《ぼくとつ》。口数の少ない男だった。朝になると姿を現し、夕刻になると静かに帰ってゆく。仕事はきっちりとこなしていたから、これまで気にも留めなかった。

「誰か、望月の家を知らねぇか」

「住所録があります」

社員の一人が、壁際の棚に走った。そこにある社員一同の住まいが記された住所録を手にすると、望月の机に広げる。

「ほら、やっぱり四谷です」

部下の言葉を聞きながら、高波は望月の住所を頭に刻み込んでいた。

明治十四年六月十四日　午後一時三十五分　東京四谷荒木町

細い路地に腰高障子が連なっている。御一新の世となり東京と名を変えても、まだまだ江戸の名残の長屋は多い。高波は頭に刻みつけた住所を頼りに辿り着いた長屋の路地を、一人歩む。どぶ板が通された道は、長雨の所為でぬかるんでいた。先刻入り口で出会った年増《としま》に、すでにどこかは聞いている。高波は目的の腰高障子の前に立ち、声をかけた。

「どなたかいらっしゃいませんか」

「なんだいっ」

　声をかけるとすぐに荒々しく戸が開いた。四十がらみの女が顔を出す。こめかみのほうまで引っ張られた目尻が吊りあがり、眉間の縦皺は額のほうまで伸びている。綺麗だとは世辞でも言えぬ、煤けた女だった。

「ここは望月友吉《ともきち》さんの……」

「誰だいっ」

　聞くより先に、女の怒鳴り声が戻ってきた。

「私は望月さんが勤めていた会社の」

「社長さんかい」

　せっかちな女である。苦笑を口許に湛えながら高波がうなずくと、女は小鼻に皺を寄せた。

「私《あたし》ぁ、なにも知らないよっ」

「七百円のこと、すでに御存じで……」

「なんのことだいっ」

女が語る間、高波は細い肩のむこうに見える室内に目をやった。とても満足な暮らしができているようには思えない。望月へは毎月しっかりと給金を渡している。もう少しましな場所に住むこともできるはずだ。

「あなたは望月さんの」

「ちょっとの間一緒に住んでただけさっ」

「それは」

「夫婦じゃなきゃ駄目なのかい」

女が目を逸らし声を潜める。

「こっちだって、あいつがいなくなって清々してんだ。もう放っといてくれよ」

「いなくなったんですか」

「もう何日も帰ってきてないよ」

「邪魔者だったみたいな言い方ですな」

女の眉が吊りあがる。

「賭け事に嵌《はま》り込んで何百円も借りがあったんだ」

「望月さんは賭け事をしたんですか」

「賽子《さいころ》でも札でもなんでもありさ」

　知らなかった。

「帰ってこないから心配になって、昨日の夜、賭場に行ってみたんだ。そしたら、借財を綺麗に片付けたって言うじゃないか。そして、もうここには来ねぇと吐き捨てるように言って帰ったそうさ」

「本当に望月の行方は知らないんですか」

「しつこいね、あんたもっ」

　戸にもたれかかり、女が言葉を切った。気が強い女だ。毎日この声でがなり立てられると思うと嫌になる。望月が愛想を尽かしたのも無理はない。

　いくら女の気性が荒くとも、気圧《けお》されも怒りもせず、高波はその心の奥底をのぞきこむ。長年監察などという職務についていたゆえの嫌な癖である。私情を排し、女の誠を探るのだ。断言できる。この女は、嘘は言っていない。

「望月は消えたんですね」

「あの人はもう戻ってこないよ」

　あいつがあの人に変わったことに女は気付いていないようだった。

「ありがとうございました」

「上がっていきなよ。茶ぐらい淹《い》れるよ」

「また来ます」

望月も己も、もう二度とこの長屋を訪れることはないだろうと、高波は思った。

明治十四年七月二十六日　午後六時十五分　新橋横浜間蒸気機関車客室内

新橋横浜間を鉄道が開通したのは、もう九年も前のことである。居留地にいる外国人商人たちを相手にした商社などの多い横浜は、高波にとっても馴染みの深い場所である。幾度となく蒸気機関車を利用して横浜へと赴いていた。

上等客車一円十二銭五厘、中等七十五銭、下等三十七銭五厘。米が一升三銭ほどの世の中である。下等とはいえ、なかなかの値段だ。しかしそれでも新橋と横浜の往復が二時間ほどというのだから、時と金を天秤《てんびん》にかければ安いのかもしれない。

もちろん下等客車を選んだ。今は一銭でも無駄な金は使いたくない。

依然として望月の行方は知れなかった。警察にも届け出てはいるのだが、最初に数人の警官が調べに来ただけで、あとは梨のつぶてである。

横浜の駅舎で買った新聞を広げていた。東京横浜毎日新聞。とにかく今は、新聞の時代である。

すみずみまで読む。一面から読んでゆき、社説へと至る。と、気になることが書かれていた。参議兼北海道開拓使長官の黒田清隆《くろだきよたか》が、開拓使の官有物を同じ薩摩出身者である五代友厚《ごだいともあつ》に格安で払い下げようとしているらしい。

嫌になった。

五代は格安で仕入れた官有物を横流しして、莫大な利益を得る。黒田清隆と同郷であるというだけで、五代の懐には途方もない金が入ってくるのだ。裸一貫でここまで昇りつめてきた高波にとって、地縁によって甘い汁を吸う輩は斬って捨ててやりたいほど憎かった。四民平等の世になったとはいえ、まだまだ世間は素性が物をいう。薩摩や長州の生まれであれば、それだけで良い仕事にありつける。五代のような商人であれば、政府の伝手で筋の良い取引先を紹介してもらえる。維新の勝利者たちのための世。それが明治という世の中の実相なのだ。

「やってられねぇな」

思わず新聞を握りつぶしていた。隣に座る女が、高波を睨みつける。腕のなかでやっと眠った赤子が起きてしまうだろ、と目が語っていた。頭を小さく下げて謝ると、丸まった新聞を、そっと足元に置いた。

横浜の取引先に頭を下げ、なんとか二百円ほどの援助を取り付けた。銀行や他の取引先などを回った結果得られた金が百円と少し。蓄えていた金を合わせても、七百円の半分に届くかどうかというところだ。取引まであと半月あまり。金策は限界だった。あとは望月を探しだして七百円を取り戻すしかない。

「どうにかしねぇと」

窓枠に肘を付け、行き過ぎる景色につぶやく。

払えぬでは済まされない。高波が敗れれば、部下は路頭に迷う。岡部は嫁を貰ったばかり。あの丸眼鏡の若者は、士族の父がまったく働かず、一家をひとりで支えている。ひとりひとりに暮らしがあり、家族がいるのだ。

「近藤さん、土方さん」

亡き友の名を呼ぶ。

緩やかに流れはじめた景色のむこうに、新橋の石張りの駅舎が見えていた。

明治十四年七月二十九日　午前十時四十分　東京千駄ヶ谷村

「お前ぇが訪ねてくるなんて、明日は槍でも降るんじゃないか」

そう言って笑ったのは、かつての主、扇屋幸右衛門である。

「望月が金を持って逃げました」

悠長な世間話などしている暇はなかった。高波はこの家の主の部屋に通されるとすぐに、本題を切りだした。

「望月ってのは」

「友吉です」

「あぁ、あいつか。望月なんて言われても、ぴんと来ねぇ。店で呼んでた名前じゃねぇと」

「そんなことはどうでもいい。あいつが七百円を持ち逃げしたんです」

「ずいぶん儲かってるようでなによりだ」

そう言って茶をすする幸右衛門の呑気さに無性に腹が立つ。高波は身を乗りだして、かつての主を睨んだ。

「うちにとって七百円って金は、生死を分けるほどの大金ですよ」

「俺にとっても大金だぞ」

「だったら」

「いきり立ってもなにも変わらねぇぞ」

分厚い掌をひらひらと振り、幸右衛門が笑う。

高波が扇屋を去るのと前後して、幸右衛門はいっさいの仕事から手を引いて隠居した。今では妻とふたりで、店を畳んだ時に残った金で悠々自適に暮らしている。

「そうか、あいつやりやがったか」

「まるで解ってたような口振りですね」

「お前、あいつをどう見てた」

幸右衛門のにやついた目が、高波を見る。

「不満も言わず、これまで十分にやってくれた。あの人は真面目ないい人だった。でも、賭け事に目がねぇことは知らなかった」

「七百円を持ち逃げするまでは、忠実な部下だったたってわけか」

高波の心を見透かしたように、幸右衛門が言った。大きな息をひとつ吐いてから、かつての主は腕を組んだ。

「俺の見立ては、ちと違うな」

幸右衛門の右の眉が上がる。

「あいつはなにもかも面倒くさがる奴だった。人に踏み込まれたくないから、自分の身の上は明かさない。言われたことを淡々とこなしていれば、誰からも文句は言われない。そうやって流れに身を任せていることが、あいつにとっては一番なんだ。お前、あいつと酒呑んで語りあったことないだろ」

望月は、社の誰とも馴《な》れ合わなかった。

「お前と一緒に扇屋を出て行ったのだって、この店はもう駄目だと思ったからだ。義理や人情なんて言葉は、あいつにとっては面倒臭《くせ》ぇ題目でしかないんだ」

「そいつはちと違うと思いますよ」

気付いたら口にしていた。口火を切った想いは止まらない。

「あの人は、俺が面倒な仕事を頼んだ時も、文句ひとつ言わずに夜中までやってくれた。若い者が不始末しでかすと、自分も一緒になって相手の所まで行って頭を下げてた。なにもかも面倒臭ぇだけの奴なら、そんなこたぁしねぇ。たしかにあんたの言う通り、人付き合いや自分の間合いに入られることを面倒だと思っていたかもしれねぇが、それだけの人間じゃなかった」

「大金持ち逃げした奴を庇《かば》うなんざ、相変わらず人がいい男だなお前は」

幸右衛門を睨みつけたまま、高波は口を閉ざした。するとかつての主は、ひとつ深い溜息を吐いて、まぁいいやと言ってから、高波に問うた。

「あいつの家には行ったのか」

「四谷でしょ。五月蠅ぇ四十がらみの女に怒鳴られちまった」

「四谷ってなぁなんだ。四十がらみの女ってのは誰だ」

「会社の住所録に四谷の長屋が記してあった」

「あいつの家は深川だろ。手代が店に住み込む時代じゃねぇと言って、俺の親父《おやじ》があいつの里の娘と添わせて、長屋の面倒見てやった」

「望月には嫁がいたんですか」

「娘もいたはずだ。たしか今は十七、八くらいになってるはずだ」

そんな話もいっさい知らない。望月という人間が解らなくなってくる。

「ちょっと待ってろ」

幸右衛門が部屋の隅に置かれた棚へとむかう。引き出しをふたつみっつ開けてから、目的の物を取りだして、ふたたび座った。

「これだ」

開かれた帳面の、指が示す箇所を見ると、そこに友吉という名が記されていた。名の下に深川の住所が書かれている。

「これ、写していいですか」

上着から帳面を取り出す。

「勝手にしろ」

住所を記し終え、帳面を返すと、高波は腰を浮かせた。

「助かりました」

「待てよ」

呼び止められ、浮かせた腰を落とす。

「隠居暮らしってのは暇でな。もう少し年寄りの話に付き合えよ」

「時間がないんですよ」

「今日が明日になったって、なにも変わらねぇよ。それより、少しくらい気を抜かないと、お前、潰れちまうぞ」

柔和な笑みを浮かべる幸右衛門に、局長の姿が重なる。あの人はどんな苦難を前にしても、常に笑顔を絶やさなかった。そこに隊士たちは魅《ひ》かれた。目を閉じて小さな息をひとつ吐き、高波はふたたび幸右衛門を見る。

「解りました」

明治十四年七月三十日　午前十時三十分　東京日本橋浜町〝高波商会〟

「社長」

社内で唯一の女中が、己の机にむかっている高波を呼んだ。帳簿のなかに望月の手掛かりがないかと、必死に数字を追っていた目を、机の前に立つその若い女中にむける。

「お客様です」

言った女中の顔にわずかな戸惑いの色がある。返事はせず、皆の机が並ぶ部屋のむこうに見える入り口のほうに目をむけた。

制服姿の男が一人立っている。黒色のそれは、警官のものだ。男は高波のほうを見ている。室内であるにも拘わらず帽子をかぶったままだ。庇《ひさし》の下からのぞく冷たい目を直視し、高波はとっさに席を立った。

「奥に通してくれ。茶はいらない」

言いながら高波は部屋の隅に置かれた衝立《ついたて》のほうへと足を向けた。衝立で仕切られた先には、応接用の椅子と机が置かれている。社内で客と面会する時は、ここを使っていた。

衝立の隙間を縫うようにして机のほうにむかい、革張りの椅子に座る。しばらくすると女中に案内された男が、衝立の隙間から姿を見せた。

「誰も近づけないでくれ」

去ろうとした女中に告げる。帽子を脱ぎ高波の正面に座った男を、女中はいぶかしげに見つめてから、うなずいた。

「行っていい」

声に圧をこめて高波が言うと、そこでやっと女中は衝立のむこうに消えた。椅子に背を預けず、膝に肘を載せて前のめりになると、高波は机をはさんで対峙《たいじ》する男を見る。

「久しぶりだな」

男が平坦な口調で言った。感情のない声は、相変わらずである。

「なにしに来た」

高波は男に問うた。厚い唇が吊りあがる。

「旧友が頑張っているのを知って、陣中見舞いに来ただけだ」

「誤魔化すな、斎藤」

警官姿の斎藤は椅子の背もたれに身体を預け、胸のポケットに手をやる。人差し指と親指で挟みながら取り出した皺くちゃな箱から煙草を一本取り出し、口にはさんだ。

「燐寸はあるか」

昏の隙間から煙草を垂らし、斎藤が問う。高波は立ち上がって衝立のむこうに座る女中に燐寸を催促した。手だけを隙間に差し込むようにして女中が持ってきた燐寸を受け取ると、斎藤に投げる。磨き上げられた机の上を滑った燐寸が、縁の手前で止まった。それを細い指でつかむと、手慣れた仕草で斎藤は煙草の先に火を点ける。

「お前が燐寸を切らすなんて珍しいな」

何事も十分な用意をしていないと気の済まない男である。

「こういう時もある」

斎藤は適当に流すと、口から紫の煙を吐く。

「なんの用だ。俺は忙しいんだ」

ふたたび椅子に腰を落ち着けた高波は、執拗《しつよう》に問うた。今日は深川の望月の家に行くつもりだ。斎藤に付き合っている暇はない。

ひとしきり吸い終えた斎藤が、吸い殻を硝子の灰皿に押し付けながら、高波を見る。

「片腕だった男が金を持ち逃げしたそうじゃないか」

警察に届け出ている事案である。斎藤が耳にしたとしても不思議ではない。

「二年も音沙汰がないと思ったら、突然会社に姿を見せて、目的がそれか」

「警察は捜査をするのが仕事だろ」

「だったらどうして一人で来た」

「昔馴染みの危難を救おうと思って、駆けつけたんだ」

「お前らしくもない」

高波の言葉を受け、斎藤が鼻で笑った。そして乗り出していた身体を、ふたたび背もたれへと落ち着ける。

「警察のほうでなにかつかんでないのか」

今にも立ち上がりそうな勢いで、斎藤とむきあう。

「会社が危ねぇんだ」

衝立のむこうの部下たちに聞こえぬようにと、小声で語る。

「半月後にある取引の金だったんだ。方々に手を尽くしてみたが、半分しか集まってねぇ。このままいくと……」

こんなことを斎藤に語っている己が情けなくなった。

「鋭意捜査中だ」

斎藤が答える。情はいっさいなかった。

「手掛かりは」

「ない」

「警察に教えた四谷の家じゃなく、望月には深川に家があった。そこは調べたのか」

「担当の者に伝えておく」

「時間がねぇんだよ」

立ち上がっていた。机を回りこみ、斎藤の肩をつかんだ。わずかに顎を傾けて見上げる斎藤を、睨みつけた。

「手掛かりもねぇくせに、なんでここに来た。俺が苦しんでいるのを、見物に来たのか」

「離せ」

冷たく凍った顔のまま斎藤は告げる。

「頼む、助けてくれ」

誰だろうと構わない。少しでも縁がある者ならば、縋る。

「会わせたい男がいる」

「誰だ」

「会ってみれば解る」

高波の腕から力が抜けた。肩から掌が離れ、だらりと垂れる。斎藤は潰れた箱から新たな煙草を取り出し、火を点けた。そして深く吸いこんでから、煙とともに言葉を吐く。

「お前にとって、決して悪い話ではない」

「鬼でも蛇でも会ってやらぁ」

斎藤が去ってからも立ち上がる気になれず椅子に座ったままでいる高波に、衝立のむこうから恐る恐る顔を出した女中が声をかけた。

「あの社長」

「なんだ」

努めて平静を装いながら、先をうながす。

「私、思い出したんですけど、半年くらい前に望月さんを訪ねてきた人がいたんです」

「どんな奴だった」

「若い女の人でした。望月さん、会社の外でその人と話してたみたいです。帰ってきてから、真剣になにかを悩んでいたようでした」

若い女というのが気になる。

「その女ってのは四十くらいの」

女中がけらけらと笑う。

「そんな歳の人を若いなんて言いませんよ」

「もっと若いのか」

「私よりも若いように見えました」

二十を三つ四つ越した女中より若い。幸右衛門の話では、望月の娘は十八そこそこだったはずだ。

女中に微笑みかける。

「よく思い出してくれた」

「この話、今の警察の人に話さなくてよかったんでしょうか」

「必要だと思ったら俺から話しておく」

明治十四年七月三十日　午後二時　東京深川山本町

浄心寺《じょうしんじ》の裏通りを奥に進むと、いまにも潰れそうな長屋に出た。四谷で望月が女と住んでいた家が立派に思えるほど、そこは滅びかけていた。屋根が傾き、ずれた瓦の隙間から薄《すすき》が伸びている。悪臭を放つ路地を、高波は顔を顰《しか》めながら歩いた。

幸右衛門に教えてもらった住所が確かなら、ここが扇屋にいる頃に望月が暮らしていた場所だ。長屋の位置までで、部屋までは記されていなかった。奥まで歩みながら、腰高障子の群れを眺める。最奥にある厠《かわや》の手前の腰高障子に、〝空〟と書かれた紙が貼られていた。

嫌な予感がする。

腰高障子に貼られた紙を見つめていると、とつぜん厠の戸が開き、男が妙な気合をひとつ吐いて飛び出してきた。見慣れぬ高波の顔を睨みつけ、懐手の指を襟元から出して顎を掻く。

「借りてぇんなら大家ん所に行きな」

四十そこそこに見える痩せぎすな男は、どすの利いた声で言った。おそらく満足な仕事などしていないのだろう。掻いている顎に見苦しい無精髭が好き放題に生えている。

「そうじゃねぇんだ」

高波が首を振ると、男は怪訝《けげん》な顔をする。

「ここに望月という」

「出てったぜ」

高波が言い終わる前に、男が言った。

「いつ頃」

「十日ほど前か」

男が目を見開き、顎を突き出す。

「やっぱりあの母娘、何かしでかしたのか」

あわよくばおこぼれに与《あずか》りたいとでも言わんばかりに、男が嫌らしい笑みを浮かべた。

「何かするような母娘だったのか」

「そういう訳じゃねぇ。母親は長いこと患ってて、娘が一生懸命面倒見てた。いっつも金に困ってやがってよぉ。店賃《たなちん》なんか溜まりっぱなしだ。大家も相当怒ってた。それがだ」

相槌を入れる隙すらない。

「いなくなる二日くれぇ前か。若い男が、つっても俺とあんまり変わらねぇ。若《わけ》ぇってのは、あそこの旦那に比べたらってこった」

「旦那はずっとここにいたのか」

「いいや、二年くれぇ前に出て行きやがって、それっきり……。ん、でもちょっと待てよ」

「なんだ」

「半年くれぇ前から、姿見たって奴が長屋んなかに出てきたなぁ」

半年前といえば、望月を訪ねて娘らしき女が会社に来た頃だ。

「だからといって、泊まってゆくって訳じゃねぇ。朝んなると旦那は姿を消してたみてぇだ。母親の薬代や店賃が溜まっちまって、娘の給金だけじゃどうしようもなくなってた。一年半も母娘を放っぽらかしたかと思や、戻ってくんのかどうかもはっきりしねぇ。ぱっとしねぇ奴だったが、どうしようもねぇな」

「母親の病は酷《ひど》かったのか」

「詳しくは知らねぇが、難しい病らしく、薬代も馬鹿んなんなかったらしいな」

博打《ばくち》の借財に妻の薬代と長屋の店賃。それが金を持ち出した理由なのか。

どうにも引っかかる。

「若い男というのは」

そうだった、と派手に掌を鳴らし、よく喋る男が話しはじめる。

「四十がらみの見慣れねぇ男が、母娘を訪ねてきたんだ。洋装だったが、そこら辺によくある顔だったな。あの男が訪ねてきてからだ。溜まった店賃綺麗さっぱり片付けて、歩くこともままならねぇ母親を引っ張るようにして、出て行っちまった」

店賃はどこから出たのか。望月の持ち出した七百円だと考えると理にかなう。しかし、母娘の前に現れたのは望月ではなかった。四十がらみの男は、望月とどういう関係なのか。

「どこに行くか言わなかったのか」

「さぁな。ここを出て行く奴のことなんか知らねぇよ」

気になることは多い。しかし、それを辿る道がない。四十がらみの男というのは何者なのか。なぜ望月は姿を現さなかったのか。どうして一緒に住んでいた女が捨てられて、捨てたはずの母娘が金を得たのか。

暮らしぶりを調べ、金に困っていたことも知り、望月という男の内側に触れた。あの男が七百円という金を欲していたとしても、無理はないと思う。それでもやはり、望月が金を持ち出したということが納得できない。どれだけ金に困っていたとしても、あの男は大それたことができる男ではないのだ。

なにかきっかけがあったと考えると、やはり四十がらみの男というのが気になる。

「ありがとよ」

高波は男に礼を言った。すると男は痩せこけた掌をそっと差し出す。顎を突き出して催促する。一銭銅貨を掌に載せると、男は当てが外れたのか、一度鼻を鳴らし走り去った。

明治十四年八月二日　午前十一時　東京麴町　参謀本部二階

「やっと会えた」

堅牢な机を前にして、男が高揚した声をあげた。光を背にし、全身を漆黒に染めている。男の両腕が、大袈裟なまでに大きく広げられていた。高波は男と机を挟んで対峙している。斎藤は背後の応接用の長椅子に座って成り行きを窺っていた。

この場に連れて来られた時点で、目の前の男の素性は解っている。

参謀本部長山県有朋。この国の軍隊の頂点に君臨する男だ。一介の警察官にすぎない斎藤が、どうしてこんな大物と面識があるのか。そんな当然の疑問も、常軌を逸した現実の前には何の意味ももたなかった。

「高波商会の高波……」

「元新撰組諸士調役兼監察、山崎烝君」

高波の言葉を割って、山県が言った。闇に沈んだ顔に、どんな表情を刻んでいるのか。高波にはいっさい窺えない。逆にこちらの顔は、細かな皺の変化さえ見透かされる。動揺を顔に出さぬよう、平静を装う。

山県の暗灰色の腕が下がり、肘を机に突いた。組んだ両手の上に顎を載せ、わずかに身を乗りだすようにして、高波を見ている。

「君には散々、苦労させられた」

旧幕時代のことだ。八月十八日の政変以降、京を追放された長州の侍たちを、高波は調べ回った。それこそ地を這《は》うようにして、時には物乞いに身をやつし、多くの長州者を新撰組の供物とした。

返す言葉が見つからない。山県は楽しそうに、跳ねるような声で続ける。

「なかでも池田屋の時の君の手腕は、見事の一語に尽きる。枡屋喜右衛門を古高俊太郎だと見抜いてからの君の執拗な調べがなければ、新撰組の躍進はなかった」

山県は長州人である。池田屋に集った志士たちのなかに長州者は多かった。この時の一件により長州は京へと兵を進め、薩摩・会津との戦によって手痛い打撃を受ける。朝敵という汚名すらも帯びた。長州の人間にとって、高波は殺したいほどに憎い相手なのである。

「是非とも君に会いたいと、斎藤君に口が酸っぱくなるほど言っていたのだよ。それがこうして、今日やっと叶った」

「私のほうこそ、参謀本部長であらせられる山県様にお会いでき……」

「そのような改まった口調は、この場ではいっさい無用だ」

調子が狂う相手だ。楽しそうに語っているようだが裏がある。演じている。だからといって底意は何処にあるのかと推し量ってみても、よく解らない。闇に沈んだ姿同様、心も虚ろ。だからこちらも、返す言葉に気を遣う。そしてそのことごとくを中途で切られてしまうのだ。舌が重くなり、言葉を吐けなくなってゆく。

「なんでも、会社をやっているとか」

「はい」

やっとのことでそれだけを返す。山県は組んだ手の上で顎を上下に動かした。

「大隈《おおくま》君と俊輔《しゆんすけ》が、大久保《おおくぼ》さんの跡を継いで、ずいぶん熱心に、やってるみたいだからね」

御一新以前の名を伊藤《いとう》俊輔。明治になってからは伊藤博文《ひろぶみ》。山県と同じ長州人である。内務卿として、元大蔵卿の大隈重信《しげのぶ》とともに殖産興業の発展に尽くしてきている。

「異国は勿論《もちろん》のこと、国が手を尽くすのでなく、あくまで民によって国力の増強を図る。彼らの考えは非常にいいと私も思っている。民が自覚をもって金を動かし、国が強くなれば、軍もまた強くなる。富国強兵とはそういうものだ。民の意識こそが肝要なのだよ」

「そういうものですか」

曖昧な相槌を打つと、山県はそういうものだよと答えて鼻で笑った。

「斎藤君から聞いたが、経営が上手く行っていないそうだね」

「それは」

「社の人間に金を持ち逃げされたというじゃないか。いったいどのくらい盗まれたのかな」

「七百円ほど」

山県の鼻が鳴った。その程度か、という心の声が聞こえてくるようだった。

「犯人は見つかったのかい」

沈黙する高波の代わりに斎藤が答える。

「今も捜査中です」

これ見よがしな溜息を山県が吐く。そして掌の上から顎を外し、背もたれに身体を預けた。

「仕事の話をしようじゃないか」

黒色に染まった山県の口から、静かな声が漏れる。高波はただ黙って、闇のささやきを聞いていた。

「私のところの仕事を受けてもらえないかな」

高波は黙したまま続きを待つ。答えがないと悟った山県は、しばしの沈黙の後、言葉を繋いだ。

「君が受けると言ってくれたら、私のほうで七百円は面倒見ようじゃないか」

「取引先などに助けてもらって、半分ほどは」

「失礼だが君の会社を少し調べさせてもらったよ。どうやら大隈君の息のかかった会社と主に仕事をしているようじゃないか」

何故、参謀本部長が己の会社を調べるのか。胸のなかで不吉な想いが膨らんでゆく。

「これは助言だと思って聞いてもらいたいのだが、今、取引しているところとは、早急に手を切ったほうが良い。すべて失っても、これまで以上の利益が上がるくらいの仕事は私のほうで準備できる」

「お、仰っていることの意味が」

「私は君の腕を高く買っているんだ」

山県の真意が読めない。

「君の会社にはこちらから満足な仕事を与える。それとは別に、君個人には、元新撰組諸士調役兼監察、山崎烝として働いてもらいたいんだ」

「間者になれと」

「そう難しく考えることはない。後ろに座っている斎藤君も、二年ほど前から私のために働いてくれている」

振り返って斎藤を見た。机の上の灰皿を見つめ、斎藤は目を合わせようともしない。

「君がうなずいてくれれば、明日にでも七百円は用意しよう。契約のための金だと思ってもらって構わない。君が好きに使えばいい。我が長州の同胞たちを苦しめた君の力を、今度は私のために使ってはくれないかね」

斎藤から目を逸らし、山県を見る。黒い影は微動だにせず、ただそこにあった。

明治十四年八月十六日　午前十一時十二分　横浜相生町《あいおいちょう》〝北島《きたじま》紡績〟社屋内

「わざわざ出向いていただき、申し訳ありません」

額に汗しながら、相沢《あいざわ》は言った。この会社と取引を始めた頃からの馴染みである。高波の仕事は、すべてこの相沢が窓口になっていた。四十がらみの気さくな男である。

「この度は、ご苦労なことでございましたな」

「お力添えのお蔭で、なんとか無事に、先方との取引を終えることができました」

「それは良かった」

相沢は、汗に濡れたハンカチを純白のシャツの胸ポケットに仕舞い、机に置かれた湯呑を手に取った。高波は手にした鞄《かばん》を開き、分厚い封筒を取り出し机に置いた。

「お借りいたしておりました二百円です」

「返済は余裕のある時で結構だと申したじゃありませんか」

「新しい仕事が入りまして、先方から手付をいただきましたので」

「社長が、高波さんがお困りなのだからと言って出した金です。本来ならば全額お助けできれば良かったのですが」

「本当に助かりました」

言いながら封筒を相沢のほうへと差し出す。

「では」

言って相沢が封筒から一円札を取り出して数え始めた。二百枚きっちり数え終わるまで、高波は黙って待つ。

「確かに」

封筒に戻し机に置くと、相沢は屈託のない様子で笑った。

「新しいお仕事が入ったということですが」

高波はうなずきながら、視線を相沢から逸らす。

「今度の仕事は大口でして、他の仕事を受け辛くなりそうな状況に」

「それは良かったですねっ」

明るい声に呆気《あっけ》に取られた。それでも気を取り直して続ける。

「北島さんには長年、お世話になったのですが、これからは少々」

「大きな仕事が入ったのですから、そんなに恐縮しないでください。うちとの取引はできるだけで結構です。高波さんの会社が上向きだと知れば、うちの社長も喜びますよ」

「そう言っていただけると、本当に有難い」

「頑張ってくださいね高波さん」

高波は深く頭《こうべ》を垂れた。

明治十四年十月十三日　午後七時三十分　東京駒込蓬萊町〝詮偽堂〟二階

左之助の赤ら顔を見るのは久方ぶりだった。二年の空白などなかったかのように、高波が持ってきた酒を美味そうに呑む左之助を見ていると、昔に戻り煩雑な身の上を忘れてしまいそうになる。

「仕事のほうは大丈夫なのか」

　埃だらけの鎧櫃に座り、左之助が言った。

「まぁ、なんとかな」

「しかしお前ぇが十人もの面倒を見るようなご身分になったとはなぁ。世の中ってのは解らねぇもんだな」

　その十人の暮らしが、高波の肩に重くのしかかっている。山県の口利きで仕事は順調過ぎるくらいに回っていた。軍関係の受注が跡を絶たない。このまま行けば、以前とは比べものにならない利を得ることになるだろう。それでも心のどこかに釈然としないものがある。まだ望月が見つかっていないからだ。

「参議だ大蔵卿だって言っても、帝のひと声で切り捨てられるご時世だ。お前ぇだってどうなるか解ったもんじゃねぇぞ。気を引き締めてかからねぇとな」

「大隈重信のことか」

「そうよ」

「お前が世間の動きに関心を持つとはな」

「俺だって歳取ってんだ。いつまでも餓鬼じゃいられねぇよ」

「お前の口からそんな言葉を聞くとはな」

五月蠅ぇと吐き捨てて、左之助が猪口のなかの酒を一気に呷った。

一昨日、御前会議の席上で大隈重信の罷免《ひめん》が突然決まった。東京には厳戒体制が敷かれ、物々しい雰囲気のなか、翌朝、大隈は辞表を携え参内《さんだい》しようとした。しかし門衛に遮られ、政界から完全に追放されたのである。開拓使官有物払い下げに反対していた大隈と、伊藤博文や黒田清隆らとの対立は、こうして決着を見たのであった。思えばふた月ほど前、山県に会った時から、今日の結果は予定されていたのかもしれない。維新の勝者のための世なのである。薩長に逆らった大隈が悪いのだ。

己も……。

「おい左之助」

呼んでから猪口を傾ける。生温い酒が腹中に流れ込むが、ちっとも酔えなかった。頭が冴《さ》えて仕方ない。このところ、どれだけ呑んでも酔えなくなっている。

「なんだ」

「俺ぁこの歳になって、やっと近藤さんや土方さんの気持ちが解るようになったぜ」

顔を真っ赤にした左之助が、先をうながすように黙っている。

「あの人たちも踏ん張ってたんだ。俺たちを抱えて、身寄りの無ぇ京の都で新撰組って名を売って生きていかなくちゃなんねぇ。だから、あの人たちの気も知らずにいる俺たちが腹立たしかったんだよ」

「だからって、ふた言目には士道不覚悟は、ねぇだろ」

「必死だったんだよ」

銚子をひっつかみ、猪口に酒を満たす。

「おいオッサン」

「なんでぇ」

伝法な口調になる。酔った勢いという訳ではなく、左之助と相対していることで己の身の上を忘れている。

「お前ぇ、なんか悩んでんじゃねぇのか」

珍しく神妙な顔付きで、左之助が問う。

この男は、どれだけ年月を重ねようと、曲がらない。口では変わったなどと言っているが、性根の真っ直ぐなところはなにひとつ変わっていない。

この男だけは、闇に染めたくなかった。

「なんでもねぇよ」

「オッサン」

「こんな潰れかけの店に籠ってるお前ぇなんかより、よっぽどいい暮らしさせてもらってんだ。悩みなんか言ってたら罰が当たらぁ」

「潰れかけで悪かったな」

「けっ」

笑い合う。

「さて」

立ち上がる。

「まだいいじゃねぇか」

「会社に帰って仕事しねぇとな。俺には喰わせてやらなきゃなんねぇ奴等がいるんだよ」

猪口を長持の上に置き、階段に向かって歩む。一段目に足をかけた時、左之助が呼び止めた。肩越しに旧友を見る。

「頑張れよ」

片手を上げて微笑むと、高波梓は店を辞した。

明治十四年十月十三日　午後八時六分　東京駒込蓬萊町

「あいつは元気にしているのか」

煙草の煙とともに斎藤が言った。隣を歩く高波は、小さくうなずき口を開く。

「左之助はなにがあっても変わらねぇよ」

「俺やお前とは違うということか」

答えず歩む。寺が多いこの辺りは、夜になると人の往来が絶える。夜の暗がりのなかを、洋装の男二人が並んで歩く姿は、なんとも様にならない。しかし見咎める者がいないから、高波は人目をはばからず歩き続ける。

「そういえば、望月何某が見つかったぞ」

歩みを止めずに斎藤を見る。吸い終えた煙草を道に放り、靴の裏で消してから、斎藤は続けた。

「本所のほうで身ぐるみ剝がれた土左衛門《どざえもん》になって見つかったそうだ」

「そんな状態で、なんで望月だって解ったんだよ」

「俺が確認した」

会社を立ち上げて一年が過ぎた頃、高波は思い立って社員全員で写真を撮った。その時の写真を、斎藤には見せている。

「土左衛門なんざ、いくらもあるだろ。なんで望月の死体をお前が確認した」

「偶然だ」

斎藤はきっぱりと言い切った。

考えたくはない。考えたくはないが、望月の一件に山県が絡んでいるのではないかという疑心がふつふつと湧き上がってくる。己を引きこむために最初から仕組まれていた。

そう考えれば筋が通る。

望月を嵌めて七百円を持ち逃げさせる。望月の妻と娘の前に現れた四十がらみの洋装の男。斎藤ということはないだろうか。だとしたら母娘を救うことが、望月が金を持ち出すための交換条件だったのかもしれない。そして、高波を取り込んだのち、使い道のなくなった望月は殺された。望月は山県たちに籠絡《ろうらく》された。そう考えることで、喉の奥に小骨のように刺さっていた違和感は綺麗に拭い去ることができる。あの男は大それたことはできない。それが望月に対する、絶対に揺るがない高波の想いだ。

賭け事や母娘の借財など、望月にとってはどうでも良かったのだ。七百円という金を盗む理由は他にあった。絡みに絡み付いた柵のいっさいを振り払い、とにかく現状から抜け出したかったのだ。それが本当のところなのだろう。望月は利用された。高波梓こと山崎烝を手駒にと望んだ山県有朋の我欲のために。

すべては推測だ。確認する術はない。あるとすれば、目の前の男に直接聞くことだ。

高波は声を荒らげ詰め寄る。

「偶然だと。そんな理由で納得できる訳ねぇだろ。お前、なにか隠してるんじゃねぇだろうな。最初から俺が狙いで、望月を嵌めて」

「おい高波」

新たな煙草に火を点けた斎藤が、立ち止まって高波を見た。

「俺たちはもう大きな船に乗ってしまってるんだ。今さら引き返すことはできん。余計な詮索をして身を亡《ほろ》ぼすな。お前を頼る者のためにもな」

「斎藤っ」

「それより今は民権派だ」

民権運動を主導する板垣退助《いたがきたいすけ》らが、政党政治を目指し、結党するという噂《うわさ》があった。

「数日のうちに結党会議が開かれるらしい。奴等の動きには注意しておかなければならん」

「解ってる」

これ以上、望月のことを問うても斎藤は決して語らないだろう。真実は闇のなかだ。その闇の中心には、あの怪物のような男がいる。己はすでに飲みこまれてしまったのだ。

斎藤が言う通り、引き返すことはできない。

「なぁ斎藤」

酷薄な沈黙に問う。

「今の俺たちに誠はあるのか」

斎藤は答えなかった。

愚民の自由

明治十五年三月十五日　午後七時　東京駒込蓬萊町〝詮偽堂〟二階

胸の奥がちりりと痛い。

この男の話を聞いていると、忘れたはずの昔を思い出す。

松山勝こと原田左之助は、身体に灯った熱を消すように茶碗酒を一気に呷った。

「私たちひとりひとりが戦い、この国を変えないといけないんだ。そうでしょ、松山さん」

酒気に満ちた息を吐いた左之助を、目の前の男が睨む。敵意がある訳ではない。必死さゆえの目付きである。そんなことは左之助も承知しているから、苦笑いを浮かべて穏やかに答えた。

「古物屋の親父に、難しいこと言われたって、解らねぇよ」

「いいや、あなたは解っているはずだ」

決めつけてくる。が、居丈高ではないから面倒臭い。若さ故の勢いである。

「頭が切れりゃ、こんな所で儲かりもしねぇ商いなんかしてねぇさ」

自嘲気味に言った。

かつてはそれなりの男だったのだ。新撰組といえば、都の誰もが震えあがった。部下を引き連れた左之助が街を歩けば、槍の十番組組長と往来から声がかかったものだ。今この国を動かしている連中は、あの頃、左之助を恐れていた連中なのである。流れが違えば、己が奴等の場所に……。

そこまで考えて、左之助は止めた。結局、馬鹿はどうやったって馬鹿なのだ。器用に立ち回ることができなくては、どうあがいても上手くいかない。己という男は、古物屋の主で御の字なのである。

「そうやって自分を卑下するのは止めましょう松山さん。これからは、私やあなたのような民が、政《まつりごと》を動かすのです。国は八年後の国会開設を謳《うた》っていますが、それでは遅い。一刻も早く国会を開かなければならない」

昨年、北海道開拓使官有物払い下げ問題が起きた際、同郷の政商、五代友厚に官有物を安価で払い下げようとしていた開拓使長官の黒田清隆らを、大隈重信は猛烈に批判した。大隈は至急の国会開設と憲法公布が必要だと考えていた。それに反対していた伊藤博文は、天皇の行幸に大隈が同行している隙に、その罷免を決めた。と同時に、世論による批判をかわすために、官有物払い下げの中止、九年後の国会開設という決定を下し、天皇の帰京後、明治二十三年を期して国会開設の裁許を御前会議にて得た。明治十四年の政変である。

開拓使官有物払い下げ問題は、薩長閥と、民権派の大隈の対立でもあった。大隈が政府を去る代わりに、国会開設の詔勅《しょうちょく》を得るという、双方痛み分けの結果で終わったのだ。と、目の前の男は語っていた。

「ひと握りの人間の思うがままに政が行われるのでは、旧幕時代となんら変わりない。それではなんのために維新があったのか解らない。なんのために戊辰《ぼしん》戦争があったのです」

「その頃、あんたは幼子だ」

「多くの先人の言葉を学び、現状の有様を知れば、誰にでも解ることです。みずから考え、行動する。それがなにより大事なのです」

訳知り顔で語るのも若さ故か。

「新しき世が来ると信じて死んでいった者たちに、明治の世はどう映っているでしょう。薩長の世など誰が望みますか。これでは大名たちと共存していた幕府よりも性質が悪い」

話が青臭く、長い。

「民が権利を手に入れることで、はじめてこの国は自由を得るのです」

自由民権。薩長閥などの一部の者が政を司《つかさど》るのではなく、民が直接選んだ者たちが政を行う世を目指すという、欧米に多大な影響を受けた思想だそうだ。

「自由ねぇ」

この若者の口から何度となく聞いた言葉だった。元は英国の言葉で仏教の語を当てたらしい。福沢諭吉《ふくざわゆきち》なる学者が紹介したという。何事も思うままに行うことなどを意味するのだそうだ。

腑に落ちない。

思うままに生きること、事を成すことは、他者から許される必要があることではないと左之助は思う。政の質など問題ではない。どんな世の中であろうと、臆病な者は些細《ささい》なことを恐れ自由には生きられぬであろうし、恐れ知らずの者は、何に縛られることなく思うままに生きる。かくいう左之助も、どちらかといえば、自由に生きてきたほうだ。新撰組の厳しい掟《おきて》のなかでも、案外自由にやっていた。幕府が明治政府に変わろうと、徳川が薩長になろうと、左之助は左之助のままである。要は縛られていると感じるかどうかである。縛られたと考えた瞬間、人は自由を失う。

「支配者はひと握りの者たちだ。数多《あまた》いる名もなき民が一度に立ち上がれば……」

「近江《おうみ》さんよ」

　左之助は若者を呼んだ。近江十郎《じゅうろう》というのが彼の名である。二十歳だ。二十年前といえば、上洛する将軍を警護するために浪士が募集された年だ。試衛館の面々と共に、この浪士隊に加わった左之助は、翌年彼らと新撰組を結成する。

　近江はその頃、生まれた。

　里は、会津だという。会津といえば、京都守護職、松平容保《まつだいらかたもり》公の領地であった。新撰組は京都守護職預かりとして、京の治安維持を任されていた。いわば松平容保は、新撰組の主家のようなものだった。その縁もあって、副長の土方歳三や、藤田五郎こと斎藤一などは、戊辰戦争の最中、会津での戦いに加わっている。新撰組と会津の縁は深い。

　会津の農家に生まれた近江は、明治になって東京に上った。そして、民権運動団体である国友会に入った。

「世の中を変えるなんて甘い言葉で民をそそのかして、一揆《いっき》でもやろうってのかい」

「違うんですよ」

　近江が二つ重ねた長持の上にある銚子を、珍しく自分から取った。そして、己の茶碗に注ぐと、一瞬だけ唇を当てる。呑んだというより舐《な》めたといったほうがよい。

「私たちは刀で世を動かそうとは思っていません。あくまで理《ことわり》なのです。この舌で言葉を紡ぎ、民を啓蒙《けいもう》し、無知から解き放つ。目を開かれた民が手にする武器は、決して刀や銃ではない。私たちと同じ言葉と理なのです」

「よく解らねぇな」

「どうしてそんな嘘を吐くんです。松山さんは素直じゃない」

「決めつけんなよ。解らねぇから、解らねぇと素直に言ってるだけじゃねぇか」

ふた月ほど前から店をひやかすようになり、二階で酒を吞みはじめてから十日ほど。近江との仲はその程度である。それでいったいこの男は、左之助のなにを解るというのか。

「あなたは不思議な人です」

近江が立って、茶碗を長持の上に置いた。

「今日は帰ります」

「そうかい」

「皆があなたのように聞いてくれれば……」

「民権家ってのも楽じゃねぇな」

近江は東京じゅうを巡り、聴衆を相手に自由だ平等だと、演説をして回っているらしい。

演説という言葉を広めたのは、福沢諭吉だという。福沢たちは明治八年、慶應《けいおう》義塾《ぎじゅく》内に三田演説館を建て、翌年から三田演説会を頻繁に開催した。その後、東京では次々と民権運動団体が結成され、各地で演説を行うようになった。福沢の所属する明六社《めいろく》、交詢社《こうじゅん》、嚶鳴社《おうめい》などが主だった団体である。近江が所属していた国友会も、そのひとつであった。こうした民権運動団体は、警察による演説の規制の激化に伴い、新聞をも利用して民権という思想を広めようとしている。

国友会は、現在、板垣退助率いる土佐の立志社とともに結党した、自由党に組み込まれているらしい。

すべて近江から教えられた知識である。

「頑張りますよ」

「気楽にな」

穏やかにうなずくと、若者は静かに階下に消えた。一人残され酒を呑む。

「悪ぃ奴じゃねぇ」

明治十五年三月十六日　午前十一時二十分　東京駒込蓬萊町　〝詮偽堂〟

こんな時間に客が来ると良いことはない。いや、目の前の男は客ではないのか。

帳場を仕切る木組みの枠に肘をかけ、左之助は店の出口へと続く通路を睨んでいた。先代が蔵を利用して開いた古物屋である。通路というより、土間に並べた棚の隙間といったほうが正しい。そこに洋装の男が立っていた。数年ぶりに見る顔だ。そしてそれは、この世で一番見たくない顔だった。

「なにしに来た」

棚に並べられた浮世絵を手に取ったまま動かない男に、左之助はぶっきらぼうな声を投げた。茶色く染まった紙を手にしたまま、男は瞳だけを帳場に向ける。

「用がねぇなんて言わねぇよな。え、斎藤」

声に圧を込め、左之助は男の名を呼んだ。

「用がなければ、お前の阿呆面を見に来てはいかんのか」

「駄目だ。そこに突っ立ったまんまでいるってんなら、無理矢理にでも追い出すぞ」

「やれると思っているのか」

新撰組にいた頃から、この男とは馬が合わない。顔を合わせると、いつもこうだ。しばしの睨み合いの後、左之助は溜息を吐いて大きく伸びをした。両腕を高々と上げたまま、斎藤を見つめて問う。

「お前ぇ、なんかしただろ」

「なんのことだ」

「惚《とぼ》けんじゃねぇ。三年前、お前ぇがこの店に顔を出さなくなった頃」

「もう三年近くも、お前の顔を見てないのか」

こちらの言葉を断ち切り、斎藤が惚ける。帳場から身を乗り出し、左之助は怒鳴った。

「お前ぇが来なくなってから、面倒事が続いたんだ。なにをした」

「なんの事だか、さっぱり見当が付かんな」

「惚けんなって、言ってんだろ」

「始終惚けているお前が、なにを言う」

　暖簾に腕押しとはこのことである。斎藤がなにかをしたという証拠はない。あったとしても、この男は決して認めはしないだろう。そう考えると途端に疲れた。乗り出していた身体を再び帳場に落ち着け、そっぽを向く。

「もういいから帰れ」

「久しぶりの再会だ、少しは喜んだらどうだ」

「仕舞いにゃ怒るぞ」

「近江十郎」

　斎藤が、とつぜん客の名を口にした。背筋に寒気を覚えた左之助は、また斎藤を見る羽目になった。店の主の動揺など素知らぬ振りで、斎藤は手にした絵を見つめながら淡々と語る。

「自由党の党員で民権家。二か月ほど前から、この店に出入りしている。十二日前からは、夜になるとここの二階で語らっている」

「手前ぇ」

「近江十郎と交わるのは止めておけ」

「奴等がやってることは、この国のためになる。俺ぁ、そう思うぜ」

　間合いに踏み入ってみせ、斎藤がどう出るか、腹に気を込めて待つ。細身の警官は微《み》塵《じん》も動揺せず、下手な浮世絵に目を落としたまま厚い唇を動かす。

「自由民権などといえば聞こえはいいが、旗を振っているのは、政府からはじき出された者たちではないか。自由党の板垣退助、後藤象二郎《ごとうしょうじろう》は土佐。改進党の大隈重信は肥前。いずれも元は、政府の中枢にあった者たちだ。維新の勝者ではないか。そんな奴等が振る旗に、何の意味がある。愚民を焚き付け、己が鬱憤を晴らそうとしているだけではないか」

「旗を振る奴がどうであれ、近江さんたちは、自由のために団結して……」

「自由のために団結だと。笑わせるな」

　斎藤が鼻で笑う。

「立志社は、元はといえば板垣が土佐の士族たちとともに結成した結社だ。当然、金も有力な士族たちから出ている。一方、国友会は、東京に住む若き知識人のなかで起こった民権運動から生まれた、多くの結社のひとつだ。昔もそうだったではないか。頭の回る奴は、志という名の熱にほだされて、我が身も顧みずに走る。国友会……。俺たちが池田屋で殺した奴等に似ているとは思わないか」

　目だけがやけにぎらついていて、なにかに取り憑《つ》かれたように己が思想を語る。志が第一で、命は二の次。たしかに近江の顔は、あの頃の勤王の志士のようだ。

「図星だろう」

左之助の心を見透かしたように、斎藤が言ってから続ける。

「元から明治政府との繋がりがあり、士族同士の綱引きの道具として民権運動を利用している板垣や後藤たちが率いる立志社。一方、頭が回るが故に、国を想い、志のためならば我が身は顧みず、官憲に睨まれながらも演説を続ける青二才たちの集まりである国友会。そんな生まれも育ちも違うふたつが、小さな器のなかに歪な形で納まっている。それが自由党だ。声高に団結と叫ぶのは、壊れることを恐れているからではないのか」

「よく喋るじゃねぇか」

「たしかにな」

斎藤はそう言うと、左之助を一度見て浮世絵を棚に戻した。静かに背を向け、出口へと足を進める。敷居をまたぐ瞬間、斎藤は肩越しに左之助を見た。

「とにかく近江十郎にはあまり肩入れするな。あいつがお前の前歴を知らぬとは限るまい」

「おい斎藤っ」

「また来る」

来るな、という言葉を左之助が吐くより先に、斎藤は陽の光のなかに消えた。

明治十五年四月十二日　午後三時四十分　東京駒込蓬莱町〝詮偽堂〟

「これを見てくださいよっ」

帳場に叩きつけるようにして、近江が新聞を置いた。勢いに気圧されるようにして、左之助は皺くちゃになった紙束を手に取る。

〝板垣遊説中ニ暴漢ニ刺サル〟

最初に目に飛び込んできたのは、その一文だった。四月六日のことだそうだ。細かい字を読むと頭が痛くなる左之助は、興奮する近江を見上げて問う。

「死んだのかい」

「板垣先生は、暴漢の愚劣な刃などで死んだりしませんよ」

死のうが生きようがどちらでもよい。それよりも、近江のことが気にかかる。ここまで興奮する姿を見たのは初めてだった。よほど大事なことが、この新聞に書かれているのだろう。が、再び目を落とす気にはなれなかった。だから直接、近江に問うことにした。

「あんたの所の頭が刺されたんだろ。なんでそんなに嬉しそうなんだよ」

「ここを見てください」

近江が帳場に腕を伸ばし、細かい字を指した。眉間に深い皺を刻んで指先を見つめる。

「板垣は死しても自由は亡びませぬ……。か」

「そうですっ。先生の御言葉通りです」

「本当に、そんなこと言ったのか」

これまで幾度も死に際を見てきた。大半の者が醜い有様だった。これから死ぬのだ。醜くて当たり前である。高潔な死など、絵空事のなかにしかない。いくら戊辰戦争の功労者であろうと、暴漢に刺されて死ぬかも知れぬという時に、ここまで毅然とした言葉を吐くことができるとは思えなかった。そんな左之助の思いを認めるように、近江が照れくさそうに頭を掻きながら答える。

「その場にいた者の話では、先生に駆け寄った秘書が言ったらしいんです」

「ほら見ろ」

「大事なのは、誰が言ったかではないのです」

ああ言えばこう言う若者である。が、そういう理屈っぽい所に、左之助の口許が自然とほころぶ。

「誰が死んでも自由は死なねぇって訳か」

「そうなんですよ。自由は誰かのものではない。皆のものなんです。一人一人が、思うままに生きる。それが自由なんです。たとえ先生が死んだとしても、私たちが生きている限り、自由は決して亡びはしない」

「それを言いに俺んところに来たのかい」

「はい」

近江が得意満面で胸を張った。その子供じみた姿に、左之助の心に微かな熱が灯る。

斎藤の言う通り、民権運動を先導している者たちは、結局のところ維新の勝者なのかも知れない。だが、こんなにも純心な若者たちがいる。ならば、薩長に毒された今の政府などよりも、いくらかましなのではないか。近江のような若者が民のことを真剣に考え、自由のために戦っている。薩長や帝に近い者だけに政を任せるのではなく、民によって選ばれた者が、この国を動かしてゆく世が来れば、たしかに今より面白い世になるのではないか。

火照《ほて》る左之助の頭を、斎藤の言葉が掠める。

近江十郎には肩入れするな……。

「五月蝿ぇよ」

己に言われたのかと思った近江が、戸惑いの声を吐いた。

「違う、違う」

掌をひらひらと振っていると、母屋のほうから激しい咳が聞こえてきた。

お皐だ。

「もう少し話していてぇんだが、店を閉める」

「春の初《しょ》っ端《ぱな》に風邪引いて、そっから調子が悪ぃんだ。咳が始まると、半日とまらねえ」

「奥様ですか」

「解りました。では、お大事に」

「済まねぇな」

近江は元気に頭を下げると、新聞を帳場に残したまま去って行った。

「自由民権か」

帳場を立った左之助は、店の出口まで歩き、重い扉を静かに閉めた。

締め切られた蔵のなかに闇が満ちた。

明治十五年九月十八日　午前七時五分　東京駒込蓬萊町〝詮偽堂〟母屋

秋めいてきて冷え込んだせいか、朝から咳き込みだした妻の看病をしていた左之助の耳を、けたたましい音が襲った。誰かが母屋の戸を激しく叩いている。眠気にまどろんでいた頭が、一気に醒めた。

一年ほど絶えていた阿呆どもの襲撃が、ふたたび始まったのか。そんなことを思いながら、心配するなと妻に言い聞かせ、いつも寝床の床の間に立てかけてある槍に見立てた棒を手に取り、静かに廊下を歩いた。框の前まで来て戸を見ると、埃で汚れた障子紙の向こうに人影があった。

「朝っぱらから五月蠅ぇな」

「松山さんっ」

聞き覚えのある声が、戸の向こうから返ってきた。

「近江さんかい」

「はい」

人影が答えた。

斎藤の言葉を無視して、夏の間も近江と酒を酌み交わしている。

「ちょっと待ってくれ」

框から下り、戸のつっかえ棒を取ると、物凄い勢いで外から戸が開かれた。

「なんでぇ、こんな朝っぱらから」

大きく肩を上下させている近江に問う。走ってきたのだ。息が荒い。なのに、顔が真っ青だった。

「ついて来てもらえませんか松山さん。いや、元新撰組十番組組長、原田左之助さん」

胸が、一度激しく脈打った。が、それ以上の動揺はない。唇の端をわずかに上げて、穏やかに語りかける。

「知ってたのかい」

「騙していて済みませんでした」

「言わなかっただけだ。騙してはいねぇだろ」

後ろで妻の咳が聞こえる。

「生憎、今は手が離せねぇんだ」

「奥様ですか」

黙ってうなずくと、近江は少しだけ苦しそうな顔をしたかと思うと、青ざめた顔を引き締めて一歩踏み出した。

「ついて来て欲しいのです。でなければ、自由党は……。自由は……」

「どうしたってんだ」

松山勝ではない。近江は、原田左之助を求めているのだ。それがどういうことか、左之助はまだ測りかねている。

「半年ほど前から、後藤先生が政府の伊藤博文や井上馨《いのうえかおる》に近付いていたらしいのです」

後藤象二郎は、同じ土佐生まれの板垣の盟友である。二人が先頭に立ち自由党を導いてきたということは、近江から散々聞いている。

「民権運動を捨て、政府に戻る気か」

「解りません。が、どうやら後藤先生は、板垣先生を連れて、洋行しようと画策していたらしいのです。この話が七月に党内に広がり、板垣先生は洋行の必要性を皆に語りました。自由主義の理解を深めるため、議会の視察をする。たしかに先生の言い分には一理も二理もあった。しかし、結党一年あまりで板垣先生が不在となることを憂える声は強かった」

自由党は土佐の立志社、近江が所属していた国友会などの寄せ集めである。一年あまりで党の総理が国を離れるのは、得策とは思えない。

「後藤先生の申し出を聞き入れた外務卿の井上は、御二人の洋行資金の捻出を、三井に申し入れたそうなのです」

三井が政商として莫大な利を得る財閥であることくらいは、左之助も知っている。

「三井はこれを受け、二万ドルの費用を準備した。これもすぐに、党内に知れ渡りました。外務卿を通じ、財閥から金を引き出していた御二人に対する怒りは、党員たちのなかで抑えられぬものとなり、私の師である馬場《ばば》先生や、大石《おおいし》先生が先頭に立たれて、板垣、後藤両先生への批判を繰り広げはじめたのです」

馬場辰猪《たつい》と大石正巳《まさみ》という名は、近江から聞いている。国友会の大物で、近江を民権の道に引っ張り込んだ者たちだ。

「馬場先生たちは、何度も両先生に金の出どころについて問われたが、板垣先生は三井からは金を貰っていないの一点張り。今日、馬場先生と大石先生が、自由党本部で板垣先生に洋行中止を迫るそうなんです」

今にも泣き出しそうな近江を落ち着かせようと、左之助は笑ってみせる。

「あんたたちは、言葉と理で国を変えようとしてんだろ。大丈夫だ。血が流れるようなことは起こりゃしねぇよ」

「なにかがあってからでは遅いのです。すでに後藤先生と政府の間で、なんらかの密約が結ばれていて、馬場先生たちが邪魔だと考えていたら……。なにかあったら、私はどうすればよいのです」

政府との密約という言葉と、斎藤の姿が重なる。が、杞憂《きゆう》だと心で己に言い聞かせた。

膝から崩れ落ちた近江が、己の掌を見つめてぶるぶると震えている。

「私は会津の百姓の倅《せがれ》です。会津の御侍たちが新政府軍と戦っている最中、幼かった私にはどうすることもできなかった。父が戦闘に巻き込まれて死に、頼る者もなかった私と母は、着の身着のまま東京に来ました。ずっと人様に足蹴《あしげ》にされながら生きてきた……。そんな時、自由という言葉を知ったんです。私を拾ってくれた馬場先生は仰いました。会津の敵だった薩長の思うままになっている今の政を変えるため、私のような貧しい者のため、民が自由を勝ち取るのだと。そのための自由民権なんだと。自由民権は、私の光なんです」

「水を差すようで悪ぃんだが、たしか板垣は、会津を攻めた張本人じゃなかったか」

板垣は会津攻めの参謀だったはずだ。

「板垣先生は戊辰戦争の最中も、藩主、容保公のことを心配してくださり、明治になってからも会津の名誉回復に努めていらっしゃいます。敵味方に分かれてはいたが、板垣先生は会津を憎んではいなかった。それに私は、元は国友会の人間です。馬場先生、大石先生こそが私の師。自由民権の志に生きることが、なによりも大事なのだと、御二人は私に教えてくれました」

「近江さんよぉ」

思い詰めている若者を前に、左之助はそれ以上、言葉が続かなかった。掌を見つめていた近江が、左之助を見上げる。

「あなたのことは仲間から聞きました。昔、京で名を成した強い侍がいると。その人を仲間にできればと……」

良からぬ輩が店を訪れていた時期がある。この店の主が原田左之助だと知っている者が近江の仲間にいても、おかしくはない。

「あんた、頼まれて俺の店に」

「私たちは権力と戦っている。こちらが言葉と理で戦おうとしても、相手は違います。権力を振りかざし、警官たちが武力で演説を中断させる。私の仲間も幾度そんな目にあったことか」

民権家の演説といえば、警官が無理矢理止めさせて怒号が飛び交うのが、お決まりである。

「政府の人間を殺してくれと頼みたかったのではないのです。ただ私たちに力を貸して欲しかった。京の街で不逞浪士から民を守っていた頃のように、私たちを、自由を、守って欲しかった」

「民のためか」

「そうです、皆の自由のために」

お皐の咳が、熱を帯び始めた背中を打った。乾いた息遣いが、行くなと言っている。

目を閉じ、鼻から大きく息を吸う。

瞼を開き、棒を握る掌に力をこめる。

「俺は誰も傷つけねぇ。ただ、間に割って入るだけ。それでいいかい」

「はい」

近江の右の目尻から涙が一筋零れ落ちた。

「行くぞ」

妻に聞かれぬように囁《ささや》くと、左之助は敷居をまたぎ、後ろ手でそっと戸を閉めた。

詮偽堂沿いの道を西に行き、角を左に曲がると陸軍省用地へと続く一本道に出る。その辺りは追分町といい、左之助の店の辺り同様、寺が多い。左に正林寺《しょうりんじ》、右に正行寺《しょうぎょうじ》という所まで近江と二人で歩いて来た時、不意に何者かが立ちはだかった。

相手も二人である。一人は警官だ。

「妙な取り合わせじゃねぇか。何しに来た」

棒を小脇に挟んで、朝日に照らされる男たちに問うた。

「用があるのはお前だけだ。隣の男はさっさと行ったほうがいい」

答えたのは警官のほうだ。その隣に立つ小柄な洋装の男は、悲しそうな顔で左之助を見つめている。

「生憎、お前ぇたちに付き合ってる暇はねぇんだ。悪ぃな斎藤、山崎」

目の前の男たちは、不穏な気配を放っている。左之助は二人の古い名を呼んで牽制してみせた。何が起こっているのか解らぬ近江は、ただ小刻みに震え、左之助と立ちはだかる二人を交互に見ている。

洋装の男が、口を開く。

「おい松山」

左之助を思いやり、今の名を呼んだようである。洋装の男、高波梓こと山崎烝は、細かいことに気の付く男だ。近江に素性を明かしていない時のことを、しっかりと考えている。

辛そうに顔を歪めて、山崎が続けた。

「その男とどこに行くつもりだ」

「野暮用だ。お前ぇには関係ねぇよ」

「弱ってる、お皐ちゃんを置いてか」

左之助の眉間に皺が寄る。ここ数か月、山崎は店を訪れていない。お皐が体調を崩していることは知らないはずだ。

なにかが起こっている……。

山崎と斎藤の間に流れる不穏な気配が、左之助の身体を締め付けてゆく。

胸のポケットから煙草を取り出した斎藤が、燐寸を擦る。口から煙を一筋吐き出してから、冷淡な目を近江に向けて語り出した。

「近江十郎だな」

隣で震える近江は、答えなかった。一度吸い口に唇を付けてから、斎藤はつぶやく。

「国友会の民権家、近江十郎。各地で演説会を開き、自由などという妄言で民を煽動《せんどう》し、この国を乱そうとしておる不逞の輩」

「私は決して、この国を乱そうなどとっ」

「認めたな」

奇妙に吊りあがった斎藤の口角に、近江が震えあがる。警官としての斎藤を恐れているのではない。この男が持つ獣の殺気が、近江を震えさせている。

「いいことを教えてやろう」

吸い終えた煙草を踏み潰してから、斎藤は近江に語りかける。

「お前たちの総理の洋行費用は、三井からではなく、大和《やまと》の資産家であり自由党の支持者、土倉庄三郎《どくらしょうざぶろう》が出す。当初の予定通り、板垣と後藤は国を離れる。それを機に、奴等は政府に戻ることになるだろう。その時、お前たち国友会は、果たして自由党に留まっていられるかな」

気迫に満ちた斎藤の声に、近江が声を失う。

「俺が言ったことが真実か確かめるには、本部に行かねばな。が、この男は置いていけ」

「古物屋の主なんぞを、お前たちの運動に巻き込むな」

斎藤の言葉に、山崎が毅然とした声で続ける。

警官姿の斎藤が左之助を見た。

「俺たちと戦うつもりなら、躊躇《ちゆうちよ》なく近江を殺る。俺がどういう男か、お前がよく知っているだろう。殺ると言ったら殺るぞ」

「は、原田さん」

近江が左之助を見る。

「私はどうすれば」

「簡単なことだ。このまま俺たちの間を駆け足で駆け抜けて行けばいい」

「おい、斎藤っ」

棒を小脇に挟んだまま、左之助は叫んだ。朝の往来である。坊主が門柱の陰から、四人を窺っていた。そんなことは構わない。左之助は斎藤を睨んで続ける。

「俺が何をしようが勝手だろ。黙ってそこを通せ」

二本目の煙草に火を点け、斎藤が笑う。

「俺はそれでもいいんだがな」

煙とともに冷たい言葉が吐かれる。

「お前がどこでどうなろうと、知ったことではない。が、こいつがどうしても巻き込む訳にはいかぬと言うから、こうして朝から面倒な仕事してんだよ」

燃える煙草の先で山崎を指す。

「どういうこった」

山崎を睨んで問う。

「とにかく、その頭ばかりが大きくなった餓鬼を、立ち去らせろ」

重い山崎の声が、近江を浮足立たせる。左之助は若者に目を向けた。

「どうやらこいつ等は俺の客のようだ。あんたは行ってくれ」

「し、しかし」

「こいつ等の話が本当なら、危ねぇ。早く行ってくれ。俺もすぐに行く」

「原田さん」

「行けっ」

左之助の怒鳴り声が、近江の尻を叩く。枷《かせ》を解かれた獣のごとく、近江が二人の間を一直線に駆け抜けた。斎藤も山崎も一瞬たりとも、近江を見ようとしない。

「さて」

近江が消えたのを確かめた左之助は、棒を肩に担ぐようにして二人を見た。

「話を聞こうじゃねぇか」

「左之助」

山崎が一歩踏み出す。左之助は棒を担いだまま、殺気を漲《みなぎ》らせた。山崎の足がとまる。

「おい山崎。なんでお前ぇが、こいつと一緒んなって、妙な真似してんだよ」

自由民権運動なのか、それとも自由党なのか。とにかく斎藤は近江のことを調べていた。そして、左之助に関わるなと忠告してきた。しかしそれは、警官という立場である斎藤であれば、理解できる事柄だ。商社の主である山崎が、どうして一緒になって左之助をとめるのか。

「俺は、斎藤とともに働いてるんだ」

「社長はどうした。辞めたのか」

「会社のためだっ」

　山崎が叫ぶ。左之助は首を傾げた。

「会社のために警官とつるむってのか。訳が解んねぇな」

「訳が解らんのはお前のほうだ」

　斎藤が割って入る。冷徹な警官は左之助の殺気などお構いなしで、ずかずかと歩を進めた。棒を伸ばせば届くぎりぎりの所で立ち止まると、三本目の煙草に火を点ける。

「京にいた頃でさえ、尊王攘夷や佐幕開国なんて面倒なことは知らないと言っていたお前が、どうしてあんな若僧と一緒に自由民権などと言いだしたのか。俺には山崎よりも、お前のほうがよっぽど訳が解らんぞ」

「五月蠅ぇっ。昔の敵に喜んで尻尾振ってるような奴に、なにが解るってんだ」

「ならば問うが、あの近江とかいう若僧に、自由党に、板垣に後藤に馬場に大石に、本当にこの国を変えられると思っているのか」

　鼻の穴を大きくふくらませ、左之助はみずからの想いを吐く。

「幕府を倒して甘い汁吸ってやがる薩長の阿呆どもよりもっ」

「まだましだとでも言いたいのか」

　毅然とした斎藤の言葉が、左之助を責める。

「自由とやらは人から与えられるものではない。愚かな運動などで勝ち取って分けあえるものでもない。どれだけ柵や規律に縛られていようと、己がままに生きることはできる。自由に憧れる愚か者には、いつまで待っても自由などないのだ。そんなことはお前が一番よく知っているはずではないか。どんな境遇にあろうと、己を曲げぬお前ならばな。え、左之助」

斎藤の言う通りだ。左之助は己の心の在り様を知っている。怒る時には叫び、悲しい時には泣く。一度たりとも己の道を曲げたことはない。新撰組が潰えた時も、古物屋の主となった今でも、左之助は左之助のままだ。

左之助は常に自由なのである。

「若者に同情するのはいい。が、今お前が踏み込もうとしていることは、己が思っているよりも危険なことだ。妻を捨ててまで、心血を注ぐほどの価値のあるものではない」

斎藤が棒の間合いの裡に入った。

「自由党はいずれ瓦解する」

「民に自由は必要ねぇってのかよ」

「いずれは政府が許すかたちで、与えられよう」

「お前ぇ、そこまで腐っちまったのかよ」

「現実を語ったまでだ」

「糞ったれっ」

抱えていた棒を両手に握り、斎藤の顎目掛けて振り上げた。にやついた顔がわずかに仰《の》け反《ぞ》り、棒の先端が尖った鼻先を掠める。

「止めろ、左之助っ」

山崎が割って入った。二撃目を振り下ろそうとしていた手をとめる。

「そこを退けっ」

「このままお前が自由民権運動とやらに深入りして、官憲に追われるようなことになれば、お皐ちゃんはどうなる。もうお前は身を引いた人間なんだ。原田左之助に戻っちまったら、あとは転がり落ちるしかねぇ。それでもいいのか」

左之助の食い縛った歯の隙間から苦悶の声が漏れた。

「よく考えろ」

言った斎藤が背を向ける。山崎は立ちはだかったまま動かない。

「お前が原田左之助として民権運動に関われば、面倒なことになる。元新撰組十番組組長のお前は、戊辰戦争の英雄である板垣にとって、手を携えて歩くのに格好の相手だからな。かつては敵であったお前と因縁を乗り越え和解し、共に手を携えて自由のために戦う。自由の元には敵も味方もない。そう謳う板垣の姿が、俺には見える」

斎藤が山崎の肩越しに、左之助を睨んだ。

「お前が自由民権の側に立つというのなら、敵味方だ。俺は持てる力の全てで叩き潰すぞ。その時は、病弱な妻も一蓮托生《いちれんたくしょう》だ」

「斎藤っ、手前ぇっ」

いきり立つ左之助を山崎が身を挺《てい》してとめる。

「忠告はした。あとは自分で考えろ」

斎藤が歩きだす。

「待てっ」

「頼む左之助。食うや食わずで蝦夷地から流れてきた俺を、お前は助けてくれた。お前は命の恩人だ。そんなお前が、薩長に潰される姿は見たくねぇんだよ」

「放せ」

穏やかになった左之助の言葉に、山崎が驚くようにして力を抜いた。だらりと棒を垂らし、山崎の胸を腕で突いて離す。

「もう、お前ぇなんか友じゃねぇよ」

「左之助……」

踵を返した。

「あばよ」

目の前の道を右に折れれば、病の妻が待っている。

明治十五年十月十八日　午前十時　東京駒込蓬莱町〝詮偽堂〟

国友会の馬場辰猪が、自由党に辞表を提出したのは、十月二日のことだったそうである。それに先駆け、大石は九月の末には自由党を離れている。これにて、板垣、後藤の洋行資金問題に端を発した自由党内の争いは、一応の決着を見た。

その事実を、左之助は新聞で知った。

逃げ去った近江のその後を、左之助は知らない。あれ以来、一度も店に来ていなかった。近江が、どこに住んでいるのかすら知らない。あくまで客と店主の間柄だったことを、いまさらながらに痛感している。

帳場に座り新聞を広げ、客など来ない店で一人考えていた。

どうして斎藤と山崎は、一緒に行動していたのか。なぜ、自分をとめたのか。警官である斎藤は解る。が、なぜ山崎までもが……。

怒りとも悲しみともつかぬ想いが、あの日以来、胸に巣食って離れない。

近江十郎という青年の情熱にほだされ、一時は自由民権という夢を見た。新撰組を去り、彰義隊とともに上野で戦い、死人同然でこの店の先代の主に拾われた。その時、原田左之助という男は死んだ。詮偽堂の主、松山勝として、左之助は生まれ変わったのだ。

松山勝は古物屋の主である。所詮、この世は嘘偽りだと嘯いて、面倒事とは無縁に生きる男なのだ。民のためにこの身を傷付けることなどない。そんな人生は、原田左之助という名とともに捨てたはずだった。

「柄じゃねぇだろ」

十日も昔の新聞を握り潰す。馬場辰猪という名が、灰色の棘《とげ》の山のなかに消えてゆく。広い紙面のどこを探しても、近江十郎という名はなかった。今から思えば、あの若者も自由という言葉も、なにもかも幻だったのかも知れない。

「それでも、やっておかなきゃなんねぇことはあるだろ」

己に言い聞かせるようにつぶやき、立ち上がった。母屋へと行き、立てかけてある棒を手にする。

「ちと出てくる」

伏せっている妻に声をかけた。

「行ってらっしゃい」

身体を起こし微笑む、お皐の顔は、あの時の近江よりも青ざめていた。お皐の身体から少しずつ命が流れだしている。それを左之助はとめることができない。

「すぐ戻る」

「はい」

気丈に振る舞う妻を残し、家を出た。

明治十五年十月十八日　午後八時十五分　東京根津宮永町

左之助の気配に気づいた斎藤が、戸に手を添えたまま動きをとめた。

「今、来たという感じではなさそうだな」

戸を見つめたまま斎藤が語る。左之助は棒を携え、歩を進めた。斎藤の腰の刀の間合いを測り、ぎりぎりのところで立ち止まる。

「この場所は、山崎から聞いてたんでよ」

「余計なことを」

斎藤が肩越しに左之助を見る。いつも通りの酷薄な瞳が、虚ろな闇を湛えていた。

「ちょっと付き合え」

「なにをするつもりだ」

「俺の格好を見りゃ、解んだろ」

着物の裾を尻端折《しりはしょ》りにして、右手には棒を持っている。対する斎藤は制服のままだ。

「いつもは着替えて帰るのだが、少々仕事に手間取ってな。それも虫の報せというやつか」

振り向いた斎藤が腰の刀に触れた。

「来いよ」

言って歩きだした左之助に、斎藤が付いて来る。気をすべて背後に注いでいる。斎藤が下手な動きをすれば、すぐに棒で反撃できるだけの気構えをしつつ歩いた。

根津神社の鳥居を潜り、参道を行く。境内に入り、手水所《ちょうずどころ》を行きすぎる。人目を避けるように本殿を左に回り、鎮守の森へと足を踏み入れた。森の奥深くまで来ると、さすがに人はいない。振り返る。すると、棒を伸ばしても届かぬ所で、斎藤は足をとめた。

「いつから待っていた」

「昼前には根津に着いた」

「大分、待たせたようだな」

「そうでもねぇよ」

言って腰を深く落とした。右手につかんでいた棒を傾け、左手を添える。先端を上げて、棒の先を斎藤の喉元へと定めた。

「不毛な」

言った斎藤が胸のポケットから煙草を取り出し、火を点ける。左之助は煙の先の顔を見つめながら、口を開く。

「落とし前だ」

「なんのことだ」

「俺は、お前のことが昔っから嫌いだった。が、仲間だと思ったこともある。信じたこともある」

　斎藤は黙って聞いている。

「でもなぁ、どんな野郎でも、俺の行く道に立ち塞がる奴は許さねぇ」

「いつ俺が、お前の行く道とやらに立ち塞がった」

「立ち塞がったじゃねぇか」

　煙混じりの溜息を吐き、斎藤が煙草を揉み消した。

「あれは、お前の道ではない。近江十郎の道だ。あの時も言ったはずだ。お前は誰に与えられずとも、自由だろう。今さら、自由民権などという寝惚けた題目を必要とはしていないはずだ」

「能書きはいいんだよっ」

「お前は、なにが気に喰わんのだ」

　頭を左右に振り、首を鳴らし、斎藤が素早く刀を抜いた。和泉守兼定だ。新撰組副長、土方歳三の愛刀だった刀である。斎藤に売ったのは、左之助自身だ。

　抜いたが構えない。

「おい斎藤」

「なんだ」

「俺たちが戦った奴等は、今や政府の御偉いさんだ」

「それがどうした」

「あの若者たちが戦ってる相手は、かつて俺たちが戦った奴等だ」

斎藤が笑いながら、正眼に構えた。

「読めたぞ」

爪先で間合いを削ってくる。

「かつて新撰組が敵とした薩長に、俺や山崎が頭を垂れていることが気に喰わんのだな」

淀《よど》みなく、斎藤は歩を進めてくる。あと半歩も前に行けば、棒の間合いに入る。刀の間合いよりも、倍ほども広い。機先を制すれば、こちらに分がある。

「どれだけ泣き喚こうと、時の流れはとめられん。お前が変わらずにいたとしても、世は変わる」

「俺は変わった」

斎藤が、左之助の間合いに入った。

心が動くよりも先に、身体が動く。棒の先端が、斎藤の喉目掛けて飛んで行く。

顔を反らして躱《かわ》された。初手で捉えられぬことなど、最初から解っている。素早く引いて、そのまま突く。今度は先端を下げて、鳩尾を狙う。

斎藤は正眼に構えたまま、進み続ける。棒の先が鳩尾にめり込んだ。いや、わずかに左に逸れている。

左之助の目が、三番組組長の奇妙に吊り上がった口許を見た。突かれたままの斎藤が、左手を柄から離し、棒の先端を握る。そして、思いっきり引っ張った。足元がぐらつき、わずかに腕が伸びた。

気の塊が吊り上がった口から漏れるのを、左之助は聞く。右手と左手の間に、和泉守兼定が振り下ろされる。棒が二つに分かれた。下りた刃がせり上がり、左之助の喉元でとまる。

「穂先がなければ、槍とは言わん」

切っ先を喉元に付け、斎藤は笑う。動けぬ左之助は、黙っているしかなかった。

「今のお前はこの棒っきれだ。どれだけ突いても人ひとり殺せん」

柄を持った斎藤の手首がくるりと返り、柄頭が左之助の頭上に来る。

「牙を抜かれた獣は、穴倉に籠って死を待っていろ」

衝撃が脳天を貫いた。足がぐらつき、顔から地に伏す。痛みはない。気を失ってもいない。ただ身体が言うことを聞かない。震える頭を力ずくで傾け、左之助は斎藤を見上げた。

「お前の誠はそんなものか」

「て、手前ぇに誠を語る資格はねぇ……」

刀を納めた斎藤の右足が高々と上がる。

「語ることができるのは、生者だけだ」

顎先の痛みとともに、左之助は途切れた。

明治十五年十月十九日　午前十時三十三分　東京駒込蓬莱町〝詮偽堂〟母屋

どこをどう帰って来たのか、自分でもよく解らなかった。参拝に来た老人に助けられ左之助が目覚めた時には、すでに斎藤の姿はなく、朝日が境内に燦々《さんさん》と降り注いでいた。戸惑う翁に挨拶程度の礼を済ませ、左之助はとにかく家路を急いだ。

「大丈夫か、お皐ちゃんよぉっ」

戸を開いた途端、奥の部屋から山崎の声が聞こえてきた。駆けるようにして框を上がり、廊下を走る。お皐の寝床がある部屋の障子が開かれていた。

「お皐っ」

山崎に抱えられるようにして上体を起こしているお皐の口から、血が滝のように流れだしていた。

「なにしてやがったんだっ」

怒鳴る山崎を押し退けるようにして、お皐を抱く。

「おい、大丈夫か」

「す、すみません」

荒い息をこらえて、お皐がそれだけ言った。喉を使ったせいだろうか、激しく咳き込んだ。小さな口から息とともに、血飛沫が舞う。

「お前の様子を見に来たら、店が閉まっててよ。母屋のほうに回ってみたら、お皐ちゃんの咳き込む声が表にまで聞こえてきて、たまらず入ってみたら……」

山崎の言葉が右の耳から左の耳へと抜けてゆく。

一人にさせた所為で、お皐が血を吐いた。看病してやっていれば、こんなことにはならなかった。いったい己は何をやっているのか。後悔ばかりが頭に浮かぶ。

「取りあえず、病院に」

言いながら山崎が立ち上がった。

「帰れっ」

お皐を胸に抱いたまま、左之助は叫んだ。

「な、なに言ってんだよ……」

走ろうとしていた山崎が、足をとめて左之助を見下ろしている。

「お前ぇの世話になる気はねぇ。こいつぁ、俺がなんとかする」

「そんなこと言ってる時か」

「俺の前から消えやがれっ。そして、二度とその面見せんじゃねぇっ」

怒りが口から迸《ほとばし》る。この怒りは誰にむけられたものなのか。山崎ではない。己だ。不甲斐ない己への怒りを、ぶつけているのだ。が、とまらない。どうすることもできない。

「おい、左之助」

「消えろ」

お皐を抱きしめたまま、山崎を睨む。

「今すぐ俺の前から消えろ」

殺意に満ちた声を吐いた。

山崎が廊下に出た。表の戸が開き、ふたたび閉まるまで、左之助はお皐の頭を己の頬に引き寄せたまま待った。

「すまねぇ」

お皐が小さく首を振る。

とにかくどうしようもなく、己が情けなかった。

淑女の本懐

明治十七年十月三十日　午後四時十三分　東京駒込蓬萊町〝詮偽堂〟母屋

尖った背骨の凹凸を掌に感じながら、高波梓は女を擦《さす》っていた。大きく肩を上下させる荒い息が、いつまでたっても治まらない。喉の奥に張りついた物を払うように、掠れた咳を幾度も繰り返すが、上手くゆかぬようで、息の塊だけが、乾いた唇から虚しく零れ出していた。

「大丈夫かい」

友の妻である。高波より七つ下の友の、女はさらに十歳下であった。三十を四つ五つ出た程度である。が、その身体はやせ細り、哀れなほどに年老いていた。彼女は高波の昔の名を知らない。

「お皐ちゃん、ちょっと横んなりなよ」

高波は友の妻の名を呼んだ。

「すみません」

喉をごろごろと鳴らしてから、お皐は幾日も敷かれたままの布団に身体を投げ出した。

「俺が莫迦な話ばっかりした所為で」

「止めてくださいよ、そんなことを言うのは。高波さんが来ると、可笑《おか》しくて、ついつい笑い過ぎちゃうんです」

「でもよぉ、さっきの話はねぇと、お皐ちゃんも思うよな」

「ねぇ」

相槌を返し、お皐が先刻の話を思い出して笑う。そしてまたすぐ咳き込んだ。

「あぁ、またやっちまった。お皐ちゃんが笑ってくれるから、俺ぁ嬉しくなっちまって……」

「いいんです」

荒い息の間にそれだけを言うと、お皐は必死に咳を堪《こら》えた。

「俺ぁそろそろ」

言って腰を上げようとした。

主人の留守に勝手に母屋に上がっている。しかも見計らって。この家の主は月に何度かは仕入れのために日中、留守にする。お皐の病がいよいよ悪くなってからは、かなり減らしているようだったが、それでも月に二日か三日は家を空けた。月末が多いことを、長年の付き合いである高波は知っている。それで月末になると、己の仕事の空き時間を見ては、表通りに面する店をうかがい、主の留守を確認してから、母屋に訪《おとな》いを入れるのだ。

まるで間男である。が、友を裏切るような真似はなにひとつしていない。第一、相手はろくに床から離れることも出来ない病なのだ。やましい事などできる訳がない。

「待ってください」

立ち上がろうとする高波を、細い声が止めた。座布団から腰をわずかに浮かせたまま、友の妻を見る。高波のほうへ目を向けるために、枕の上で回そうとしている頭が、重さに負けて震えていた。

「ひ、一人になりたくないんです」

高波は一瞬、息を呑んだ。こんな身体になってもまだ……。そこまで考えて、下衆《げす》な己に嫌気がさした。いや、男に妙な勘違いをさせてしまうほど、お皐という女は美しい。病で骨と皮だけになった今でも、凛《りん》とした切れ長の目や薄い唇に、かつての美貌の片鱗《へんりん》をうかがわせている。

「最近、主人が家を空けて、一人でこうやって寝ていると……」

そこまで言って、激しく咳き込んだ。勢いでわずかに身を起こしたお皐の背中に手を当て、擦ってやる。ひとしきり咳をして、涙目になったお皐が、礼をするように高波に一度うなずいてから、ふたたび床に身体を落ち着け、語りはじめる。

「一人で寝ていると、たまらなく怖くなるんです」

「なにが」

優しく問う。すると貞淑な友の妻は、深く息を吸ってから答えた。

「このまま誰にも看取《みと》られずに、死んでしまうんじゃないかって」

涙が骨張った頬を流れる。

「そんなことねぇって。今はどんどん外国から凄い薬が入って来てんだ。医者の腕も随分上がってきたって話だ。お皐ちゃんの病もすぐに治るって」

出まかせだ。ひとつとして確証のないことを、勢いに任せて一気にまくしたてた。なぜならお皐はもうじき死ぬからだ。

もはや生者の顔ではない。ぼんやりと天井を見つめているお皐の顔を見ていると、はるか昔、京の都で嫌になるほど見てきた屍の肌の色を思い出す。赤味の失《う》せた黄色い肌は、乾いているくせになぜかやけに艶《つや》めいていて、まるで蠟細工のようである。指で押せばそのままどこまでもめり込んでゆくのではと思わせる。それはもはや生き物の肉ではなく、よく出来た作り物のようであった。

今のお皐は、魂が半ば抜けてしまっている。本来なら、こうして言葉を交わすことも出来ないほどの病状なのだ。お皐が病についてはなにも言わないから黙っているが、高波にも芳しくないことは解る。そんな最中、どうして主人は家を空けているのか。いつどうなるか解らぬ妻を一人置いて、左之助はいったい何処に行っているのであろうか。

「もうすぐあいつが戻って来るんだろ」

「まだ、あの人と仲直りは……」

「あぁ」

息苦しさのせいで最後まで言うことの出来なかったお皐の問いに、高波は手短に答えた。

仲違《なかたが》いしてから、二年あまりの歳月が経とうとしている。自由民権運動にのめり込もうとしていた左之助を、高波は止めた。それ以来、左之助は高波のことを遠ざけている。

「おい、こら」

突然、背後から声がした。いきなり現れた気配に驚き、身体ごと振り向くと、開かれた障子戸の前に、左之助が立っていた。噂をすれば影とはこのことである。

「よっ、よぉ」

「お前ぇ、なにしてんだよ」

高波を睨む左之助は、腕を堅く組んで仁王立ちである。

「べっ、別に怪しいことはっ」

「んなこたぁ聞いてねぇんだよ。お前ぇは、ここでなにしてんだって聞いてんだ」

「お皐ちゃんのことが心配で……」

話せば話すほど、口調に妙な怪しさが滲む。これでは弁解にならず、火に油を注ぐだけではないか。そう思いながら、口だけは勝手に愚にもつかない言葉を吐き続けている。

「お前ぇよぉ」

高波の言葉を断ち切るように、左之助が目の前にどっかりと腰を下ろす。そこは、高波たちがいる座敷ではなく、開け放った障子の向こう、つまり廊下であった。長年の妻の病のせいで磨かれずに埃が浮いた廊下に座り、左之助が高波の鼻先に顔をぐいと近づける。

「二度と俺の前に面出すなって言ったよなぁ」

「随分、前のことを覚えてんな。お前ぇにしちゃ珍しいじゃねぇか」

「茶化すんじゃねぇ」

元新撰組十番組組長、原田左之助が全力で凄む。しかも目と鼻の先でだ。普通の男なら泣いて謝る。が、高波も並の男ではない。元新撰組諸士調役兼監察である。といってもこちらは監察。相手は十番組組長だ。多くの修羅場を潜り抜けてきた左之助には敵わない。泣いて謝りはしないが、正面から睨み返すほどの度胸もなかった。結果、笑って誤魔化す。すると左之助は、余計に腹を立てた。

「お前ぇ、この二年の間、俺が居ねぇ時を見計らって、ちょくちょくお皐と会ってるよな」

「だから、別になにも」

「そんなこたぁ疑ってねぇ」

間男などという不義理はしない。その程度の信用だけはまだ保っているようだ。

「俺ぁ、二度と顔を見せるなと言ったよな」

「だから、お前ぇが居ねぇ時に……」

「お皐に会いに来んのも、俺に会いに来んのも一緒だろうが」

「えっ、そうなるか」

「そうなるっ」

左之助が高波の襟首をつかんで立ち上がる。同時に、無理矢理立ち上がらせた高波を、己が立つ廊下のほうへと引《ひ》き摺《ず》る。

「帰れっ」

左之助が高波を廊下に放るのと、お皐が激しく咳をするのが同時だった。左之助が、お皐へと駆け寄る。ゆらりと立ち上がり、高波は二人を廊下から見つめた。

「大丈夫か」

お皐の手を握りながら、左之助が問う。

「わ、私が悪いんです」

「お前ぇはなにも心配すんな。悪かった」

枯れ葉のごとき掌を両手で擦りながら、左之助が謝る。

「高波さんのことは」

「解ったからもう喋るな」

夫の言葉を聞いたお皐が目を閉じた。

左之助が肩越しに高波を見上げる。

消えろ……。

殺気で朱に染まった眼が、そう告げていた。

明治十七年十一月三日　午後十時四十分　東京麹町内山下町一丁目
鹿鳴館《ろくめいかん》二階十四号室

なにがなんだか解らぬうちに、喧噪のなかに放りこまれ、高波はただただ翻弄されるままに、混沌《こんとん》の渦中に立っていた。宮中から抜け出してきたような袿袴《けいこ》に、垂髻《ときさげ》頭の女官たちがいるかと思えば、白襟紋付の武家の妻女たちもいる。そのなかでも一際目を引くのは、洋装の夜会服に身を包んだ大和撫子《やまとなでしこ》たちだ。彼女たちは、だだっ広い舞踏室の真ん中に陣取り、燕尾服《えんびふく》を着た男たちと楽しそうに踊っている。御一新から十七年。

西洋の踊りを満足に踊れるような者は、まだ少なかった。女たちのなかには、半ば強制的に稽古を受けた芸妓《げいぎ》や、女学校の生徒たちが大勢いる。鹿鳴館に招かれる者は、異国の男も多い。女たちは、彼らのために下品な異国の踊りを仕込まれているのだった。

いったいここは何処の国なのかと、目を疑いたくなる光景が、高波の前に広がっている。

天長節《てんちょうせつ》。今上《きんじょう》の帝が生まれた日である。今日はその祝いの舞踏会が、前年七月に出来たばかりの、ここ鹿鳴館で催されていた。日《ひ》の本《もと》の帝が生まれた日を祝うのに、どうして異国の習俗で踊らなければならないのか。そんな誰もが思いつくであろう疑問すら、目の前の男女には浮かばないようだった。

「あの、社長」

燕尾服姿の高波の隣で、この異様な空気にすっかり呑まれてしまっている岡部が言った。岡部も燕尾服を着ている。彼は高波の会社、高波商会の重役だ。三十半ばとまだ若いが、頭は切れる。三年前、高波が会社を立ち上げた時からの相棒が会社の金を持って失踪した。後に彼は死体となって見つかったが、その時以来、失踪した相棒の代わりを岡部が務めている。

本来なら妻を同伴してということである。しかし独り身の高波は、仕事の顔繫ぎということも考え、部下である岡部を連れて来た。

「私たちは、いったいどうすれば……」

「知らん」

侍の世などなかったかのように踊る阿呆どもを睨みつけながら、高波はぶっきらぼうに答えた。

「一階に食堂があるみたいだ。手持ち無沙汰なら、そっちに行け」

高波が言うと、岡部は綺麗に後ろに流している赤味がかった前髪に触れてから、問いかけてくる。

「社長はどうするんです」

「ここでもう少し、こいつ等を眺めている」

そうですか。という言葉を残し、岡部が舞踏室を去った。高波は腕を組んだまま、壁を背にして馬鹿馬鹿しい宴《うたげ》を凝視し続ける。

この鹿鳴館では夜な夜なこのような宴が繰り広げられているらしい。外務卿、井上馨の肝煎《きもい》りで建てられたこの洋館は、異国の要人たちの宿泊と饗応《きようおう》を目的としているということであった。幕府が諸外国と結んだ不平等な条約を引き継ぐことになった明治政府は、一刻も早くこの条約を改正しなければならなかった。自国の関税を定めることすら出来ず、領内で罪を犯した異人を裁くことも出来ない。さらには日本の金銀は、外国の紙幣と不平等な形で交換され、流出してゆくし、異人たちには無法がまかり通り、日本人が異人を殺せば、多額の賠償金を請求される。不平等な条約の所為で、そんな理不尽がはびこっていた。

日本は未開の地にあらず。日本人は蛮族にあらず。西洋人と同等の文化水準を持ち、諸国と互角に渡り合える国である。日本を訪れる異人たち、とりわけ公使館の職員や要人たちに、西洋文化を取り入れて発展を遂げた日本の姿を見せつけるために、井上馨の指示の下、この鹿鳴館は建てられたのであった。

ちゃんちゃら可笑しい話である。

付け焼刃で身に付けたたどたどしい舞踏を踊る日本人たちを睨みつけながら、高波の鼻息は荒くなる。どれだけ擦り寄ろうと、相手は決して聞く耳を持たない。強者にとって、弱者はどこまで行っても弱者だからだ。猿の芸を見て愉《たの》しむのは、常に人である。そして、猿の芸を愉しむ根本には、言葉も理も知らぬ獣が必死に人の真似をしている滑稽さを笑うという下劣な感情が潜んでいるのだ。この大広間で踊る日本人たちは、異人にとって己を真似する猿でしかない。どれだけ必死に舞踏を覚えても、異人の言葉を流暢《りゅうちょう》に話せるようになっても、感心されこそすれ、同等の扱いを受けることはないのだ。

見れば見るほど腹が立つ。己はこんな滑稽な世を作り上げるために、血の雨が降る京の街を這いずり回っていたのか。こんな世のために、局長や副長たちは死んでいったのか。

「畜生め」

泣きたくなってくる。

「御機嫌斜めのようだね」

突然、言葉をかけられ、高波は声のしたほうへと目を向けた。さっきまで岡部がいた場所に、漆黒の燕尾服に身を包んだ男が立っている。高波が先刻まで眺めていた宴へと向けられている瞳の奥には闇が淀み、なんの感情も感じられない。真一文字の唇は堅く結ばれている訳ではなく、いっさいの想いを滲ませていないだけだった。

「内務卿」

山県有朋は前年、内務卿となり、明治政府の内政のほとんどを取り仕切っている。斎藤が勤める警察も内務省の管轄であった。

「ひょんな所で会うものだね」

「いらっしゃっているとは思っていました」

「まさか君がいるとは思ってもみなかったよ」

高波の陰の主である山県は心の籠らぬ笑みを浮かべた。

「会社は順調なようだね」

「お蔭さまで」

高波の会社は、山県の口利きにより、陸軍関係の商品を扱っている。当初は綿糸だけであったが、近ごろは薬品、食品、少量ではあるが武器なども扱っていた。それもこれも、山県との縁が運んできた仕事であった。

仕事は順調過ぎるくらい順調だ。

「半年前に、日本橋にビルを一棟持ちました」

「藤田君から聞いているよ。おめでとう」

こうして天長節の舞踏会に呼ばれるような身分になれたのは、山県のお蔭である。

だが……。

どれだけ付き合っても、山県という男が好きになれない。感情の起伏がなく、なにを考えているのか解らないところは、一見すると斎藤と似ているが、根っこの質が違う。斎藤は心中に滾《たぎ》る焔を隠すために、あえて平静を装っているようなところがある。だから斎藤のことは、どれだけ無愛想でも理解出来るし、信用もする。一方、山県である。彼は感情そのものをどこかに置いてきたのではないかと疑いたくなるくらい、肉に熱が宿っていない。虚ろといえば虚ろなのだが、決して愚鈍ではない。むしろ鋭敏過ぎるくらいである。有能ではあるのだろうが心がない。それがたまらなく恐ろしかった。

新撰組の監察として、多くの人間の底を覗いてきた高波だ。人を見る目にはいささか自負を持っている。そんな高波をもってしても、山県の底は見えなかった。

「高波商会の社長としてここにいる君に、こんなことを言うのはどうかとも思うのだが」

　山県が不穏な言葉を吐いた。燕尾服の下にある高波の肌が、ちりりと尖った物を感じる。

「なんですか」

「人を一人探してもらいたいんだ。ここで」

「ここで……。ですか」

うむ。と答えて山県が尖った髭の先を指先でつまんだ。

「東京大学医学部の教授に、ドイツ人のエルヴィン・フォン・ベルツという者がいるんだがね」

　知らない名前だった。

「彼は伊藤君などとも親しい男なのだが」

　伊藤君というのは、山県の盟友である伊藤博文のことであろう。

「このベルツの助手に、ヨーゼフという男がいる。この男に私の部下が二人、殺された」

　言ってから山県が眉をしかめた。

「ここは五月蠅いな」

　異国の楽器で掻き鳴らされる耳ざわりな音楽が、先刻からずっと鳴り続けている。やけに跳ねるような調子を取るこの音楽に乗って、男も女も踊り狂っていた。

「場所を変えますか」

「いや、こういう場所のほうが、こんな話をするには丁度いい」

山県が続ける。

「教授の助手という身分で東京に潜り込んだヨーゼフは、伊藤君や井上君に近付いて、いろいろと調べ回っていたようなんだ」

「私の同類という訳ですか」

異国の間諜……。

皮肉めいた高波の言葉に、山県は笑うでもなくただうなずいた。

「奴のことを調べていた配下の者たちに、舞踏会の喧噪に紛れヨーゼフに釘を刺しておけと、命じていたんだ。それが先刻、ここの庭で二人とも捨てられていた」

山県が荒い鼻息を、ひとつ吐いた。

「恐らく日本人を二人殺したところで、刑罰に処せられることはないと思っているのだろう」

逆の場合、そうはいかない。日本人が異人を殺したら、罪に問うどころか、多額の賠償金を支払わされる。それが、幕末幕府が結んだ不平等な条約と、彼らの強大な軍事力に怯える明治政府の弱腰が生んだ、結果だった。

「私はどうすれば」

「見つけ次第、闇討ちにしてもらいたい」

「殺すんですか」

少しだけ、山県の口角が上がったような気がした。

「異人を殺すことがどういうことか解っているんですか」

「だから闇討ちだと言ってるんだ」

相手は内務卿だ。高波が言わずとも、日本の現状など知り尽くしている。

「伊藤君や井上君は、勘違いをしている」

井上馨も山県、伊藤と同じ長州出身者だ。まだ異国への渡航が禁じられていた旧幕時代、藩の密命を受けて伊藤とともにイギリスへ留学したこともある。伊藤と井上は、山県よりも異国のことを知っているといえよう。そんな二人のことを勘違いしているという山県の真意を、高波は単純に知りたかった。沈黙で続きをうながす高波の意図を汲《く》むように、山県が薄紫色をした唇をゆるやかに動かす。

「どれだけ異国に媚びへつらおうと、奴等は決して我等を同等には扱わない。この滑稽な夜会が、異人どもの目を覚まさせる訳がない。強者にとって弱者は常に弱者なのだよ。弱者がどれだけ強者の真似をしたところで、強者にとってはただの道化に過ぎんのだ」

舞踏する男女を睨みつけながら、高波が抱いた想いと同じことを、山県が言葉にした。

だからといって共感は生まれない。同じことを考えていた。ただそれだけのことだ。どうしても山県の内側には踏み込めない。踏み込んではいけないと、高波の心の最奥が叫んでいる。

「殺る時は殺る。そう思わせておくことも、人付き合いには大事なのだよ」

「闇討ちにするということは、死体は」

「その辺りのことは君が心配しなくてもいい」

すでに別の誰かに命じてあるということか。

「しかし私は」

「新撰組といっても君は監察だ。荒事が得意ではないことなど百も承知だ」

山県が瞳だけを高波に向ける。

「偶然にも藤田君が警備のために、ここに来ている。警官としてね。彼にはすでに話してある。警備の任から離れた彼と合流して、共に事に当たってもらいたい」

「斎藤もここに来ているんですか」

「藤田……君がね」

思わず古い名で呼んだ高波を、山県がたしなめてから続けた。

「ヨーゼフが間諜であることは、ベルツも当然知っているだろう。ヨーゼフが失踪すれば、なにがどうなったか解らない男ではない。そこに私が伊藤君あたりを使って威《おど》しをかければ、教授風情では事を構えることなど出来まい。いや、出来ないようにするんだがね」

山県が肩を揺すった。どうやら笑ったようである。

「弱者が強者と肩を並べる術はひとつしかない。舐められぬように、拳を握るんだよ」

同感である。擦り寄れば擦り寄るほど、強者はつけあがる。そして完全に弱者を下に置いて、それまで以上の無理を言ってくるのだ。どこかで刃向かわなければ、弱者はいつまで経っても弱者のまま虐げられて終わる。山県の言い分は間違いではない。が、闇討ちなどという卑怯《ひきょう》な手を使わずに、一杯食わす方法はいくらでもあるような気がする。

闇討ちという手を使うあたりに、山県の闇があると高波は思う。

「私は、藤田がヨーゼフという男を討つ手助けをすればいいのですね」

「藤田君はあくまで警官という立場でここに居合わせただけだ。正式な招待客として招かれている君が動いてくれると、彼もなにかと動きやすい」

「解りました。で、ヨーゼフなのですが、もう塒に戻ったということは」

「奴の宿所は部下が押さえている。戻ったという報告はない。まだ、この辺りにいるよ」

「解りました」

言って高波は、大広間を後にせんと山県に背を向けた。一歩踏み出した後、立ち止まって振り返る。

「内務卿」

「なんだね」

踊りを見つめたまま、山県は高波の言葉を待っている。

「今日、私がここに来ることを、御存じだったのではないですか」

「偶然だよ」

言った山県の目が、笑みの形に歪んでいた。

明治十七年十一月三日　午後十一時二十三分　東京麹町内山下町一丁目
鹿鳴館庭園

「災難だったな。社長」

斎藤は紫煙を吐きながら言った。さすがに警官の制服で警備をするのはまずいのだろう。詮偽堂に現れる時のような洋装に身を包んでいる。

鹿鳴館の敷地に広がる庭に、高波と斎藤は立っていた。太い幹の樫の木が目の前にあった。その根元を二人で見ている。

「ここに転がっていたそうだ」

煙草を靴の裏で消しながら、斎藤が顎で根元を示した。転がっていたのは、山県の部下の骸だ。

「よく騒ぎにならなかったな」

高波は周囲を見回した。鹿鳴館を囲むようにして作られている庭園のなかでも、随分奥まった所ではある。数歩歩けば、敷地を隔てる塀に辿り着く。だからといって人が来ない訳ではない。舞踏室を抜け出した男と女が、人目を忍ぶために木々のなかへ姿を消すのを、ここまでくる間に幾度か見た。

「俺の同類が、見つけてすぐに骸を回収したらしい」

「警官か」

「まぁな」

同類……。警察内部には、斎藤以外にも山県の犬がいるのだろう。

斎藤は胸ポケットから煙草を取り出し、口にくわえた。燐寸を擦る斎藤に目をやり、高波は問う。

「殺しをやったんだ。ヨーゼフはもうここにはいないんじゃないか」

「その辺りのことを調べるために、お前を合流させたんだろ、内務卿は。居所が解っているのなら、俺だけで十分だからな。まずはあそこからだな」

斎藤が燃える煙草の先で、鹿鳴館を指す。夜も更けたというのに窓からは煌々《こうこう》と光が漏れ、けたたましい音楽を撒き散らしている。

「なんで、俺たちが」

「お前は社長として来てたんだからな。本当に災難だったな」

「お前だって今日は、警察の務めなんだろ」

「内務卿の御指示だ。警備なんて務めはどうにでもなる」

吸い終わった煙草を、先刻まで同輩が転がっていたであろう土の上で揉み消しながら、斎藤が樫の木に背を向け、鹿鳴館を見た。

「どうする」

「お前に殺しなんざ期待していない。思ったことがあれば口を挟んで、精々役に立ってくれ」

明治十七年十一月三日　午後十一時三十六分　東京麹町内山下町一丁目
鹿鳴館一階食堂

夜会もさすがに日付が変わろうとする時間になって、徐々に熱が冷めようとしていた。それでも食堂内は、踊り疲れた者たちや、会話を愉しみたい紳士淑女でごった返している。純白のクロスが敷かれたテーブルの上に並べられた銀食器には、山になった果物やまだ芯が赤いままの焼かれた肉の塊、手でつまむことの出来るサンドイッチなどが盛られていた。

「ヨーゼフは殺された二人が連れ出す間際まで、あの男に会っていたということだ」

つぶやいた斎藤の視線がむかう先を、高波も追った。

小柄な日本人が立っている。燕尾服が大きいのか、肩がやけに余っていた。歳は三十代後半といったところか。黒縁眼鏡をかけた、いかにも気の細かそうな男だった。

「外務省の役人だ」

斎藤に言われて、高波はなんとなく腑に落ちた。確かに目の前の男の身体には、役人の刺々《とげとげ》しさが漂っている。

「本島《もとじま》勇雄《いさお》。井上馨とは同郷だそうだ」

斎藤は十数分、本島を見つめて何かを確認した後、涼やかに歩みだした。

気配を殺している。

人の間を行く時も、決して押し退けはせず、機敏な身のこなしで華麗に避けて行く。まるで立ち合いのように、相手の間合いを制し、見事に人波を抜けるのだ。長年、監察として働いてきた高波でさえ、こういう時の斎藤の動きには、感嘆を禁じ得ない。斎藤が切り開いてくれた道を付いて行くだけで、本島の前まで辿り着いた。

斎藤が高波に目で合図を送る。燕尾服の自分が語りかけたほうが自然であるという判断だ。

「本島さんですか」

高波は気さくに語りかけた。

「はい。あなたは……」

「私は高波商会という会社をやっている者なのですが」

「あぁ、日本橋の」

政府の役人に名前を言って解ってもらえるほどには、高波の会社も大きくなっている。探る相手のことを聞き出すからといって、身分を偽ることはない。相手はあくまでヨーゼフと会っていたというだけの男なのだ。身分を偽ることで、逆に怪しまれることもある。今日ここに高波がいることは事実なのだ。吐かなくていい嘘は、出来るだけ吐かないほうがいい。

「こういう者です」

懐から名刺を一枚取って差し出す。本島はしげしげと名刺を見てから、貧弱な髭を蓄えた口を動かした。

「高波梓さんですか」

本島はつぶやいてから、名刺に落としていた目を高波にむける。

「商社の社長さんが、なんの御用でしょう」

「あなたに用があるという訳ではないのです。東京大学医学部の教授をなさっているベルツさんの助手の……」

そこまで言った時、本島の細い眉がぴくりと震えた。その瞬間、斎藤が高波を押し退け、若い役人の前に立った。

「奥方はどこにいる」

「なっ、なんですか藪《やぶ》から棒に」

「一緒だったんだろ。どこにいる」

本島が、斎藤から目を逸らす。

「お前の家はどこだ」

「なぜ、そんなことを見ず知らずのあなたに」

「答えろ」

高波は斎藤の腕をつかんだ。

「お、おいっ」

「こいつは奴の居所を知っている。そしてそれは恐らく、こいつの家だ」

「失礼だなっ、君は」

本島が大声を上げた。するとそれまで和やかに談笑していた人々が、何事かと三人を見た。

「来い」

斎藤は本島の腕をつかんで、引っ張るようにして食堂を出る。

「お疲れだろうから、しばらく部屋で休んでいただきたいとの内務卿の仰せだ」

言った斎藤は、緋色《ひいろ》の絨毯《じゅうたん》を大股で歩く。本島はなにかを悟ったように、顔を真っ青にして口をつぐんだ。

「しゃ、社長」

廊下で部下の岡部とすれ違う。

「お前は先に帰ってろ」

それだけ告げると、高波は斎藤の後を追った。

明治十七年十一月四日　午前零時四十分　東京京橋木挽町《こびきちょう》一丁目

古い家屋から明かりが漏れている。

元は貧乏旗本の屋敷であったのだろう。土間に続きの二間、それに申し訳程度の庭があるのみだ。幕府がなくなり、徳川が駿府《すんぷ》に去ると、多くの御家人が江戸を離れた。そうして空き家になった多くの家屋に、明治政府の役人たちが住んでいる。

「ここで間違いないんだな」

戸口の前に立ち、高波はささやくように言った。隣で戸のむこうの気配を探っている斎藤が、うなずく。その腰には、鹿鳴館ではなかった刀がぶら下がっている。和泉守兼定だ。

「いつも持ってるのか」

「なんとなく今日は持っていたほうがいいと思って、控えの間に置いていた」

斎藤の勘働きは獣並みの鋭さがある。そしてそれは、今回も的中した。醒めた目で戸を見つめる斎藤に、高波は問う。

「本当にここにいるのか」

「今日、本島は女房を同伴していたそうだ。が、あの時、奴の傍《そば》にはいなかった」

「だからお前は、本島を見つけてもしばらく見ていただけだったのか」

本島の妻が戻って来るのを待っていたのだろう。いないことを確認してから、斎藤は本島に接触したのだ。

「ヨーゼフのことを聞こうとした時のあいつの顔を、お前も見ただろ」

あの後、鹿鳴館一階の日本間に本島を連れて行った。ヨーゼフの居場所を問うても、いっこうに語ろうとしない本島だったが、斎藤の殺気に怯え、自宅の場所だけは答えた。

斎藤は、それだけで十分といった様子で、山県から遣わされたという警官に本島を預け、鹿鳴館を飛び出した。

「この明かりがなによりの証拠だ」

「ヨーゼフはここでなにをしてるんだ」

「入ってみりゃ解る」

　答えた斎藤が屋敷の裏に回る。玄関から裏手に回ると、庭があった。連なる二間に沿うようにして縁がある。堅く閉ざされた雨戸のむこうには、確かに人の気配があった。

　斎藤が軽やかに縁に飛び乗る。

「お前はそこで見ていてもいいんだぞ」

「行く」

　答えながら高波も縁に上がる。

　斎藤は一度頭を左右に振って首を鳴らすと、腹を決めたように雨戸を蹴った。貧乏普請の枢《くるる》はあっさりと折れ、雨戸が家の中へ倒れた。

　女の悲鳴。

「黙らせろ」

　背後を見もせずに、斎藤は高波にそう命じて部屋の奥へと踏み込んだ。

　高波は、皺くちゃになった夜会服で胸元を隠す女に駆け寄り、なおも悲鳴を上げようとする口許を押さえた。

「騒ぐな」

言いながら部屋を見渡す。斎藤が巨大な男の上にまたがっている。男の白い背の下に、布団が敷かれていた。これから異人と女の間でなにが行われようとしていたのかを悟るには、十分過ぎる光景である。

「いっ、いったいなにをっ」

異人が流暢な日本語で叫ぶ。

容姿についての情報はない。この男がヨーゼフだという確証はなかった。が、間違いなくこの男は、ヨーゼフである。深夜の闖入者《ちんにゅうしゃ》に動転しているだけではない動揺と恐れが、顔にへばりついていた。何かを隠している者、しかも重大な罪を犯した者は、かならず目の前の男のような顔になる。長年監察をやってきた高波の勘が間違いないと言っていた。

「どうだ」

斎藤が高波に問う。

「間違いない、こいつだ」

肩越しに高波を見ながらうなずいた斎藤が、ふたたび異人に顔を向けた。

「ヨーゼフだな」

すでに抜いている刀を男の首に当て、斎藤が問う。高波の勘を、斎藤は微塵も疑っていない。

「お、お、お前たちは誰だ」

「今日、日本人を二人ほど殺しただろ」

刀が首にめり込む。異人の顔が恐怖に引《ひ》き攣《つ》る。

「や、奴等が妙なことを言ってきた。猿のくせに生意気なことを……」

異人の言葉が途切れ、悲鳴に変わる。斎藤が首の皮でも斬ったのだろう。高波の掌の奥で、女が声を上げげた。叫ばれても面倒だと思い、押し倒してもう一方の手を首にかける。

「騒ぐと殺す」

冷たく言い放つと、女はそれきり黙った。

「その猿の雌と、お前は今から何をしようとしていた」

「そ、その女から誘ってきたんだ。俺からベルツ先生に口添えしてもらい、外務卿の井上に口利きをしてもらいたいそうだ」

高波は股の下で震える女を見下ろした。怯える女の切れ長な目が、哀れなほど気丈に高波を睨んでいる。

「お、俺を殺したらどうなるか解っているのか。俺は、博文と懇意にしているベルツ先生の助手だ。俺がいなくなれば、ベルツ先生が黙っていない。必ず本国に訴える。そうなれば、お前たちは極刑に処されるか、一生働いても払いきれぬ賠償金を負うことになる」

「やっぱりヨーゼフだったな」

斎藤の声に喜色が滲んでいるのを、高波は聞き逃さなかった。

「お前の勘も、まだ錆びてないようだな」

肩越しに高波を見て、斎藤が笑う。その笑みには暗い情念が満ちていた。

やはりこの男は、山県とは違う。

一瞬、己から目を逸らした斎藤の隙を、ヨーゼフは見逃さなかった。巨体ならではの剛力で、斎藤を押し退けると、蹴破られた雨戸を踏んで庭へと飛び出す。

それが斎藤の罠であるとも知らずに。

ヨーゼフの後を追って庭に躍り出た斎藤は、素早く両の膝裏を斬り裂き転倒させ、馬乗りになった。

「猿を舐めるな」

深々と鳩尾に刀が突き刺さると、それきりヨーゼフが動かなくなる。高波は女の拘束を解いた。呆然と身を起こした本島の妻は、胸元を夜会服で隠しながら、ヨーゼフのかたわらに立つ斎藤を睨んだ。

「どうして、どうしてっ」

責める。

「もう少しで上手くいくところだったんだっ」

桃色の夜会服を抱きしめながら、女が昂ぶる。斎藤は蔑むような目で、女を見た。高波は女の甲高い声から逃げるように、顔を背ける。

「私は……。私は新橋の芸者だった。徳川様の頃から出入りしていたあの人に私は見初《みそ》められ、明治になってから所帯を持った」

うんざり顔で斎藤は聞いている。

「貧乏御家人で酒ばかり呑んでいた父親が、寛永寺《かんえいじ》に籠る彰義隊に交じって死んじまった。私を新橋に売った金で酔っぱらってた父親だったからせいせいしたよ。薩摩の侍が雪崩《なだ》れ込んできたどさくさのなか、私は店から逃げて、馴染みのあの人を頼ったのさ。だけど、長州者というだけで何の取り柄もないあの人は、いつまでたっても出世しやしない」

「よくもまぁ、自分からべらべらと……。よく回る舌だな」

溜息を吐く。

つぶやいた斎藤を女が見上げ、冷たい微笑を浮かべた。

「異人と密通して、夫を助けようとしたのか」

密通というのは、夫の与り知らぬところで女房が不義を働くことだ。本島は妻とヨーゼフの関係を容認していた。そういう意味では、斎藤の言葉は的外れだ。この女は夫の出世のために、異人に抱かれようとしたのである。

斎藤を睨んだまま、女はよく回る舌をふるわせた。

「世の中は変わったんだ。私はもう芸者じゃない。長州者のあの人をもっともっと出世させりゃ、私はもっといい思いが出来る」

「そのためなら異人にも喜んで身体を差し出すのか」

「私はそうやって生きてきたのさっ」

女の目に邪悪な光が宿る。揺れる灯火が、睫毛《まつげ》の間から溢れる艶《なま》めかしい色気を照らす。

「そうでもしないと、あの人は上には行けない。長州に生まれたからというだけで、役人になったあの人は……。私ぁ、あの呑んだくれのように恨み言にまみれて地べた這いずるような生き方はまっぴら御免なんだよ」

女は夜会服に顔を埋めた。斎藤が胸のポケットから煙草を取り出して、火を点けた。

夜空を見上げながら煙を吐く。

高波は哀れな女に語る。

「あんたには一緒に来てもらう」

女は黙り込んだまま動かない。斎藤が空を見上げたまま口を開く。

「異人に抱かれてでも亭主を出世させる。それが、お前の本懐なのか」

「そうさっ。御一新の世の中だって、女が見られる夢はしょせん、その程度なのさ。笑いたけりゃ笑うがいいさっ」

毅然とした態度で言ってのけた女を前に、斎藤は溜息をひとつ吐いた。ヨーゼフの背中に煙草を押し付けて消すと、縁に上がって女を見下ろした。

「その服を着て行くか、それとも箪笥のなかの着物にするか。好きなほうを選べ」

明治十七年十一月十日　午前十時三十五分　東京駒込蓬莱町〝詮偽堂〟母屋

左之助がいたとしても行く。そう心に決めた。

高波は店が開いていることを確認してから、母屋に回って、お皐を訪ねた。

「こんちはっ」

景気良く戸を開くと、すぐにただならぬ雰囲気に気づいた。後ろ足で蹴り上げるようにして靴を脱ぎ捨てて框に上がり、お皐が寝ている座敷にむかって廊下を駆ける。開かれた障子戸の先に見えたのは、左之助の背中だった。

「どうした」

高波の問いに答えはない。うなだれるようにして下がった左之助の頭の先に、目を閉じたお皐が寝ていた。堅く閉じられた瞼の皺が、かすかに動いている。掛けられた布団が激しく上下していることを確認して、高波はわずかに安堵した。が、心から安心出来るような状況ではない。ぜぇぜぇという掠れた息が、細く開かれた唇から、間断なく漏れている。

高波の問いに答えず、お皐を見つめ続ける左之助の隣に座る。

「来るなと言ったろが」

お皐を見つめながら言う左之助を無視して、高波は身を乗り出す。

「しっかりしろ、お皐ちゃん」

高波の声を聞き、土気色をした顔が少しだけほころぶ。

「なにやってんだよ。あんたはまだ若い。俺なんかより先に逝く訳がねぇだろ。さぁ、頑張るんだ。まだやれる」

「止めろ」

力の籠らぬ左之助の言葉は、高波の心には届かない。

「あんたが死んだら、この男はどうなる。こんなところで死んじゃ駄目だ」

すでに医者も見放している。左之助と高波以外は誰もいない。あまりにも寂しい最期ではないか。そう思うと、やるせなくなる。

高波の脳裏に、異人に身を任せようとしながらも毅然とした態度で斎藤に向き合った、本島の妻の姿が過《よぎ》った。胸が熱い。心が昔の自分に戻ってゆく。

「このままでいいのかよ。左之助になにも言わず、堪えたまんまでいいのかよ。この男には自分がいなけりゃ駄目だって、あんただって思ってたんだろ。だから今まで文句ひとつ言わずに、こんな好き勝手やってる野郎に付いてきたんだろ。だったら、言いてぇことは、全部言っちまえよ。恐れるこたぁねぇ。あんたはあんたの本懐を遂げればいいんだっ」

「お前ぇ、なに言ってんだ」

左之助の声に怒りが揺らめく。

この二年ほどの間、病床のお皐と語らい合ってきた山崎は、知っていた。

お皐はずっと耐えていたのだ。

お皐は、心底左之助に惚《ほ》れている。だからこそ、己を殺してでも亭主に尽くそう。そう心に決めたのである。己を押し殺すことが、夫に尽くす最良の手段だと思っているのだ。果たして本当にそれでいいのか。死の間際まで己を殺して、本当にお皐は救われるのか。

そんな訳はない。

左之助は知るべきだ。

この女の本懐を。

「耐えるこたぁねぇ。本当の気持ちを吐き出せ。なぁ、お皐ちゃんよぉ。あんたはもっと素直になっていいんだ。言いたいことがあるだろ。このままじゃ終われねぇだろ。後悔する訳にはいかねぇだろ。今しかねぇんだ。起きろ。起きて語るんだ。なぁ、お皐ちゃんっ」

堅く閉じられていた瞼が、ゆっくりと開いた。

「お皐っ」

左之助がお皐の手を取って叫んだ。その声に誘われるように、光を失い虚ろになった瞳が亭主の顔を見た。

「死にたく……」

喉を絞るようにして吐き出された声を、左之助は黙って聞いている。

「死にたくな……死にたくない」

お皐の声に少しずつ力が籠ってゆく。

「あぁ、お前ぇは死なねぇ。くたばる訳がねぇじゃねぇか」

「嘘」

お皐の目がかっと見開かれる。ゆっくりと身体が起きてゆく。そして、震える手で、左之助の指を振り払った。

「私は死にたくない。いいえ、死ねないの」

「お皐……。ど、どうした」

数々の修羅場を潜り抜けてきた左之助が、心の底から動揺している。

「私が死んだら、あなたはまた、争いのなかに帰って行ってしまう。憎しみしかない場所に……。自分が錆びてゆくと恐れていたとしても……平穏な暮らしにどんなに不満があったとしても、あなたにはこの店で穏やかに暮らしてもらいたい」

「お前ぇ、そんなことを」

左之助が呆然となって言った。

山崎にとっても初めて聞く、お皐の本心だ。まさか、お皐が左之助の過去に囚われているなど、思いもしなかった。

「お、俺ぁ、とっくに昔を捨てて……」

「嘘っ」

言ったお皐の両腕がにゅっと伸び、左之助の襟をつかんで揺する。今から死にゆく者とは思えぬほど、強烈な力だった。

「私がいないと、あなたは駄目なのっ。私が、あなたを繋ぎ止めておかないと、あなたは、あの藤田とかいう人のようになってしまう」

「藤田……」

左之助がつぶやく。藤田とはもちろん斎藤のことだ。お皐は決して凡庸な女ではない。

店に現れた斎藤のことも、しっかりと見ていたのだ。そして、あの男が放つ死の臭いを、しっかりと感じ取っていたのだ。

「私は死ねないのっ。あなたがいつまでもしっかりしないから。あなたがっ」

血の気の失せた唇から、どっと血が溢れ出した。

「お皐っ」

左之助は、襟をつかむ手を無理矢理はがし、お皐を床に寝かせた。

「私がいなきゃ……」

お皐は落ち着きを取り戻し、穏やかに眠った。そしてそれきり、目を覚ますことはなかった。

左之助のために……。

それが、お皐の本懐であった。

息絶えたお皐の枕元で身動きすら出来ぬ左之助が、隣に座る山崎を見たのは、すっかり夜も更けきってからのことだった。

「お前ぇの所為だ」

怒りも悲しみもない、平坦な声で左之助が言った。

穏やかに逝こうとしていたお皐を焚き付け、あんな無様な最期を迎えさせたのは、山崎である。責められて当然だった。

しかし後悔はしていない。

最後の最後で、お皐は胸に溜まっていた想いを、左之助にぶつけた。妻ではなく一人の人間として、はじめて左之助と向き合えたのだ。最後まで綺麗に取り繕って死ぬことが、本当に正しい死に様なのか。無様でいい。本心を曝《さら》け出してこそ、人なのではないのか。死にたくないと叫んだ時のお皐は、それまで山崎が見たどのお皐よりも人であった。

だから謝らない。

「俺ぁ二度と顔を見せんなと言ったよな。なのにお前ぇは、機会をうかがってはお皐を見舞ってた。なんでだ。惚れてたのか」

「糞みてぇなこと言ってると、容赦しねぇぞ」

冗談だと言いたげに、左之助は鼻で笑う。

「なんでそんなに俺たちのことを気にする。お前ぇはもう、大会社の社長じゃねぇか。俺なんか構う必要はねぇ。店の二階で屯してた時とは違う」

「鳥羽伏見の戦が終わった時、俺は副長から死ねと言われた。死んで、陰から新撰組を見張れとな。屍になった俺は、流山、会津、箱館と、流れてゆく組を見守った。そして、副長が死んだ時、俺は本当に死んだんだ」

「生きてんじゃねぇか」

「黙って聞け」

冷たくなったお皐を見つめながら、二人並んで語らう。

「行くあてを失った俺は、流れ流れて東京に辿り着いた。副長の愛刀を抱いてな」

和泉守兼定。いまは斎藤の佩刀となっている。

「忘れもしねぇ。腹が減って死にそうになりながら、偶然ここの前を通った時、お前が声をかけてくれた」

「死んだはずのお前ががりがり亡者みてぇな面で歩いてるから化けて出たのかと思ったぜ」

今でも山崎の瞼の裏には、あの時の左之助の笑顔が焼き付いている。

新撰組監察、山崎烝さんだろ……。

左之助は、人目もはばからずにそう言って目の前に立った。

「俺が働き先を見つける間、店の二階に住まわせてくれて、当座の金も工面してもらった。お前のお蔭で、俺はなんとかこの街で生きていくことが出来るようになったんだ」

「金は刀を買い取った物だろうが」

山崎は己の手に目を落とした。

「お前ぇがいなけりゃ、今の俺はねぇ。俺にとっちゃ、お前ぇとお皐ちゃんは、二度目の生を与えてくれた恩人なんだ。だから、なんと言われようと、どれだけ煙たがられようと、どこまでも一緒だ」

「気持ち悪ぃ」

「斎藤との仕事のことも、いつかしっかりと話す。解ってくれ。俺だって好きでやってる訳じゃねぇんだ」

左之助は黙って聞いている。

「俺は俺の誠を取り戻すために、今も戦っているつもりだ」

山県の犬のままでは終わらないという思いは、いつも持っている。先日のような後味の悪い仕事を続けるのは、もう御免だった。いつか袂を分かつ。その覚悟は出来ている。あとは機をつかむだけだ。

「お前はどうするんだ。お皐ちゃんが言ってたように、憎しみしかねぇ場所に戻るのか。あの頃みたいに」

「気持ち悪ぃことばっかり言ってんなよ」

左之助がおもむろに立ち上がった。

「今夜は一緒に、こいつを弔っちゃくれねぇか」

「当たり前だ」

至誠の輪廻

慶応三年　十二月九日　申《さる》ノ刻　京不動堂村　屯所

「なんだその王政復古ってのは」

槍の穂先に振った砥粉《とのこ》を和紙でていねいにぬぐいながら、左之助が言った。開け放たれた障子のむこう、縁廊下に腰をかけて気楽なそぶりで槍の手入れを続ける姿に、斎藤は諦めにも似た覇気のやどらぬ視線をむけている。

「お前、話聞いてなかったのかよっ」

怒鳴ったのは斎藤の正面にすわっている山崎だった。早朝からの混乱で、大方の者が出払っている。なぜだか三人だけが屯所に留まっていた。

呑気に刃を磨いている左之助の背に、山崎が怒りの声をぶつける。

「上様が政を帝に返還なされたのは知ってるな」

「それくれぇは俺だってわかってらぁ」

口を尖らせて左之助が答える。穂先から目をそらし横目で山崎を見る。

「でも、そいつぁ一時のことだって言ってたじゃねぇか。長いこと政から離れてた帝や公家《くげ》たちはかならず上様を頼る。そうなりゃまた徳川の天下になるんだろ」

「そうならなかったから、こうして騒いでんじゃねぇか」

「俺ぁ、騒いでねぇぞ。そこのそいつもな」

言った左之助が瞳だけを斎藤にむけた。

この男と同類だと思われるのは心外ではあるが、騒いでいないのは事実だ。黙ったままでいると、山崎が溜息混じりで間を繋ぐ。

「お前と斎藤を一緒にするな。こいつはちゃんとわかってる。わかった上で局長からの命を待ってるだけだ」

「なんでぇ、俺だけが馬鹿みてぇに言うじゃねぇか」

「その通りじゃねぇか」

この二人といると耳が痛くなる。辟易するが、場を立っていろいろと聞かれるのも面倒だったから黙ったまま座っていた。

「あのなぁ、上様は領地をすべて取り上げられちまったんだ。容保様も京都守護職の任を解かれちまった」

「んだよ、ってこったぁ」

この愚かな男にも、やっと事の重大さがわかってきたようだった。年長の山崎は、子供に諭すように優しくうなずいてから、左之助に語る。

「新撰組は市中見回りの任を解かれた。帝は徳川家を必要としない新たな政、平安の御《み》代《よ》に行われていた王政を復古すると宣言なされたんだ」

「なんだよそりゃっ」

石突を縁廊下に突き立てて左之助が立ち上がった。鬼気迫る形相で山崎をにらみつけ、怒号を浴びせる。

「新撰組がなくなっちまったってのかっ。そんなこたぁ、俺が許さねぇ」

「お前が許さなくても、俺たちの与り知らねぇ上のほうで決まったんだ。近藤さんや土方さんだって、加わることができねぇほどに高いところでな。仕方がねぇさ」

「なんだ、その物言いはっ」

左之助が山崎に怒鳴る。

「その冷めた物言いはなんだって聞いてんだよっ。仕方ねぇなんて言葉で諦められる話じゃねぇだろっ」

「そんなことは、お前に言われなくたってわかってんだ」

山崎も左之助に負けじと吠える。

まるで犬の喧嘩だ……。

細目で両者を視界に納めながら、斎藤は煙管《キセル》を欲した。生憎、煙草も火鉢も別の部屋に置いていた。思わず舌打ちをすると、左之助が耳聡く聞きつけて睨んでくる。

「んだよ、お前ぇも山崎と一緒か。上のほうで決まったことだから仕方ねぇと、諦めちまうのか」

「誰がそんなことを言った」

いまにも槍で突いてきそうな殺気にみちた左之助の視線を正面から受けとめ斎藤は答えた。

「諦めもせぬが、御主のように無駄吠えもせせぬ。それだけのことだ」

言って立ち上がる。

「おい斎藤……」

心配そうな声を吐く山崎を無視しながら左之助の前に立つ。

「上様が領地を失おうが、容保様が守護職を解かれようが、市中見回りの任を奪われようが、新撰組は新撰組だ。なにも変わらん」

みずからの想いをありのままにぶつけると、左之助は出端《でばな》をくじかれ言葉を呑んだ。

「なんだ。文句があるなら言ってみろ」

一歩間合いを詰めて左之助に迫る。

「近藤さんも土方さんも、総司も永倉も山崎も俺もお前もまだ生きている。新撰組はここにある。余人が決めることじゃないだろ」

「お、お前ぇの言う通りだよ」

「だったら、ごちゃごちゃ騒ぐな」

呆然としている左之助の胸を突いて間合いを遠ざける。

「幕臣たちが黙っているわけがない。戦が始まる。新撰組の戦いはこれからだ」

「お、お前がそこまで言うとはな……」

山崎がつぶやく。左之助は黙ったままだ。

二人に背をむけ襖の引手に指をかける。

「どこ行くんだよ」

「煙草が切れた」

肩越しに左之助に答えてから、斎藤は廊下に消えた。

明治十八年十二月二日　午前十一時十六分　東京小石川関口台町　椿山荘《ちんざんそう》

護国寺から続く高台の端に、山県有朋の邸宅、椿山荘はあった。

藤田五郎こと斎藤一は、主人みずからが趣向を凝らしたという山県自慢の庭園に立ち、煙草を燻《くゆ》らせている。短く刈り揃えられた芝生がびっしりと植えこまれた台地を麓の池の水が映し、冬枯れた山稜《さんりよう》のごとき趣を見せていた。池から流れる小川の脇に、見事な松の木があり、薄茶色をした小鳥がその枝の上で羽を休めている。

斎藤は短くなった煙草を、足元の敷石に落として長靴の踵で消した。

風雅を解さぬ斎藤にとって、山河を模した庭など、どこまで行っても作り物にしか見えない。広大であれば広大であるほど、悪趣味さが増すだけだ。足を延ばせばすぐに見られる物を、膨大な金と人手と時を使い小さくして模すなど、これほど滑稽な遊びはなかろう。

まったく理解できない。

警官の制服の胸ポケットに手をやり、煙草の箱をつかむ。二本目の煙草を取ろうとした時、背後から声が聞こえた。

「待たせたね」

肩越しに見ると、着流しの山県が立っていた。日頃、軍服に身を包んだ姿しか見ていないから、和装が目に新しい。普段よりも山県は幾分萎《しぼ》んで見えた。洋装の居丈高に張り出した肩がないからであろう。わずかに撫で肩である山県の身体付きが、和装だと露骨に解る。

斎藤は二本目の煙草をそっと箱にしまってから、振り返った。

「ここに来るのは初めてだったね」

「はい」

椿山荘は、山県が七年ほど前に建てた邸宅である。ここから北東に一里も行くと、詮偽堂がある駒込蓬莱町だ。

「そんなことより」

言いながら斎藤は、山県の隣に立つ男を見た。陸軍の軍服に身を包んでいるが、生粋《きっすい》の軍人には見えなかった。

勘である。

詰襟の上に載った顔は日に焼けて褐色であるが、男の表情や顔付きに、焼けた肌が似合わない。余裕を感じさせる眼光に緩んだ頰、真一文字に結ばれていながらも少しだけ吊り上がった口許などに、品の良さが感じられる。この男は軍人でもないし、庶民でもない。

「その男は」

斎藤は冷ややかな男の視線を受け止めつつ、山県に問うた。

「彼に会ってもらうために、今日はここまで来てもらったんだよ」

山県の声がいつもよりも硬い。これまで聞いたどの声よりも、緊張の色を滲ませている。

目の前の男の所為だ。

「彼のことはいっさい詮索しないでもらおう。名も知らなくていい。私との会話では、ただ〝彼〟と、そして彼と直接話す時は〝君〟と呼んでくれればいい」

〝彼〟は黙ったまま山県の言葉を聞いている。斎藤は承服の意を示すでもなく、煙草の箱に手をやった。白い小さな筒を取り、口にくわえて燐寸を擦る。火の消えた細い棒切れを敷石に捨て、紫煙をひとつ吐いた。

斎藤の無礼な行いに、山県は眉ひとつ動かさない。虚ろな瞳でじっと斎藤を見つめたまま、長い髭を揺らす。

「彼の手助けをしてもらいたい」

指の間にはさんだ煙草を唇から離し、斎藤は問う。

「手助けとは」

「彼の周囲に警官が近づかぬよう、気を付けていてもらいたい。君が所属する国事警察内になにか不穏な動きがあったら、すぐに彼に報告するように」

「何故」

斎藤の言葉を聞いて、男がくすりと笑う。人の心を逆撫でするような、不遜な笑いだった。

短くなった煙草を敷石に放り、靴底で踏み潰す。

「見たところ、この男は武士ではなさそうだ。だからといって町人でもない。となれば後は、御一新の後に京の都から下ってきた〝あの御方〟の傍に仕えて……」

「詮索は無用だと言ったはずだ」

山県が斎藤を制する。その厳しい声音には、いっさいの抗弁を許さぬ圧があった。しかしその山県の態度が、斎藤の推測を無言のうちに肯定している。

〝彼〟は公家だ。

長州閥の雄である山県と、公家の男がいったいなにを企んでいるのか。

斎藤は思考を巡らせた。

なにか不穏なことが起ころうとしているのは間違いない。しかし、推測しようにも、二人から与えられる情報が、あまりに少なかった。

「警察がこいつに近付く理由も解らぬまま、報告もへったくれもないだろう。それくらいは教えてもらわなければ動くに動けん」

「それもそうだな」

山県が引き攣った笑みを浮かべながら、男を見た。すると軍服姿の優男《やさおとこ》が、ちいさくうなずく。それを承諾の意ととらえた山県が、かすれた声を吐いた。

「今年中に新たな形の内閣ができる。しかし、それを快く思わぬ方々が、今になって色々と動き出されてな」

これまでの太政官制《だじょうかんせい》では、帝のまわりを黒い靄《もや》が取り囲むように公家たちが存在していた。しかし内閣総理大臣は、直接各省の大臣を統括し、黒い靄を介することなく帝とも直接つながる。

政が根本から変わるのだ。

山県の目に、暗い闇が満ちた。

「伊藤博文君が死ぬことになった」

明治十八年十二月三日　午後七時三十五分　東京京橋明石町《あかしちょう》

どす黒い海が、浜に押し寄せる。耳ざわりなほどに大きい波音が、斎藤の心を容赦なく騒がせる。海のむこうに、石川島が見えた。佃島《つくだじま》の家々から幽《かす》かな灯が漏れている。乱れた気持ちを煙で抑え込むように、斎藤は煙草を強く吸った。苦い煙が口から喉へと通り、肺腑を汚す。

「内閣総理大臣は長州の伊藤博文で決まるだろうというのが、もっぱらの評判だ」

斎藤の隣で海を見つめる高波が言った。

「内閣を作って、総理大臣を中心にして政を回そうとしている。そうなれば天皇の近くにいた公家連中は力をなくす」

闇のなかでもなお白く泡立つ波に目をやり、高波は言った。斎藤は黙って聞いている。

「もちろん公家の連中は、それを良くは思ってねぇだろう。幕府がなくなってやっと自分たちの世ができたと思っていたのに、二十年も経たねぇうちにまた実権を奪われるんだ。しかも軽輩の出の伊藤なんかが頭になるってんだから、腸《はらわた》が煮えくり返っている公家がいてもおかしかねぇ」

他人事《ひとごと》のように高波は語る。どれだけ逆立ちしてみても、斎藤や高波にとって内閣や公家などというものは、手の届かぬ遠い場所にあるものだった。

「それで伊藤を殺ろうってのか」

砂浜に煙草を投げ捨てて、斎藤は言った。

「あぁ」

高波の溜息が聞こえる。斎藤は問う。

「首謀者はやはり太政大臣か」

太政大臣、三条実美《さんじようさねとみ》。岩倉具視《いわくらともみ》とともに、御一新の後の明治政府で帝を輔弼《ほひつ》し続けてきた男である。岩倉具視が死んでからは、公家として薩長土肥の猛者《もさ》たちと渡り合ってきた。太政官制のなかで、太政大臣は最高位にある。いわば三条実美は、現政府の長として帝を助ける立場にあった。

高波が応じた。

「三条公が、伊藤を殺すような愚かなことをするとは思えん」

欧米列強に倣《なら》って憲法を創り、立憲制に基づいた近代国家を目指そうという思想を、三条公は深く理解しているという。いずれ国会も開設される。旧態依然とした太政官制では、欧米列強にいつまでたっても後れをとるばかりという伊藤の言葉に耳を傾けているはずだ。温和な人柄であるという三条公は、みずから一歩後ろに引いているのだ。

「ならば、もっと下の者どもの企みか」

「だが、山県が恐れるくらいには大きな力を持っている」

高波の言葉に答えて、斎藤は首を鳴らす。

今回の仕事は、斎藤個人に与えられたものだ。隣の男を巻き込む必要はない。しかし、この話を聞いて、高波がどう思うかを知りたかった。内情を引き出す素振りで高波に話したことに、斎藤自身驚いている。

「山県にとって伊藤は、肉親よりも大事な仲間だろ。そんな男を見殺しにするだけでなく、殺しの手助けまでするなんてな、俺には考えられねぇな」

西郷、桂《かつら》、大久保と維新の立役者を次々と失った明治政府において、二人は車の両輪のごとくに互いを支えながらやってきた。伊藤は政を、そして山県は軍を。高波の言うとおり、二人は間違いなく強い絆《きずな》で結ばれているはずだ。

「お前はどう思う」

高波が問う。斎藤は言葉に詰まり、煙草に手をやる。

答えは見つかっていた。ただそれを言葉にしたくなかっただけだ。高波の問いに対する己の答えこそ、斎藤の心が揺れる原因であった。しかしその言葉を口にすれば、御一新以降の斎藤の生き方を否定してしまう。

仲間など、とうの昔に捨てたはずだ。

副長に会津に残れと言われた時に、斎藤は新撰組三番組組長を捨てた。それは、兄弟とも呼べる仲間との決別でもあったはずだ。

「なぁ、斎藤。お前ぇ迷ってんだろ」

答えずに海を見つめる。黒い海と斎藤を分かつように、紫色の煙が視界を横切ってゆく。

「だから俺に話したんだろ。長年の仲間を見捨てるような山県のやり方が、今回ばかりは心底から気に喰わねぇんだろ。本当の仲間ならば、どんな理由があろうと、ともに戦うべきだ。そう思ってるから、お前ぇは俺に話した。違うか」

監察の目は衰えていない。斎藤の心に渦巻く想いの芯を、山崎の言葉は鋭く貫いていた。

「お前らしい物言いだ」

つぶやいた斎藤は、煙草を浜に放った。そして高波を見ずに、海に背を向ける。

「おい斎藤」

呼び止める声にも足を止めず、砂を踏みしめ進む。

「そろそろ潮時じゃねぇのか。俺もお前ぇもっ」

高波の言葉を心で噛み締めながら、斎藤は闇を進む。

明治十八年十二月五日　午後一時四十二分　東京某所

「警察の表も裏も、まだあんたたちの存在に気付いていない」

殺風景な部屋のなかで斎藤は言った。真っ白な壁と黒い床。窓ひとつないなかで、斎藤は〝彼〟と向き合っている。

気付いていないと断言してみたが、確証はなかった。

「そうですか。これからも目を光らせておいてください」

彼はにこやかにそう言った。抑揚を極端に欠いた平坦な声に、斎藤は薄ら寒いものを感じる。目の前の男は本当にそこにいるのか。実存するのかすらも疑わしく思えてくる。次第に彼の姿は溶けてゆき、そのうち霞《かすみ》のように消えてしまうのではないか。そこまで思って馬鹿馬鹿しくなってやめた。己らしくない。どうも今回の仕事を受けてから、どこかおかしい。

「おい、あんた」

止《よ》せばいいのに……。

斎藤は己を嘲笑《あざわら》うように心につぶやいた。

このまま黙ってうなずいて、さっさと退室すればいいのだ。そうして何事もなく全てを終えれば、またいつもの日常が戻ってくる。伊藤が死に、政局は斎藤の与り知らぬところで動いてゆく。公家が総理になろうと、長州者が内閣の頂に座ろうと、斎藤の暮しにはなんの関わりもない。

「なんでしょう」

彼が斎藤の言葉をうながすように言った。一度咳き込んでから、胸ポケットに手をやる。

煙草を切らしていた。ここに来る前に買わなければと思っていたのに、すっかり忘れていた。

溜息をひとつ吐き、彼を見る。

「いまさら政府を混乱させるような真似をしてなんになる。三条実美って人は、あんたらのしようとしていることを喜ぶような人じゃねぇはずだ。だったら……」

「斎藤さん」

彼は顔色ひとつ変えずに、声を吐いた。なにを言われても小揺ぎひとつしない。光り輝く彼の瞳が、斎藤を冷酷に見つめる。

「あなたは私に報告を入れるだけでいい。詮索は無用。そう言ったはずだ」

「馬鹿な真似は止めておけ」

止めるべきは己だと、斎藤は心で叫ぶ。しかし身体の芯の熱が言葉となって、口から溢れだすのを止められない。

「今の政府が正しいかどうかなんて、俺には解らん。が、あんたがやろうとしていることは内乱だ。この国をまた幕末の混乱に戻そうとする行為だ」

黙って聞いている彼に想いをぶつける。

「ひと握りの者の我儘《わがまま》で、国の安定を乱すな」

「勘違いしてもらっては困ります」

彼の瞳に邪気が宿る。

「本当に国を不安定にしているのは、野蛮な士族たちではないですか。帝と我々が優雅な理想をもって築こうとしている泰平の世を壊そうとしている。彼等は私たちの手足であればよいのです。手足に実権を奪われるわけにはいかないのですよ」

「己の都合で人を殺そうとしているお前らが、野蛮だなんだと言ったところで筋が通らねぇぜ」

「新撰組三番組組長は、もっと理の解る人だと聞いていたんですが。やはりあなたも、あの野蛮な士族どもと同じ穴の貉《むじな》ということですか。私の見込み違いだったのかもしれませんね」

彼が目を見開いた。

「もう一度言いますが、あなたは私に報告だけしてくれればいいのです。それ以上は求めていません。藤田五郎、いや斎藤一という人は、そういう務めを一番得意としていると聞いていたのですがね」

彼の言葉が、昔の傷を抉《えぐ》る。

新撰組から伊東甲子太郎たちが別れて御陵衛士を名乗った時、斎藤はともに新撰組から離れた。裏で、近藤や土方たちに伊東の動きを逐一報告していたのである。勤王も佐幕もない。斎藤には近藤に命じられた役目だけしかなかった。

「しかしいまさら、あなた以外の人を新たに巻き込むわけにもいかない。このようなことは二度と口にしないようにしていただきたい。三度言います。あなたは……」

「報告だけをすればいい。詮索は無用。だろ」

「解っているじゃないですか」

満面に笑みを浮かべる彼に吐き気を覚える。いや、吐き気を覚えていたのは、己自身の揺れる心に対してであった。

明治十八年十二月八日　午後八時十分　東京駒込蓬莱町〝詮偽堂〟二階

「そうだったのか。まったく知らなかった」

斎藤はつぶやきながら、上着の内ポケットから財布を取り出し、一円札を一枚抜くと、それを手拭に包んで目の前の男に差し出した。

「少ないが……」

「どうした、今日はやけにしおらしいじゃねぇか」

鎧櫃の上に座った左之助が腕を組んで斎藤に言った。妻が一年前に死んだという。

「遠慮なく貰っとくぜ」

ふんだくるようにして斎藤の手から一円札を奪い取ると、左之助は手拭ごと袂に入れた。それから自分と斎藤の間に置かれた長持の上に座る山崎を見つめた。

「いってぇ、どうしちまったんだ、こいつ」

「さぁな」

ぞんざいに答えてから、山崎が茶碗のなかの酒を呑み干す。

斎藤の家の前で山崎が待っていたのは昨日のことだった。先日のことにはいっさい触れず、ただ、明日詮偽堂に来いとだけ告げて姿を消したのである。普段なら聞き流して反故《ほご》にするのだが、勤めを終えた斎藤の足は、知らず知らずのうちに、駒込にむかっていた。

「おい斎藤」

山崎が声をかける。

「左之助に話すぞ」

「こいつが解るような話じゃない」

「んだと」

左之助が腰を浮かせて、斎藤を睨む。この男は、嚙みつくことしか知らない。

「話すぞ」

言った山崎を、斎藤はもう止めなかった。伊藤の暗殺計画、山県の選択、そしてその背後にある公家の影。山崎は斎藤が語った一切を、左之助に聞かせた。

「なんだそりゃ」

膝を叩いて左之助が立ち上がる。そしてずかずかと斎藤の前まで歩いてくると、見下ろすようにして睨んできた。そうなることは解っていたから、いまさらどうということはない。斎藤は左之助の燃えるような目を冷淡な眼差しで見上げ、掌中の盃《さかずき》に満ちた酒をゆるゆると喉に流し込む。

「お前ぇ、そんな卑怯な真似する奴の言う事を、ほいほい聞いてんのかよ」

「子供の言い草だな」

「茶化してんじゃねぇ」

「本当のことを言ったまでだ。卑怯な野郎だろうがなんだろうが、下された命には従う。それが大人というものだ。まぁ好き勝手に生きてきたお前には解らんだろうがな」

仏頂面の左之助が睨んでくる。古物屋の主は口を尖らせ、酒をぐいと呷り、酒気とともに声を吐く。

「気に喰わねぇ野郎の命に従って手前ぇを曲げるなんざ、俺ぁごめんだ。子供だろうがなんだろうが、俺は仲間を見殺しにするような奴は嫌ぇだ」

左之助の言葉には遠慮や忖度《そんたく》というものがない。だから強い。斎藤の揺れる心に、古物屋の主の言葉が容赦なく突き刺さる。

「俺も」

山崎が口を開いた。左之助が口をひん曲げて、山崎を見る。

「左之助の言っていることが正しいと思う。だから今日、お前をここに呼んだんだ。左之助なら、お前にちゃんと言ってくれると思ったんでな」

「余計なことを」

溜息とともに斎藤が言うと、左之助が肩をいからせて身を乗り出した。右の眉を大きく吊り上げて、斎藤を睨む。

「お前ぇ、迷ってんだろ。いっつも顰《しか》め面《つら》してるが、今日はまた一段と歪んでるぜ」

古物屋の主が大きく胸を張った。

「士道不覚悟。副長が今のお前ぇを見たらそう言うだろうな。そうなりゃお前ぇは切腹だ」

けらけら笑って左之助が盃を傾ける。

目を伏せ、斎藤はつぶやく。

「勝手なことばかり言いおって」

左之助が目を丸くする。

「おい、どうした。お前ぇ、今日は本当におかしいぞ。しばらく会わねぇうちに、随分しおらしくなったじゃねぇか。尻尾振り過ぎて、すっかり牙が抜け落ちちまったか」

ひと言ひと言が、胸に突き刺さる。

いったい己はどうしてしまったのか。

斎藤は返す言葉を失い、ただ黙っていた。

明治十八年十二月九日　午後七時五十分　東京根津宮永町

自室に籠り、斎藤は瞑目《めいもく》する。幼い我が子が母を相手に遊んでいる声が、遠くのほうから聞こえてきていた。衣の袖に組んだ腕を差し込み、屈託のない楽しそうな笑い声を振り払うように、想いを巡らす。

左之助の言葉通り、斎藤は迷っている。山崎が言ったように、たしかにこのあたりが潮時だった。

山県という男の元で、犬として働くことに疲れ果てている。

山県の傍にいれば、いつかは己の士道を果たすことができると思い、これまで耐えてきた。

では、己の士道とはいったいなんだ。

今となってはもう、よく解らない。

土方と別れ、一人会津に残り、会津藩士として生きた。明治になり、東京で警察官となり、西南戦争では西郷たちを相手に戦った。しかし心は今も、近藤たちとともに京にいた時と変わらない。左之助や山崎にとって新撰組が今も心の支えであるように、斎藤もまた、新撰組を胸に生きているのだ。

あまりにも長い時が過ぎてしまった。明治という居心地の悪い世に取り残されて、斎藤の心は冷え切ってしまっている。

理屈が勝ってしまうのが、昔からの悪い癖だ。

難しいことは考えまい。

義のために、命を擲《なげう》つ。

それが新撰組の士道だったはずだ。

山県の犬として働くことで、どんな小さな形でも、新撰組の義を貫ければいいと思っていた。

近藤や土方が果たせなかった義を……。

斎藤は己の分というものを弁《わきま》えている。だから己一人ができることなど、些細なことだということはよく解っている。それでも命の捨て場所を見つけた時は、戦う覚悟はできている。

命の捨て場所。

それが見つからない。

左之助の言う通り、山県の行いは義に反している。だからといって、山県の意に背き、伊藤を助けていったいどうなるというのか。伊藤が生き残れば、公家の力は弱まるが、その不満はいつまでもくすぶり、いつかは大きな火種となるかもしれない。

「まさか」

斎藤は山県の意図に思いをはせた。

あえて泳がせている。そう考えることはできないだろうか。征韓論の敗北によって政界を追われた西郷を慕い、不平士族たちが戦を起こした。西郷が敗れ、城山で死すとともに、不平士族たちの声も消えた。

今度は公家……。

「考え過ぎか」

文机《ふづくえ》の上に置かれた煙草に手をやる。火を点け、ひと息吸うと、ふたたび子供の声が聞こえてきた。

京にいた頃となにもかもが違っている。

あの頃よりも老い、守るべき者ができた。若かった頃よりも剣先は鈍く、残される家族を思うとあと一歩が踏み出せない。

弱くなったと、しみじみ思う。左之助たちとともに、すべてを投げ出して〝彼〟の塒に踏み込み、一網打尽にできればどれほど楽か。

吸い口の手前まで迫ってきた火を、火鉢の灰に押し込む。

「副長、あんたならどうする」

答えなど返ってくるはずもなかった。

明治十八年十二月十五日　午後一時四十三分　東京某所

〝彼〟は今日も笑っていた。

目の前の椅子に座り、弓形に歪んだ目でこちらを見つめている。斎藤は黙したまま、薄ら寒い視線を受け止めていた。

「お蔭様で、なんとか手筈が整いました。三日後の朝、決行します」

ついに伊藤を殺す日が決まった。

「これ以上先に延ばすと、内閣が成立してしまう。もう猶予はありません」

「あんたが行くのか」

「決行の場にですか」

斎藤がうなずくと、彼は甲高い声で笑った。

「まさか。私はなんの役にも立ちませんよ。やるのは喰いつめた士族どもです。この時のために飼っておいたんですから、存分に働いてもらわないと」

侍を見下したような物言いに、吐き気を覚える。努めて平静を取り繕いながら、斎藤は高慢な公家に問う。

「この十日あまりの間、警察があんたたちのことを嗅ぎつけたような気配はいっさいなかった。本当は俺が動かずとも、よかったんじゃないのか」

「よく鼻が利くようですね。士族にしておくには惜しい」

立ち上がって、彼の首を刎《は》ねてやろうかと本気で思った。幸いこの部屋には二人しかいない。声ひとつ吐かせることなく、彼を始末することは可能だ。

「止めたほうがいい。私を殺しても代わりはいくらでもいる。決行の日取りは変わりませんよ」

斎藤の心を見透かしたように、彼が言った。

「なるほど」

椅子の背もたれに上体を投げ出し、彼がうなずく。

「そういうところを、山県さんは恐れたんですね」

彼がくすりと笑ってから、言葉を継ぐ。

「あなたに今回のことを告げたほうがいいと言ったのは、山県さんなんですよ」

「そういうことか」

斎藤の目に殺気がみなぎる。

「そういうことですよ」

言って彼が両手を広げた。

「あなたが国事警察として伊藤暗殺の企みを知ると阻止される恐れがあると思った山県さんは、ならば初めからこちらに引き入れておいたほうがいいと私に言った」

彼の薄い唇に貼りつく笑みが苛立ちをあおる。

「ここまで言ってもまだ、私たちに刃向かうことができますか」

「俺がいつあんたたちに刃向かうと言った」

「お、これは口が滑りました」

感情を揺るがせもせず、彼は肩をすくめてみせた。その余裕に満ちた態度が、斎藤をいっそういらつかせる。

「とにかく伊藤は、死ぬ運命にあるのです。あなたがなにをしようと、どうなるものでもない。伊藤を犠牲にして長州閥は我々に恩を売り、朝廷での発言力を強める。我等の望みも達成される」

「黙って見てろと」

「その通りです。そうすれば、これからも変わらず、あなたは山県さんの犬でいられる」

どこまでも人を見下す男である。

「あんまり犬を舐めてると、痛い目見るぜ」

「家族を捨てて、牙を剝《む》きますか」

斎藤の唇が吊り上がる。怒りが笑みとなって、青ざめた顔に浮かぶ。

「俺はいま、お前を殺したくて仕方がない」

「殺っても無駄だと、言ったばかりですよ」

彼の余裕は揺らぎもしなかった。

明治十八年十二月十八日　午前九時三十三分　東京麹町紀尾井町《きおいちょう》

永田町にある伊藤の官舎より元赤坂町にある太政官庁舎へむかう一本道。堀にかかる橋を渡れば、太政官庁舎はすぐそこという場所に、斎藤と高波は立っていた。道端に身を潜め、一本道の中程にある四《よ》つ辻《つじ》を見つめている。そこが〝彼〟に告げられた決行の場所だった。

「お前が動かないことを確信しているから、この場所を教えたんだ。気に喰わない奴だぜ。その〝彼〟って野郎は」

高波が隣でつぶやく。斎藤は答えずに、四つ辻を注視し続けた。

じきに伊藤を乗せた馬車が来る。四つ辻に差し掛かった時、軍人に扮《ふん》した彼の手下たちがそれを囲む。そして四方から銃弾を浴びせ、そのまま去っていく手筈になっている。

斎藤はこの場に呼ばれていない。もちろん高波は論外だ。

どこかで彼が見ているかもしれない。しかし構いはしなかった。すでに疑われている身だ。今さらなにを憚《はばか》ることがある。

「おい、来たぞ」

遥か前方に見える曲がり角から馬車が姿を現した。周囲には国の中枢を担うありとあらゆる施設がある。陸軍参謀本部や陸軍教導団、騎兵隊、陸軍裁判所などの軍の施設も、ひしめきあっていた。こんなところで襲撃を受けるとは、伊藤自身思っていないだろう。それ故、警護と呼べるような者はいっさい連れていなかった。馬を操る御者だけが、伊藤の身を守る盾となりうる唯一の存在だった。

馬車はゆるゆると進み、四つ辻へとむかう。

「どうする。本当にこのまま見過ごすつもりか」

高波が焦りを露わにして言った。斎藤は答えずに、四つ辻に視線を注ぎ続ける。

「斎藤」

「黙っていろ」

伊藤に直接忠告できる術が、斎藤にはない。ここで二人で飛び出しても、この世は変わらないだろう。伊藤を助け、〝彼〟の陰謀を暴いても、本当の闇は居座り続ける。

〝彼〟自身が言ったではないか。代わりはいくらでもいると。

それでも止めるべきなのか。

斎藤にはまだ答えは出ない。

「四つ辻に着くぞ」

高波の声が遠くに聞こえる。

「おいっ」

隣で高波が驚きの声を吐いた。その原因を斎藤の目もとらえている。

みすぼらしい着流しの男が、両手を広げ、四つ辻の前で馬車を遮った。その手には己の背丈ほどの棒を持っている。

「お前」

斎藤は高波を見た。

「奴に話したのか」

「あいつなら、こうするだろうと思ったからな」

邪気に満ちた目で、高波が斎藤を見ながらうなずいた。

左之助が馬車の前に立ちはだかっている。

「何者だっ」

手綱を引いて馬車を止めた御者が叫んだ。

その時。

十人あまりの軍服姿の男たちが、四つ辻から飛び出した。そして馬車と左之助を取り囲むようにして銃を構えた。

「おいっ、このままじゃ、左之助もろともやられちまうぞっ」

高波が叫ぶ。

斎藤は腰の刀に手をかけた。が、足が地面に張り付いたように離れない。そうこうするうちに、左之助が周囲の男たちを睥睨《へいげい》するように、くるりと身体を一回転させた。

「お前ぇ等の好きにさせるわけにゃあ、行かねぇなぁっ」

左之助が叫ぶと同時に銃声が轟いた。

驚くほど機敏に、左之助が馬車へ取りついて扉を開けた。

銃弾が飛び交うなか、馬車から、伊藤を抱いた左之助が飛び出す。そしてごろごろと地面を転がりながら、次の銃撃に移ろうとしている男たちの外へと、伊藤を蹴り飛ばした。

「おい斎藤っ。このまま左之助を見殺しにすりゃ、お前も俺も山県の同類になっちまうぞ」

高波はもはや周囲を憚ることなく、大声で叫んだ。

その間にも、飛び上がるようにして立った左之助の棒が、一人の軍服姿の男の顔を横から叩いた。強烈な一撃を受け、男がのけぞって倒れる。

しかし刺客どもは冷静で、あくまでも伊藤を狙う。それを阻むように、左之助がうずくまる伊藤へと駆け寄る。

二人三人と、左之助の棒に打たれて男たちが倒れてゆく。

二度目の銃声。

「左之助っ」

伊藤の前に立ちはだかるようにして、左之助が銃弾をその身で受け止めていた。

明治十八年十二月十九日　午後六時十五分　東京根津宮永町

「これを持って、しばらく会津に行け」

妻、時尾の実家宛にみずから認《したた》めた手紙を渡しつつ、斎藤は言った。

掌中にある丁寧に折られた手紙を、妻は穏やかな目で見つめていた。そしてゆっくりと顔を上げ、斎藤に視線をむける。その強い眼差しに、決意の色がにじんでいた。

「すぐに迎えに行く。黙って会津に……」

「私たちのことはお忘れください」

「なに」

「私たちのことが重荷となり、あなたが思うように生きられぬなど耐えられません」

会津に錦の御旗《みはた》を掲げた新政府軍が迫った時、妻は新島八重《にいじまやえ》とともに城に籠って戦った。城のなかで傷ついた兵の手当てを懸命に行っていたのである。斎藤の妻になろうという女だ。そこらの女とは出来が違う。時尾の胆力は、斎藤も認めている。だからこそ共に生きようと思ったのだ。この女となら、なにがあっても乗り越えてゆける。そう思った。

時尾は、信ずるに足る女である。

しかし、今回ばかりは危うい。

「子供は私が守ります。無理はしません。なにかあればすぐに逃げ出し、人を呼びます。あなたが心配するようなことは決して起こりません。だから、お願いです。このまま私たちを忘れてください」

一度こうと決めたら梃子でも動かない妻である。

斎藤はうなずいた。妻を安堵《あんど》させるはずが、逆に焚き付けられてしまった。時尾の気丈な言葉が、最後の迷いを振り払う。

「お主でよかった」

短い斎藤のつぶやきを、時尾は微笑を浮かべたまま聞いた。

「では行ってくる」

「はい」

畳に手をつき頭を下げる妻をそのままに、斎藤は立ち上がった。そして自室に戻り、愛刀である和泉守兼定を手にする。家に帰ってからすぐに、警察のサーベル用から、元の拵えに戻していた。

洋装の上着の胸ポケットにまだ一本も欠けていない新品の煙草の箱を入れ、息をひとつ吐いて廊下に出る。そしてそのまま妻のいる部屋を通り過ぎ、敷居をまたいで外に出た。

家の前に高波が待っていた。

「奥方たちは」

月明かりから逃げるように、陰に身を潜めながら高波が言った。斎藤は煙草を一本取り出し、火を点けてから答える。

「自分たちで何とかするから、私たちのことは忘れてくれなどと生意気なことを抜かしやがった」

「そうか、ならば、忘れずに戻ってきてやらねばな」

「それより、左之助は大丈夫なのか」

「あの野郎、衣の下にちゃっかり腹当着けてやがった。だから胴の傷はそこまで深手じゃなかったみてぇだ。頭を逸れたのが奇跡だって、医者が言ってた。あの野郎もしぶてえ。今はまだ眠ってるが、じきに起きるだろう」

左之助が伊藤の前に立ちはだかったすぐ後、銃声を聞きつけた陸軍の兵たちがいっせいに駆けつけた。失敗を悟った〝彼〟の手下たちは、蜘蛛の子を散らすようにして逃げ、左之助は伊藤の指示により近くにあった東京陸軍病院に運ばれた。そこで今も、手厚い看護を受けている。

斎藤と高波は騒ぎに紛れ、その場を離れた。それから左之助の血縁の者だと言って、高波だけが陸軍病院に赴いたのである。

二人並んで月光の下を進む。

煙草を燻らし、斎藤は言った。

「池田屋、禁門の変、鳥羽伏見に上野山。あいつは死ななかった。あの程度のことで、死ぬ訳がない」

「お前ぇがあいつのことをそんな風に言うなんて珍しいこともあるもんだ」

「一応、あれでも昔の仲間だからな」

「仲間……。お前ぇの口から聞くと、心強《こころづえ》ぇな」

それ以上は二人とも喋らなかった。ただひたすらに目的の場所へむかって歩む。

四十二である。恐らくこれが最後の戦になるだろう。京にいた頃は近藤、土方の命を受け、そして明治になると政府の下で。斎藤は常に誰かの命を受け刀を振るってきた。最後は己のために剣を振るう。決めていたわけではないが、格好の舞台が整ったものだ。

明治政府がどうなろうと知ったことではない。山県を敵に回すことになる危惧も、先刻の妻の言葉で吹っ切れた。

〝彼〟を始末したところで、首が挿《す》げ替えられるだけ。それでもいいではないか。仲間への行いを見過ごすわけにはいかない。

もう辛抱するのは御免だ。

山県の傍にいることで貫ける義は、己が果たしたいものとは違うことに、ようやく気付いた。

己が己であるために、今宵《こよい》斎藤は刀を振るう。

教えてくれた仲間の名は、原田左之助。昔から一番気に喰わなかった男だ。いつも自分の想いを押し通し、周囲がどうなろうとどこ吹く風。我儘勝手し放題。そのくせ誰にも好かれる。そんな左之助のことが嫌いだった。

いや、今も嫌いだ。

それでも、やはり仲間であることに変わりはない。いくつもの修羅場をともに潜り、こうして新たな世に生きのこった。その絆は、血の繋がりよりも濃い。

気に喰わねぇ野郎の命に従って手前ぇを曲げるなんざ、俺ぁごめんだ……。

左之助の言葉が脳裏に蘇る。

「その通りだ」

「ん、どうした」

「なんでもない」

首を傾げる高波を尻目に、斎藤は月夜を歩いた。

明治十八年十二月十九日　午後八時四十五分　東京深川山本町

瓦屋根の小さな家が建ち並ぶ一角に、広い庭に植えられた木々に囲まれるようにして、物々しい洋館が建っている。煉瓦造りのその屋敷は、日頃から人の気配がない。周囲の誰もが空き家だと思っているが、内部には三十人を超す男たちが潜んでいた。

この洋館こそ、〝彼〟の塒だ。斎藤も二度ほど訪れ、彼の部屋に通されている。彼への報告は、いつもここで行われていた。

門の前には見張りはいない。窓からは光はいっさい漏れていない。

「本当にいるんだろうな」

心配した高波が問う。

斎藤は固く閉じられた門扉の前に立ち、煙草をくわえた。

「壁際の窓のある部屋は使われていない。廊下をはさんで屋敷の中央にある部屋に、奴等はいる」

実際に見たわけではない。彼の元を訪れる時も、玄関から案内が一人付いて、まっすぐ彼の部屋へと通された。しかし廊下を進む斎藤は、壁のむこうに満ちる不穏な気配を感じていた。

すでにこちらの動きは知られているはず。斎藤はどこかから見ているであろう見張りに誇示するように、煙草を吸った。

高波の緊張が黙っていても伝わってくる。斎藤と違い、刀を振るって戦うような男ではない。それでも付いていくと言った。仲間が付いていくと言うのだ。止める理由はない。

「行くぞ」

地面で煙草を揉み消すと、斎藤は門扉に手をかけた。そのまま大きく跳躍して、柵状の門の中程にある把手《とって》に爪先をかけた。そしてもう一度跳んで、門扉を越える。高波も身軽に門を越え、二人は敵の領域に足を踏み入れた。

「どこから攻めてくるか解らん。扉まで一気に走るぞ」

「そのつもりだ」

言葉を交わすと同時に二人して走った。

門から扉まで真っ直ぐに延びる道めがけ、洋館から銃声が轟く。ひとつふたつ。五つまでは数えたが、面倒になって止めた。全力で駆ける者に、銃弾はなかなか当たらないものだ。それでも撃たれるのなら、よほど敵の腕前が優れているか、運が悪かったかのどちらかである。

二人同時に扉に辿り着く。

「扉は堅い。窓だっ」

高波が言ったと思うとすでに、扉の右方にある窓にむかって走っていた。肘で硝子を叩き割り、速やかに鍵を外し中へ飛び込む。斎藤も遅れてはならじと高波を追った。

八畳ほどの洋間に入り、和泉守兼定を抜く。

「俺の後ろに付いてろ」

告げると同時に中へと繋がる扉が開き、男たちがいっせいに襲ってきた。大上段に刀を振り被った最初の一人の腹を裂く。そして背後で銃を構えていた男の首を刎ねる。刹那の間に二人が倒れた。

二人目の隣で銃を構えていた男の両腕を、振り上げた兼定で斬り落とした時、敵は斎藤の力量を知り、いったん廊下に退いた。

洋間を出る。

廊下を敵が埋め尽くしていた。扉を出た斎藤の左右を十人あまりの男が挟んでいる。

こんな狭いところでは無闇に銃は使えない。逸れた弾が味方に当たるからだ。そのあたりのことは敵も重々承知している。刀の切っ先を斎藤にむけて、飛び出す機を探っていた。

その一時が勿体ない。

斎藤は躊躇せず、右方の敵の群れへと飛び込んだ。

こういう時は先手必勝である。少しでも躊躇《ためら》ったほうが敗《ま》けなのだ。一度後手に回ると、先手を取り直すことは難しい。

目の前の男の鼻面を貫き、引いた刀で二人目の腹を抉る。頭にむかって横薙《よこな》ぎの一閃《いっせん》が飛んでくるのをしゃがんで避けながら、そのまま敵の足首を断つ。

屋敷に入ってからすでに六人。五分とかかっていない。

高波は大丈夫か。

心配はするが庇ってやる余裕はない。付いていくと言った以上、自分の身は自分で守ってもらう。

さすがは彼に見込まれた刺客である。派手な雄叫《おたけ》びや気合を吐く者は一人もいない。黙したまま、殺気だけをみなぎらせてかかってくる。

血が騒ぐ。

新撰組三番組組長斎藤一。

昔の名前が脳裏でぐるぐると回っていた。

池田屋での戦いが、目の前の光景に重なる。あの時は勤王の志士、今回は皇国の刺客。いずれにしても誰かの命を受けて屯する者たちだ。

今宵の斎藤一は違う。

己の義のために刀を振るっている。

敗ける訳がない。

熱に浮かされるように斎藤は舞った。刃が煌《きら》めく度に、敵が面白いように倒れてゆく。

一人として生きてここから出すつもりはなかった。

もう侮らせはしない。

彼にも、山県にも、上から眺めているだけの公家の連中にも。

そして己自身にも。

殲滅《せんめつ》。

そのひと言を胸に、斎藤はひたすら刀を振るった。

右方にあった敵は骸の山と化している。左方の敵も戦いに加わり、すでに斬られた者もいた。

「生きてるか山崎っ」

「応っ」

昔の名で問うた斎藤に、敵の群れのなかから言葉が返ってくる。どうやら無事でいるらしい。

「この廊下の先に階段がある。奴は二階だっ」

叫びながら山崎の声が聞こえたほうの敵へと刃をむける。

男たちを斬り伏せ、道を開く。

山崎の姿が見えた。

似合わない刀を必死に振り回しながら、なんとか耐えている。

「無事か」

「当たり前だっ」

幾分疲れた様子ではあるが、山崎はまだまだ戦えそうである。

「行くぞ」

頭のなかに昼間に見た間取りを思い浮かべながら、斎藤は階段のあるほうへと足をむけた。

目に入る者を斬り捨て進む。

階段に立ちはだかる男が、首を飛ばされて山崎の脇をごろごろと転がり落ちた。

血腥《ちなまぐさ》さが鼻にこびりついている。それもまた修羅場に戻ってきたという実感となって、斎藤の心を滾らせた。

すでに二十人以上の敵を斬っている。山崎も数名は斬ったであろう。〝彼〟の部屋の前に辿り着いた頃には、屋敷を覆っていた気配はすっかり取り払われていた。

把手に手をかける。鍵はかかっていなかった。返り血で真っ赤に染まったまま、斎藤は部屋の扉を開く。

殺風景な部屋に椅子がひとつだけ置かれ、そこに男が座っていた。

「無駄なことをしたものだ」

影が彼の声を吐いた。背後に置かれた灯火の所為で、彼は漆黒に包まれている。

「私を殺しても代わりはいる。なにも変わらないと言ったはずだ」

「そんなことは知らん。お前を殺すために俺はここにいる」

「貧乏公家を一人始末して、君のなにが果たされるというのかい」

死が眼前に迫りながらもなお、彼の声は常と変わらぬものだった。

「私はねぇ、御一新の前までは、毎日の飯にも困るような貧乏公家だったんだ。幕末の騒ぎのなか岩倉様に拾われ、私はなんとか人間らしい暮らしができるようになった。御一新によって救われたんですよ私は。私だけではない。多くの公家が、王政復古に救われたんですよ。みずからの都合で、私たちをふたたび光の外へと追い遣ろうとする輩を、私は許さない。私が守るべき者たちのためにもね」

「伊藤を殺しても武家が実権を握る」

背後で山崎が言った。彼はそれを、鼻で笑う。

「これ以上問答を続けても意味はない。さぁ、君の本懐を果たしたまえ」

闇に包まれた彼が声を上げずに笑った。表情は斎藤には見えない。それでもたしかに笑った。

ゆっくりと和泉守兼定を構える。

「俺は義を貫く」

「好きにすればいい」

彼の首が宙に舞った。

斎藤は深く息を吸って、懐から出した手拭で刀身を拭い、鞘に納める。

「これで公家は思い直すだろうか」

山崎の問いを受け、首を左右に振る。

「さぁな。ただ、伊藤は敵の刃から逃れた。じきに今回の一件が、三条公の耳に入ることだろう。それで、三条公が、こいつの頭にどう働きかけるかだろう」

「俺たちの敵はまだ残っている」

「解っている」

俺たちの敵……。

山県有朋。

「すべてにけりを付ける時がきたな」

つぶやき、斎藤は胸ポケットの煙草に手を伸ばした。

明治十八年十二月二十日　午前八時三十二分　東京麹町 隼町《はやぶさちょう》　東京陸軍病院

「おい左之助っ」

大声とともに、むさくるしい顔が左之助の視界に飛び込んできた。山崎烝……。いや、いまは高波梓か。朦朧《もうろう》とする左之助にとってはどっちでもよかった。

「起きたか。傷は痛むか。自分が何者か、ちゃんと覚えてるか」

「ぎゃあぎゃあ、うるせぇんだよ。寝覚めに、なんて声出してんだ。俺ぁ、怪我人なんだ。ちっとは考えろ」

伊藤博文を暗殺しようとしている輩がいることを、左之助はこの高波から聞いた。そして、現場へと急いだ。売り物の腹当を着流しの下に着け、身を挺して伊藤を敵の銃弾から守った……。はずである。

「伊藤はどうなった」

落ち着きを取り戻し、寝台のかたわらに置かれた椅子に座る高波に問う。

「心配するな。無事だ」

そう答えた高波の言葉に、安堵する。

べつに助けるような義理はなかった。伊藤は長州生まれ。徳川家を江戸城から追い払った側の人間だ。いわば左之助の敵である。しかしそれも昔の話。現在の左之助は、松山勝という名の古物屋の主だ。

「見てたのか」

左之助は高波に問う。すると昔馴染みは、小さく頭を上下させてから、口を開いた。

「斎藤と一緒に道端に潜んで見てた」

「伊藤が殺されると聞いたら、俺がじっとしてねぇことは、はなからお前ぇには解ってたんだろ」

「そ、それは」

「解ってた上でお前ぇは、斎藤と一緒に見てたんだろ。だったら、どうして飛び出してこなかった」

「柵ってのがあんだろ」

「山県か」

「お前の言う通りだ。が、もう止めた」

「なにがあった」

左之助が問うと、高波が顔を寄せてきた。ふたり以外に誰もいない病室のなかで、高波はなぜだか声を潜める。

「昨日、斎藤と一緒に伊藤暗殺の下手人たちの塒に乗りこんで、大立回りをやってきた」

左之助は右の眉だけ思いっきり吊り上げながら、高波を睨む。腹に力を入れた所為で、足の傷が痛んだ。腹当を着こんでいたお蔭で、手足以外は、無事である。頭を撃たれなかったのは、幸運としか言いようがない。

「どうして俺が起きるまで待たなかった」

「怪我してるじゃねぇか。相手は暗殺に失敗して、いつ塒からいなくなるか解らねぇ。悠長に構えてる暇はなかった」

口を尖らせ、左之助は白い天井を睨む。

「俺はどんだけ寝てた」

「二日だ」

傷のためというよりは、疲れのためだ。死を覚悟して戦うと、どうしても疲れてしまう。昔は一日も泥のように眠れば元通りだったが、歳のせいか、二日も眠っていたらしい。

「じゃあ、お前ぇは俺が撃たれた次の日に、敵の塒に乗りこんだってのか。だったら、どうしてあん時、俺を助けなかった」

「俺たちはお前が倒れるのを見て、刃向かおうと決めた」

「お前ぇも斎藤も、屁理屈ばっかり並べやがって、肝心な時に役に立たねぇな」

二の腕に巻かれた包帯をさすりながら、左之助は高波に悪意の視線を投げる。

「だいたい、ここはどこだ」

「陸軍病院だ。お前が撃たれた所から一番近い病院だったんだ。騒ぎを聞きつけて助けにきた衛兵たちに、伊藤がここに運べと命じた」

伊藤にとって、左之助は命の恩人である。そのくらいのことはするだろう。

「俺は山県が許せなかったから、伊藤を助けただけだ」

内閣創設を快く思わない公家たちの陰謀を知りながら、山県は伊藤を見殺しにしようとした。山県と伊藤は同郷であり、幕末から長年盟友としてともに歩んできた仲である。そんな伊藤を、山県は見捨てたのだ。それが左之助には許せなかった。

許せないことがもうひとつ。

高波と斎藤が、そんな山県に加担しようとしていた。

左之助は二人のことを、いまでも同志だと思っている。新撰組として京の都で暴れ回っていた時からの仲間だ。士道を貫き、京を跋扈する不逞浪士たちから民を守るのが、新撰組の務めであった。士道とは弱き者を守るために、みずからの命を使う。そのためならば、相手が強者であろうとためらわずに牙を剝く。新撰組とは、そういう男の集まりであったはずである。

士道こそが左之助と二人を繋ぐ絆なのだ。

二人の目を開かせなければならなかった。だから身を挺して、伊藤を守ったのだ。

「お前らしいな」

膝の上で組んだ手を見つめながら、高波がつぶやく。左之助は黙ったまま、言葉を待つ。

「お前の言うとおりだ。俺が山県たちの企みをばらしたのは、お前だったら伊藤を助けてくれると思ったからだ。柵でがんじがらめになった俺たちの代わりに、お前がなんとかしてくれる。そう信じた。そして、やっぱりお前はやってくれた。原田左之助という男は、昔からそういう男だった」

「けっ」

吐き捨てる。高波が、己の指先を見つめながら続けた。

「お前のお蔭で、伊藤は死なずに済んだ。だが、まだなにも終わっちゃいねぇ。俺と斎藤は山県に逆らった。奴が手を出すなと言った公家の手先どもを、皆殺しにしちまったんだ」

青い顔をして高波は続けた。

「山県を敵に回すってことがどういうことか、お前にだって解るだろ。あいつを敵に回すってことは、この国に喧嘩を売るってことだ」

敵は明治政府の中枢に居座る男だ。長年陸軍卿と参謀本部長を務め、いまは内務卿である。陸軍と警察に多大な影響力を持っている。そんな男に、ちっぽけな商社の社長と一介の警官が太刀打ちできるはずがない。当然、いつ潰れるかもしれない古物屋の主では論外である。

「だからなんだってんだ」

口を尖らせ、吐き捨てるように左之助が言うと、掌を見ていた昔馴染みが顔を上げた。

「お前ぇの心には、もう誠の旗はねぇのか」

新撰組の隊旗には、深紅の地に誠の一字が染め抜かれていた。隊士たちは誠のため、士道のために戦ったのだ。

「おい山崎」

あえて昔の名で呼び、左之助は言った。

「手前ぇが正しいと思うことに命を懸けることができねぇ生き方してるお前ぇを見て、近藤さんや土方さんはどう思ってるだろうな」

「そんなこたぁ、俺だって解ってる。だから……。だから俺は、山県に刃向かったんだ」

「だったら四の五の言わ……」

「でけぇ敵を相手にするんだ。そんなこたぁ、解ってたつもりなんだ」

左之助の言葉を断ち切って言った高波の手が震えている。

「どうした、なにがあった」

「斎藤がいねぇ」

「昨日の今日だろ。一日消えたくれぇで、大騒ぎする……」

「一緒にここに来るはずだった。家に行ってみたが、御内儀や子供の気配もなかった」

「どっかに逃げたんじゃねぇのか」

「斎藤がそうしろと言ったが、御内儀は家にいると言ったらしい。御内儀は会津で戦った芯のある人だ。留まると言った次の日に、どこかに行くなんて……。いや、斎藤がいねぇはずがねぇんだ」

高波の震えが、左之助にある男の名を思いださせる。

「山県か」

斎藤ほどの手練《てだ》れを、山県は拉致したというのか。敵はこの国だと高波は言った。できないことではない。

高波がつぶやく。

「今頃、奴は……」

「お前ぇはどうするんだよ」

睨みつけて問う。組んだまま震える己の手を見つめながら、旧友は黙っている。

「逃げるのか。頭を下げて命乞いをするのか」

答えは返ってこない。

「しっかりしろっ」

怒鳴ると、高波の肩が激しく上下した。

「もうお前ぇは、喧嘩売っちまったんだ。いまさら尻尾巻いて逃げ出したって、敵は許しちゃくれねぇぞ」

「だからって、どうすりゃいいんだよ」

「会いに行く」

呆《ほう》けた顔で高波が左之助を見た。

「山県に会って、斎藤を取り戻すしかねぇだろ」

「しかし」

「やる前から諦めてどうすんだ。敵の懐に飛び込むのは、俺等の十八番じゃねぇか」

左之助の勢いに呑まれ、高波の顎が激しく上下した。

明治十八年十二月二十日　午後八時十五分　東京駒込蓬萊町〝詮偽堂〟二階

左之助は、高波とともに無理矢理病院を出た。銃弾を抜き取った傷は痛むが、動けないわけではない。傷口を丁寧に縫って、包帯を固く巻いてくれているから、戦場での怪我などよりも何倍も動きやすかった。多少、血が滲むくらいは、なんとでもなる。

とりあえず詮偽堂に落ち着いた。店自体が蔵だから、火に強い。万が一、敵が火を付けても対処はできる。出入り口が表と裏にひとつずつだから、侵入者にもすぐ気付く。

「大丈夫か」

鎧櫃に座る高波が問う。碗に満たした酒を一気に呷ってから、左之助は答えた。

「寝てるほうが身体に悪ぃ」

「右足はどうだ」

左之助は右の太腿《ふともも》に巻かれた包帯をさすった。その傷が一番深い。歩くのに少しだけ往生したから、病院でなかば奪うようにして杖《つえ》を借りてきた。

「俺のこと考えるくれぇなら、明日の心配をしろ」

碗に酒を注ぎ、左之助は顔を引き締めた。

「山県は俺たちに会うと思うか」

高波がゆるやかにうなずく。

「大した自信じゃねぇか。お前ぇはただの犬だろ。そんな奴が突然行って、会えんのかよ」

「怖気《おじけ》付いたのか」

「馬鹿言え。阻まれたら、押して通るだけよ」

「そんなことにはならん」

一滴も減っていない掌中の酒を見つめ、高波が続ける。

「山県は乱れることを楽しんでいる。おそらく今回の伊藤の一件も、国を考えて公家方に加担した訳じゃない。伊藤が死んで、世が乱れることを楽しみにしていた。そんな気がする」

監察方であったこの男の、人を見る目は確かだ。高波が言うのだから、そうなのかもしれない。

「奴は俺たちに会う。みずから目の前に現れた獲物に、興味を示さないはずがないからな」

確信に満ちた言葉であった。

「斎藤が攫われて、なんでお前ぇは無事なんだ」

「俺たちが殺したのはおそらく暴走した三条公の部下だ。非がどちらにあったかはさておき、公の顔を潰すわけにはいかん。けじめとして誰かの首を差し出さなければならない。それで斎藤が選ばれたんだろう。俺は斎藤ほど名が通ってない。公に差し出す首としては、貫目が足りなかったんだ」

言って高波が酒を喉に流し込む。酒気を孕《はら》んだ息をひとつ吐いて、左之助を見る。

「なぁ、斎藤は大丈夫かな」

「行ってみなくちゃ解んねぇよ」

左之助は二杯目の酒を呑み干した。

傷の痛みが、やけに懐かしい。戦場に戻ってきたという実感が、心を揺さぶる。胸の奥で燻《くすぶ》っていた火が、酔いと痛みによって激しさを増してゆく。

「おい左之助」

醒めた声で高波が呼ぶ。答えぬ左之助を見つめ、言葉を継ぐ。

「下手な真似するんじゃねぇぞ」

「餓鬼じゃねぇんだぞ俺は」

「お前ぇはどんだけ歳取っても餓鬼だろが」

答えの代わりに、左之助は不敵な笑みを浮かべた。

明治十八年十二月二十一日　午前十時二十五分　東京麴町大手町　内務省庁舎二階

硝子窓から漏れる陽の光をさえぎる紗《しゃ》のカーテンを背にし、昔の敵は座っていた。初めて会う山県の顔を、左之助は立ったまま睨んでいる。髭を鼻の下にたくわえた細身の山県は、目に虚ろな闇を湛え、左之助の隣に立つ高波を見つめていた。

「色々と大活躍だったそうじゃないか」

抑揚のない声で、山県が言った。入室した時からずっと、その目に左之助は映っていない。故意に無視しているとしか思えなかった。

陽光を背にした山県に、緊張で顔をこわばらせた高波が答える。

「昨日から斎藤の姿が見えない。あなたの手先を殺ってからだ」

「僕の手先ではないよ」

「公家方と結託し、伊藤さんを殺そうとしたあなたの思惑は俺たちによって外れた。だから、斎藤は……」

「僕の思惑など、はじめからないよ」

「この男のお蔭で、伊藤さんは死なずに済んだ」

高波の声を聞いた山県が、この時はじめて左之助を見た。

「原田左之助君だね。いや、いまは別の名を名乗っているはずだ」

「松山勝」

「良い名だ。実に君らしい」

声に抑揚がないから、誉められているという実感が湧かない。実に君らしいとはどういうことか。そんな疑問が心に湧いたが、別段口にすることでもないと思い黙っていた。

すると山県が、湿っぽい目付きで左之助を見ながら、髭をいじりはじめる。

「君のお蔭で、伊藤君が死なずに済んだ。僕からも礼を言わせてもらおう」

「別にあんたのためにやったことじゃねぇ」

「そうか、そうだな。君と僕の間には、なんの縁もないからね」

「縁があったら、あんたは俺にも自分の友を見殺しにしろと命じたのか」

「そんなことは、僕は誰にも命じていないよ」

隣に立つ友を顎で示しながら、左之助はなおも言葉を吐く。

「こいつらに、伊藤暗殺の手助けをしろと命じたんだろ」

「君は色々と知り過ぎているようだね」

山県の闇を孕んだ瞳に殺気が宿った。

「斎藤君と山崎君から、聞いたのかな」

「だったらどうだってんだ。俺を殺すか。やれるもんなら、やってみろ」

山県の前にある机に触れるほどに、左之助は大きく身を乗りだす。

「斎藤をどこへやった」

昂ぶる気持ちを抑え、努めて冷静に問う。山県は動じることなく、そんな左之助を見つめて答えた。

「僕が斎藤君に危害を加えたという証拠でもあるのかい」

とっさに左之助は高波を見た。視線に気付き、高波が答える。

「斎藤の家にいたはずの妻子も消えた。あなたが手を回したとしか思えない」

「何故に」

「俺たちが派手に動き回った落とし前を付けるために」

「誰に対してだい」

「三条公だ」

高波は淡々と続けた。

「あなたが今回のことで何を企んでいたかは知らない。が、公家方の顔に泥を塗ったままだと内閣創設もままならなくなる。事をおさめるため、あんたは斎藤の首を……」

山県の右の眉がわずかに上がったのを、左之助は見逃さなかった。瞳にはいまも底の見えない闇が揺蕩《たゆた》っている。どれだけ高波が言葉を重ねても、目の前の男は揺るがない。それでも高波は諦めなかった。

「牧本要蔵という名を覚えているか」

高波の言葉に山県が、悪辣《あくらつ》に歪んだ唇をよりいっそう吊り上げる。

「あなたの犬をやっていた男だ。そして斎藤が始末した男だ。牧本は死ぬ間際に、明治十一年に起こった出来事について語った」

山県は笑いながら聞いている。

「大久保卿が暗殺されることを、あなたは牧本たち犬の働きで事前に知っていた。しかしなんら手を打つことなく、不平士族らを泳がせ大久保卿を死なせた」

「証拠はあるのかね」

「ない。だが今回も大久保卿の時と同じだ。あなたは暗殺の策謀を知っていながら、黙認していた。それだけじゃない。斎藤に命じて、警察の目が彼等にむかないようにしていた」

「それで」

「あなたが行ってきた数々の悪事を、盟友である伊藤さんが知ったらどうなる」

「僕を威すというのか」

突然、左之助たちの背後にある分厚い扉が二、三度叩かれた。山県が返事をすると、三十をわずかに超した軍服姿の男が扉を開け直立不動のまま、滑舌のよい言葉を吐く。

「伊藤伯がお見えです」

「なに」

山県が目だけを左之助の左方に向ける。いきなりのことに、高波が動揺していた。それを見て、山県は邪《よこしま》な笑みを浮かべる。

「どうやら君たちの策ではないようだね。だとしたら、君たちはそうとう悪運が強いようだ」

つぶやいた山県は扉の前に立つ男に答えた。

「通しなさい」

「しかし」

男は左之助たちのことを気にしている。

「聞こえなかったのかい。通しなさいと言っているんだ」

「承知しました」

山県の怒りを恐れるように、男は頭を下げて退出した。

「君たちはここにいなさい」

笑みを浮かべたまま、山県が言った。机に肘を突き、組んだ手の甲の上に顎を載せる。

「すべてを伊藤君に話すと言ったね。ちょうど良い機会じゃないか」

「い、いいのか」

突然の伊藤の来訪に、高波のほうが気圧されている。

「やってみればいい。くくく」

手の甲に顔を伏せて山県が笑うと同時に、厚い扉が開き小柄な男が入ってくる。丸い顔に、山県同様の髭を生やしたその男は、入ってくるなり両腕を広げながら左之助を見て大声を上げた。

「なぜ、君がこんなところにいるんだっ」

そう言って近づいてくる伊藤博文は、左之助のことしか見ていない。

「君が病院を飛びだしたと聞いて、心配していたんだ。傷のほうは大丈夫なのかい」

左之助は、山県に背をむけ伊藤と正対した。そんな左之助の杖をつかんだ右腕に触れながら、伊藤は満面に笑みを浮かべる。

「命の恩人だよ君は」

早口に言うと、伊藤は快活に笑った。山県の陰湿な気に支配されていた室内が、一気に陽気な伊藤の気に染まってゆく。

「そうだ」

つぶやいた伊藤が、山県を見た。

「僕が襲われたことは、もう知っているんだろう」

「当然だよ」

手の甲に顎を載せたまま、山県が答える。

「それでも一応、僕の口から報告しておかなければと思ってね」

伊藤は、肩をすくめながら、左之助たちの背後にある長椅子に腰を下ろした。左之助と高波は、山県と伊藤をさえぎらぬよう、わずかに左右に分かれる。

伊藤は、長く伸びた髭の先を指先でいじりながら、山県に語った。

「そこにいる彼が、身を挺して僕を守ってくれたんだ。まさか山県君のところで会えるなんて思ってもみなかったよ。そういえば、まだ名前を聞いていなかったね」

「松山勝君だ」

左之助より先に、山県が答えた。

「君の知り合いかい」

「今日、はじめて会った。が、お互い知らぬ間柄ではない。君も知っているはずだよ。

まぁ僕等にとっては、原田左之助という名で呼んだほうが、馴染みがあるがね」

伊藤がわずかに腰を浮かせた。山県はそんな盟友を見据えたまま、なおも語る。

「隣にいる洋装の彼は山崎烝と名乗っていた」

「き、君たちは新撰組か」

伊藤が立ち上がった。

「どうして君たちが、山県君のところに」

「山崎君には、色々と働いてもらっていたんだ」

「裏か」

伊藤の言葉に山県がうなずく。山県が陰で犬を飼っていることを、伊藤も知っているようだった。

「こんなところで、かつての宿敵に会えるなんて思ってもみなかったよ。まさかあの新撰組十番組組長に、命を救われるとは」

そこまで言って、伊藤ははっとなって山県を見た。

「どうして原田君は、僕が襲われることを知っていたんだ。君の下で働いていたのは、山崎君のはずだろ」

「山崎君が、彼に教えたんだよ。みずからは飼い主の命で動けないからね」

伊藤が高波を見る。山県の言葉を聞いた高波の眉間に深い皺が刻まれた。長州人の間に割って入るようにして机に手を置き、身を乗りだす。顔を山県に近付け、喉から絞りだすように声を吐く。

「それを言っていいんですか」

「あぁ、そうだった。君は伊藤君にこの話をするつもりだったな。済まない。僕が先に言ってしまったよ」

「あなたという人は……」

高波が歯を食いしばる。

「どういうことだ山県君」

高波の背後から、伊藤が山県を覗きこむ。ひとり椅子に座っている内務卿は、口許に邪な笑みをたたえたまま、盟友に答えた。

「君の推察通りだよ伊藤君。僕は、前もって君が襲われることを知っていた」

「内務卿っ」

高波が叫ぶ。山県は荒ぶるかつての飼い犬を見ようともしない。高波は机に手を置いたまま振り返り、伊藤にむかって声を吐く。

「この男は知っていただけではないのです。裏で襲撃者たちと繋がっていたのです。私の仲間だった藤田という男は、警察の動向を襲撃者たちに報告するよう命じられていました」

「藤田というより、斎藤一と言ったほうが、伊藤君には解りやすいだろ」

山県が補足すると、伊藤が息を呑んだ。

「あの新撰組三番組組長を、君は飼っていたと言うのかい」

山県がうなずく。高波の指が左之助を示す。

「この男という誤算がなければ、あなたは死んでいた」

伊藤を見つめる高波を無視して、山県が左之助を見る。

「君のお蔭で伊藤君が助かったことには、本当に感謝している。その結果、斎藤君と山崎君が暴走して、暗殺者たちを殲滅したのは誤算だったがね」

「あれをやったのは、君たちかっ」

伊藤が叫びながら、机の前に躍りでた。

「昨日、三条公が我が邸《やしき》においでになって、今回のことはどうか許して欲しいと頭をお下げになられた。みずからが与り知らぬところで、内閣創設に不満を持つ者らが動いた結果だと公は仰せになられた。公がそれをお知りになったのは、身近にあった者が何者かによって深川で殺されたかららしい。その者が今回の暗殺の首謀者なのであろうと三条公は仰せであった。まさか、君たちが……」

「三条公が頭をお下げになられたか。これでしばらくは公家の方々も静かにせざるをえまい。内閣創設を阻む壁は、ひとまず取り払われた。原田君のお蔭だ」

山県が笑みを浮かべたまま言った。ただ漫然と左之助を見つめての言葉である。礼というには、あまりにも不遜な態度であった。

「舐めんじゃねぇ」

つぶやいた左之助は、山県を睨む。

「話はまだ終わってねぇんだよ。お前ぇがこいつを見殺しにしようとしたこと。大久保を見殺しにしたこと。斎藤を攫ったこと。なにひとつ終わっちゃいねぇんだよ」

「僕が伊藤君を見殺しにするだと」

山県が声をあげて笑う。

「勘違いしてもらっては困る。僕は伊藤君の死を望んだことなど一度もない。相手は帝のためと言い、暴走しようとしていた輩だ。三条公がお気付きにならなければ、抑えようもなかった」

「だったら、はやく三条公のお耳に入れれば良かったじゃないかっ」

高波が叫んだ。山県が笑みを浮かべたまま答える。

「相手は三条公の近くにいた者だ。まだ何も起こってもいない暗殺計画を注進したところで信じてはくれまい。あの時は様子を見るしかなかったんだよ。敵を欺《あざむ》くにはまず味方からと言うだろ」

「そんな言い訳は通用しねぇ。そうだろ」

言って左之助は、伊藤を見る。丸顔の長州人は、盟友に目をむけて小さく肩を震わせた。笑っている。山県がそんな伊藤に声をかけた。

「彼等は必死なんだ。僕に背いて仲間を奪われたからね。だが僕が飼い犬に手を噛まれて黙っているような男ではないことは、君も知っているだろ。斎藤君の首を公に差し出す必要はなくなったかもしれないが、このままでは僕のために働いてくれている者たちに示しがつかない」

「あぁ、そうだな」

伊藤が笑みを浮かべたまま答えた。左之助は山県を睨みつけて問う。

「おい、いま仲間を奪われたって言ったよな。やっぱり手前ぇが……」

「彼とその家族はまだ生きているよ」

「野郎っ」

「待ちたまえ」

詰め寄ろうとした左之助を、伊藤が制する。

「ここに集っている者は、幕末の動乱を潜り抜けた男たちだ。皆あの修羅場を知っている。みずからを守るためならば、仲間であろうと見殺しにする。そうやって生き延びたからこそ、いまがあるんじゃないのかい。山県君には山県君の道理がある。僕はこうして生きている。これが結果だ」

「ほ、本気で仰っているのですか」

高波の問いに、伊藤は力強くうなずく。それを見た高波は、丸顔の長州人に詰め寄る。

「これからもこの男は、あなたを狙うかもしれない。そんな男を放置しておくつもりですか」

「山県君は僕の部下ではない。同郷の仲間だ」

そこで伊藤は溜息をひとつ吐いた。

「山県君が僕に秘していることを披瀝《ひれき》し、なりふり構わず命乞い……。浅ましいとは思わないのか」

苛立ちが左之助の口から噴きだす。

「さっきからぐだぐだと面倒臭ぇこと言いやがって。そんなこたぁ、どうでもいいんだよ」

山県が目を輝かせ、左之助を見つめる。伊藤を睨みつけ、左之助は続けた。

「俺ぁまだ、あんたを救った褒美を貰っちゃいねぇ」

「褒美だと」

「俺がいなけりゃ、あんたは死んでいた。それ相応の褒美を貰おうじゃねぇか」

伊藤が声をあげて笑う。

「山崎君よりも解りやすいようだな、君は。褒美というのは斎藤……」

「こいつと一対一で勝負させろ」

左之助は殺気をこめた目で、椅子に座る男を見た。

「なっ」

声をあげたのは山県だった。左之助の指が、己を指していることに驚いている。

「それが俺が望む褒美だ」

山県が天井に顔をむけて大笑した。張りつめた雰囲気に場違いな笑い声が響く。山県はひとしきり笑ってから、弓形に歪んだ目で左之助を見た。

「いったいなにを言い出すのかと思えば、僕と勝負するとは……。面白い男だね君は」

「俺は種田流を使う。お前ぇも槍をやるらしいじゃねぇか」

「僕は宝蔵院流だよ」

「昔っからお前ぇとは一度、手合せしてぇと思ってたんだ」

まどろこしいことは苦手だ。左之助は己の衝動に従う。目の前の男が気に喰わない。だったら白黒を付ければいいだけだ。山県有朋という男のすべてが許せなかった。これまでどれだけの命が、この男の所為で失われたのかと思うと、腸が煮えくり返る。

山県の目が輝いていた。珍しい物を見るように、猛《たけ》る左之助を嬉々《きき》として見ている。

呆れたように伊藤が口をはさむ。

「いまはそんなことを言っている場合ではない。君の友の命が懸かっているのだよ」

「そんなこたぁ関係ねぇ。とにかく俺は、こいつと槍を交えてぇだけだ」

山県がまた笑った。そして、ゆるりと立ち上がり左之助に語りかける。

「君は実に面白い男だ。斎藤君のことなど関係ないと言い放ち、伊藤君を救った褒美として、僕と戦うことを求める。その身体でだ」

「このくれぇの傷があって五分ってとこだ」

「それはなにかい。僕が君より弱いと言っているのかい」

「高い所から他人を見下し、人を顎で使ってたような奴にゃ敗けねぇ」

山県の目にねばついた殺意が湧く。

「あんまり僕を舐めないほうがいい」

「おい山県君。君はなにを言っているんだ」

伊藤の問いを無視して、山県が語る。

「まさか、この僕に喧嘩を売るような奴がまだいるとは思わなかった」

「四の五の言ってねぇで、さっさと答えを聞かせろ。やるのかやらねぇのか、どっちだ」

「やってやろう。ただしひと月後だ。内閣創設などで、僕もいろいろと忙しいからね。少しだけ待ってくれないか。その間に君も傷を治しておくことだ」

「まったく君という男は……。解った。その勝負、僕が見届けようじゃないか」

伊藤が胸を張った。そして高波と左之助を見遣りながら続ける。

「君たちが戦う日まで、斎藤は生かしておいたらどうだ」

「元よりそのつもりだよ」

答えた山県の目は、左之助を捉えて離さなかった。

明治十八年十二月二十三日

明治政府は、これまでの太政官制を廃止し、内閣制を採ることとなった。三条実美公はみずから太政大臣を退き、後事を伊藤に託した。晴れて伊藤博文は、初代内閣総理大臣に就任することになり、二十二日、太政官達《たつし》第六十九号が発せられた。翌二十三日、この事実が公表され、日本の内閣は始まった。

伊藤内閣の下で、山県は初代内務大臣となる。二人の関係は、その後も長く続いてゆく。

明治十九年一月三十日　午後一時二十六分　東京小石川関口台町　椿山荘

「俺ぁ今回ほど、お前ぇのことが解らなかったことはねぇ」

隣に立つ高波が、庭園に造られた池の水面を見つめながら言った。左之助は右手に己の背丈ほどの棒を持ち、敵の到来を待っている。

「山県と一対一で戦うだと。斎藤のことはどうするんだ」

「この勝負が終わるまで、手出しはしねぇと奴は言っただろ。斎藤はまだ生きてる」

「お前が勝っても、帰ってくる保証はないんだぞ」

「なんとかならぁ」

高波に答えながら、棒を両手に持った。そして幾度か虚空を突く。一番の深手であった足の傷に痛みはない。すでに糸も取れ、しっかりと塞がっている。

「まったく」

つぶやいた高波が深い溜息の後に続ける。

「せっかく伊藤が現れたってのに、なんであそこでけりを付けなかったんだ」

「伊藤は山県の性根なんざ、とっくの昔にお見通しだったじゃねぇか。あのまま、ぐだぐだやってても、どうにもならなかった。理屈じゃねぇんだよ士道ってのは」

「俺ぁ医者の倅だ。新撰組にいる頃から、士道なんて考えたこともねぇよ」

「新撰組に集った者には皆、士道があったんだよ。もちろんお前にもだ。近藤さんには近藤さんの、土方さんには土方さんの。沖田にも永倉にも山南さんにも、それぞれの士道があった。皆の士道を誠の旗の下に搔き集めて、新撰組はあったんだ」

「お前に説き伏せられるようになっちゃ、俺も終わりだ。解った、もうなにも言わねぇ。せいぜい、己の士道とやらを貫けばいい」

それきり高波は口をつぐんだ。

黙々と素振りを行う左之助は、背に物々しい気配を感じ、振り返った。着流しの山県が背後に伊藤を従えながら、屋敷から歩いてくる。手に十文字のぎらついた刃を付けた槍を持ち、伸ばした髭の下の唇を吊り上げながら、山県が間合いを詰めてくる。その目は左之助だけを見ていた。

「どけよ」

高波に告げ、棒を小脇に抱えて一歩一歩踏みしめるようにして、山県へと歩み寄る。

槍の間合いに入ると、どちらからともなく立ち止まった。山県の目が、棒にむく。

「槍での勝負じゃなかったのかい」

左之助が棒を掲げる。

「こいつが俺の槍だ」

「そんな物じゃ僕を貫けないよ」

「こいつで十分だ」

言った左之助の脳裏に、ある言葉が過る。

〝私がいないと、あなたは駄目なのっ。私が、あなたを繋ぎ止めておかないと、あなたは、あの藤田とかいう人のようになってしまう〟

　お皐の末期の言葉だ。

「大丈夫だ」

　誰にも聞こえぬ声でつぶやき、棒を両手で握りしめ、山県にむけている先端を高く掲げた。棒の先を、山県の喉仏に定める。

「大事な者の言葉だけは死ぬまで覚えている性質でな」

「意味が解らんな」

　山県が首を左右に振り、溜息を吐いた。

「本当にいいのだね。僕は容赦しないよ」

「御託はいいから、さっさとこいよ」

　山県が槍を持ったまま両腕を広げた。

「僕からもひと言、言わせてくれ」

　伊藤が手を上げて左之助に声をかける。

「過日、山県君も言っていたが、彼は強いよ。国家の要職についてからも、槍の修練は欠かしていない。侮ると死ぬことになるよ」

「見届け人は黙って見てろ」

　山県を睨んだまま、左之助は答えた。その姿を見て、伊藤は一度肩をすくめてから、二人を廻《まわ》り込むようにして高波の隣に並んだ。

山県が槍を片手に口を開く。

「今日この家には、この四人以外には誰もいない。存分に楽しもうじゃないか」

「お前ぇも面白《おもしれ》ぇ奴じゃねぇか。見直したぜ」

「そうかい」

山県がくすりと笑って槍の柄をしごいた。

「明治になってこんな余興を楽しめるなんて思ってもみなかったよ」

つぶやいてから槍を構える。銀色に光る切っ先が、左之助の膝あたりを指して止まった。

「君には感謝している」

言った瞬間、山県のまとう気の質が変わった。虚ろでまったく力を感じさせなかった山県の気配が一瞬で濃密になり、息が止まるほどの圧を持つ。

「これでも幕末の頃は、狂介と名乗って前線で戦っていたんだよ」

「知ってらぁ」

「新撰組十番組組長の耳にも届いていたか」

奇兵隊の山県狂介といえば、高杉晋作《たかすぎしんさく》に次ぐ実力者である。身分の分け隔てなく志だけで集った命知らずの若者たちを束ね、長州藩の藩論を公武合体から勤王討幕へと一変させた手腕は伊達《だて》ではない。

棒と槍に殺気を満たし睨み合う。

「どうしてお前ぇは、友を見殺しにするような真似をしやがった。どうして伊藤や大久保の暗殺の企てを事前に知っていながら、助けようとしなかった」

「この世は、つまらないと思わないかい」

左之助が黙っていると、山県は続けた。

「だが、高杉さん、大村《おおむら》さん、大久保さん……、大いなる存在が死ぬと、世に混乱が訪れる。そういう時、つまらない世がすこしばかり楽しくなる。佐幕、勤王、徳川、明治……。そんなことはどうでもいい。僕は楽しく生きたいだけなんだ。が、それが一番難しい」

「本心で言ってんのか」

うなずいた山県の目に、偽りはなかった。

「面白きことも無き世を面白く。僕が慕っていた男の句だ。その通りだと思わないか」

「手前ぇが面白けりゃ、誰がどうなったっていいってのか」

山県が楽しそうに笑った。

「どうして、お前ぇと戦《や》りたかったか、はっきりと解ったぜ。俺はお前ぇが大嫌《でえきれ》えだ」

「僕は誰かに好かれようと思ったことがないんだ。それより、そろそろくだらない話はやめて、はじめようじゃないか」

言い終わると同時に、山県の槍が襲ってきた。左之助の踏みだした右足を、真っ直ぐに狙って突いてくる。的確な攻めに息を呑む。こちらは木の棒。刃を払おうとすれば、たちまち斬られる。そのうえ敵は十文字槍。横に避けても、穂先の左右から突き出た刃が、脛《すね》を薙ぐ。

山県の穂先にだけ集中する。

脛に切っ先が触れようとした刹那、両足で前に跳んだ。中空で山県との間合いを詰める。下降をはじめるとすぐに、髭をたくわえた山県の顔めがけて棒を突きだす。が、その時すでに山県の槍は構えの位置に戻っていた。左之助に狙いを定める瞳から、闇が完全に消えている。己の顔面にむかって突きだされた棒を柄で横に払うと手首を返して、着地した左之助の首筋を狙う。しかし左之助は、槍の間合いよりも深く踏み入っていた。穂先には目もくれず、肩からぶつかってゆく。無防備な胴にぶちかましを喰らえば、華《きゃ》奢《しゃ》な山県は後ろに倒れるはずだ。だが左之助の目論見は、思いのほか頑強な山県の両足によって阻まれてしまった。左之助の身体を受け止めたまま、山県は数歩後ずさりながらも耐える。

「舐めるなと言ったはずだよ」

唇を吊り上げた山県が、つぶやくと同時に柄から左手を離して左之助の身体を思いっきり押した。細身とは思えぬ強力に、たまらず後ろに退く。そしてそのまま跳ぶようにして、山県との間合いを大きく取った。しかし山県は休ませてはくれない。ひと息入れて構え直した左之助の鳩尾に、十分に体勢を整えていた山県の十文字槍が飛来する。首筋から頭にかけて雷が走るのを、左之助は感じた。全身が真剣勝負を喜んでいる。心地よい痺れが手足の先まで伝わって、左之助を覚醒させてゆく。こんな心地を味わったのは、幕末以来だ。血走った目で眩く煌めく穂先を追いながら笑っていた。十文字であることを勘定に入れ、棒を構えたまま横に避ける。

と……。

肩に痛みを感じた。槍は左之助の胴の右方を駆け抜け、穂先の左右の刃も身体を掠めてはいない。どうして肩が痛むのか。目だけを痛みのほうへとやる。小柄《こづか》が突き立ち、衣に血が滲んでいた。どこに忍ばせていたのか知らないが、左之助が槍に気を取られているいる間に、どうやら山県は小柄を放ったらしい。

迂闊《うかつ》……。

怠惰な日々が、左之助を鈍にしていたのか。しかし、これこそが勝負。これこそが左之助の望んでいたもの。

「たまんねぇなぁぁぁっ」

肩に突き立つ刃をそのままに、左之助は吠えた。すでに山県は、次の刺突のために十分に槍を引いている。敵もまた笑っていた。

「山県よぉ。俺ぁ楽しくてたまんねぇよ」

左之助の言葉に、明治政府の重鎮は子供のようにうなずいた。

「あの頃は、毎日こんな感じだった。楽しくて楽しくて仕方なかった」

「僕もそうだ」

左之助のつぶやきに、山県が答える。昔からの友であるかのように、二人は微笑む。

ちいさな呼気をひとつ吐き、左之助はつぶやく。

「しかしお互い、あの頃みてぇに若くはねぇ。そろそろ終わりにしねぇとな」

「残念だ」

言った山県がうなずく。恐らく次が最後の攻防になる。原田左之助の生涯最後の命のやり取りだ。胸に燻る火をすべて灰にするつもりでゆく。

「こんなに楽しかったのは久しぶりだ。君には礼を言う」

山県が目を伏せた。

挑発。

左之助は乗った。駆けながら全力で棒を突きだす。伏せられていた山県の瞳が左之助を捉えた。闇が蘇っている。地獄へと続く深淵《しんえん》なる闇へと、左之助は飛び込んでゆく。

銀色の閃光《せんこう》が迸《ほとばし》る。

左之助は咆哮《ほうこう》とともに正面から槍の柄を叩き伏せる。

視界が深紅に染まった。痛みはない。全身が雷で撃たれたように激しく震える。

左之助は笑う。紅の幕に覆われていた視界が、現世の光景をふたたび映しだす。

山県が仰向《あおむ》けに倒れていた。その喉元に、左之助の棒が触れたまま止まっている。いつの間にかその腹を踏みつけていた。山県の手にあったはずの十文字槍は、遠くの小山に突き立っている。勝ったことを実感すると同時に、我に返った。凄まじい疲れが襲ってきて、左之助ははげしく息をする。癒えたはずの傷に、痛みが戻っていた。

「こんな獣じみた男と戦ったのははじめてだ」

棒を喉に触れさせたまま、山県がつぶやく。

二度と人を殺めないと、妻に誓った。その誓いは、忘我の境地でも忘れなかったらしい。正直、左之助自身は忘れさっていた。棒は己が止めたのか、それとも彼岸の妻が止めたのか。左之助には解らない。とにかく棒は、山県の首の皮に触れたところで止まっていた。

「このまま喉を砕かれるか、斎藤たちを解放するか。どっちか選べ」

肩を上下させながら、左之助は言った。開いた口から涎《よだれ》が垂れて、山県の額に落ちる。

「そこまでっ」

伊藤が駆け寄ってくる。

「勝負は付いた。もういいだろう」

喉に定めたまま、左之助は棒を引こうとしない。伊藤が山県に告げる。

「君は敗けたんだ。斎藤はくれてやれ、山県君」

額に付いた涎を袖で拭った内務大臣は、首を上下に振ってから口を開く。

「久しぶりに血が騒いだよ。その礼だ。彼とその家族は解放しよう」

黙ったまま左之助は、山県の身体から足をのけた。

ゆっくりと上体をかたむけ、重たそうに立ち上がった山県は、すべてを見届けた高波に目を投げる。

「彼と一緒に帰りたまえ」

伊藤が山県に歩みよる。左之助が口を開こうとすると、内閣総理大臣が厳しい目をむけた。

「勝者が敗者に言葉をかけるんじゃない。このまま黙って去りたまえ」

言った伊藤は山県の背に手を添えながら、友とともに屋敷に入った。

明治十九年一月三十日　午後八時十二分　東京駒込蓬莱町　〝詮偽堂〟二階

「では、そろそろ行く」

かたわらの皿に煙草を押し付けてから、斎藤はそう言って立ち上がった。

「もう少し付き合えよ」

左之助がそう言うと、昔馴染みの警官は小さく笑ってから紫色の唇を震わせる。

「今日は礼を言いに来ただけだ。妻が待っている」

「そうだ、帰って時尾さんと一緒にいてやれ」

すでにかなり酔っている山崎が、鎧櫃から転がり落ちそうになりながら言うのを、斎藤が冷たい目で見下ろす。

「お前もあまり長居はするなよ。平気そうな面をしてるが、こいつも無事じゃなかったんだ。さっさと休ませてやれ」

「お前ぇが俺の心配してくれるなんて、珍しいこともあるもんだ」

「ふん」

左之助の言葉に斎藤が鼻で笑う。

「二人に聞いてもらいてぇことがあるっ」

顔を真っ赤にした山崎が、背筋を伸ばして言い出した。

「今回のことで、心底この国に嫌気がさした。俺ぁ清国《しんこく》に渡る」

「はぁ」

鼻の穴を大きく広げて、左之助が甲高い声を吐く。それを無視して、斎藤が問う。

「会社はどうするんだ」

「山県に逆らうと決めた時点で、若い者に全部くれてやる手筈を整えていた。もう手続きはあらかた終わってる。俺自身の金が少しだけ残ったから、そいつで海を渡らぁ」

「清国に行ってどうするんだよ」

左之助の問いに、山崎が首を横に振る。

「まだ決めてねぇ。北に行って原田左之助を名乗って賊でもするかな」

「なんで俺なんだよ」

「清国に渡って賊になるなんざ、お前ぇらしいだろ」

「なんだよそりゃ」

二人の話を聞いていた斎藤が、珍しく穏やかに笑った。そして呆れた顔で山崎を見て、口を開く。

「好きにしろ」

満面に笑みを浮かべて山崎がうなずく。

「これが今生の別れになるか」

「お前はどうするんだ斎藤」

「山県との縁は切れた。これからはただの警官だ」

「頑張れよ」

斎藤が新たに煙草をくわえてうなずいた。煙をあげる燐寸を皿に放ると、二人に背をむけて階段へとむかった。

「じゃあな」

言って一段踏みだした斎藤が、肩越しに左之助を見た。

「お前はここにいるんだろ」

「俺は誰だ」

「いつ潰れてもおかしくない古物屋の主、松山勝」

「その通りだ。面白ぇもんがあったら、いつでも持ってこい。銭になりそうな品ならすぐに買ってやるぜ」

「考えておく」

答えた斎藤が口籠り、目を伏せてから左之助にむかって言葉を投げた。

「ひとつ借りだな」

「へっ」

左之助の笑い声を背に受けて、煙草の先に灯る焔が一階へと消えてゆく。

「それじゃあ、俺も行くかな」

山崎が立ち上がった。そして左之助の前で深々と頭を下げる。

「本当にお前ぇには感謝している」

顔を上げ、左之助を見る熱い目が真っ赤に染まっていた。

「有難う」

「礼を言うのは俺のほうだ。お前ぇのお蔭で、ずいぶん楽しかった」

友の頬を涙が伝う。

「あっちでもうまくやれよ」

山崎がうなずく。左之助は友に問う。

「俺たちの士道。近藤さんや土方さんはどう思ってるかな」

「きっと笑ってる」

「そうだな」

山崎が深く息を吸ってから、左之助の肩を叩いた。

「じゃあな」

「頑張れよ」

笑みとともに顎を上下させた山崎は、駆けるようにして階段を降りていった。

「さて」

左之助も立ち上がった。

「明日も頑張るか」

欠伸《あくび》をひとつ吐いて母屋へと戻る左之助の心は、どこまでも晴れやかだった。

至誠の残り火は、綺麗さっぱり灰になっていた。

明治十九年二月某日　午前十時三十二分　東京駒込蓬莱町〝詮偽堂〟前

寝起きの眠い目をこすり、松山勝は大きく伸びをした。

また新しい一日がはじまる。

客の来ない一日が。

「いつまで続けられんのかねぇ……」

箒を手にして、店の前を掃きはじめる。それを待っていたかのごとく、裏路地から数人の着流し姿の男たちが現れた。

「あんた、新撰組の原田左之助かい」

取り囲む男たちを睨みつけながら、松山は箒を握りしめる。

「あんたにはずいぶん世話になった」

「なんでぇ、志士崩れか」

松山の声に、男たちが殺気をみなぎらせる。

「昔の礼をさせてもらうぜ」

男たちが懐に仕舞っていた短刀を、いっせいに抜く。

「原田左之助なんて名前の男は死んだ」

松山は言いながら、ゆっくりと箒を肩にかつぐ。

「俺の名は松山勝。この店の主だ」

原田左之助の貫くべき士道は、山県との戦いで燃え尽きた。あの時、左之助は死んだのだ。

しかし、新たな士道がこの胸にはある。

「原田左之助なんて男のこたぁ知らねぇが、この店をどうこうしようってんなら、容赦はしねぇぜ」

義父とお皐に託されたこの店こそが、松山の新たな士道……。

「さぁ来な。二度とこの店の前を通れねぇようにしてやらぁ」

箒を構え、松山は吠えた。

参考文献

『江戸から東京へ　明治の東京（古地図ライブラリー4）』　人文社第一編集部解説・編　人文社
『斎藤一——新選組最強の剣客』　相川司　中公文庫
『日本の産業革命　日清・日露戦争から考える』　石井寛治　講談社学術文庫
『内閣制度の研究（呉PASS復刻選書25）』　山崎丹照　呉PASS出版
『自由民権運動〈デモクラシー〉の夢と挫折』　松沢裕作　岩波新書
『鹿鳴館——擬西洋化の世界』　富田仁　白水社
『自由民権』　色川大吉　岩波新書
『日本の統治構造』　飯尾潤　中公新書
『世界文化遺産　富岡製糸場と明治のニッポン』　熊谷充晃　WAVE出版
『明治鉄道物語』　原田勝正　講談社学術文庫
『幕末明治見世物事典』　倉田喜弘編　吉川弘文館
『ビジュアル　明治クロニクル』　御厨貴時代概説・総論　世界文化社

解説

末國善己

幕末の京で、徳川幕府の治安組織として活躍した新撰組は、後に〝維新の元勲〟となる尊王攘夷《そんのうじょうい》派を斬ったため、明治以降は悪役として取り上げられることが多かった。新撰組の復権が始まるのは、子母澤寛《しもざわかん》『新選組始末記』、平尾道雄《ひらおみちお》『新撰組史』が相次いで刊行された昭和三年以降で、さらに新撰組がヒーローになるのは司馬遼太郎《しばりょうたろう》の新撰組もの『新選組血風録』『燃えよ剣』、童門冬二《どうもんふゆじ》『異説新撰組』『新撰組一番隊』などが出た昭和三〇年代後半以降のことである。

　高度経済成長期に発表された新撰組ものは、破れば切腹の局中法度があった新撰組の中で生きる隊士に着目することで組織と個人の関係を問う作品が多かったが、近年は、門井慶喜《かどいよしのぶ》『新選組颯爽録』、小松《こまつ》エメル『夢の燈影《ほかげ》』、木内昇《きうちのぼり》『火影に咲く』など、個々の隊士の内面に切り込むことで従来とは違う角度で新撰組を捉えた歴史時代小説も増えている。伝奇小説から歴史小説まで幅広いジャンルを手掛けている矢野隆が、明治の世を生きる新撰組隊士を描いた本書『至誠の残滓』も、その一冊である。

明治維新後も生き残った新撰組隊士は、藤田五郎に改名して警視庁に入り警視隊として西南戦争で戦った斎藤一、杉村治備《すぎむらはるのぶ》（後に義衛《よしえ》）に改名し剣術の指導者になった永倉新八、西本願寺の夜間警備員になった島田魁らが有名である。著者は斎藤に加え、芹沢鴨《かも》暗殺、池田屋事件、禁門の変、三条制札事件、油小路事件など新撰組が関係した戦闘の多くに参加し、上野戦争での傷が原因で死んだとされる原田左之助、尊王攘夷派の動向や局中法度に違反した新撰組隊士がいないかを探る諸士調役兼監察を務め、鳥羽・伏見の戦いで重症を負い富士山丸の船中で死亡し水葬にされたとされている山崎烝も生きていたとして、三人を軸に物語を作っている。特に左之助には、密《ひそ》かに上野を脱出して大陸に渡り馬賊の頭目になったとの伝説があり、新撰組の生き残りとして登場させるには最適な人物なのである。

第一話「至誠の残滓」は、明治十一年、松山勝に改名し東京駒込で病弱な妻お皐と古物商を営む左之助を、かつての敵だった新政府に仕え警視庁の警部補になった藤田五郎こと斎藤一が訪ねて来るところから始まる。斎藤は、人買いをはじめ数々の悪事に手を染めている元長州藩士の士族・塚本新八を調べて欲しいという。左之助が、高波梓に名を改め得意の探索を活《い》かして新聞錦絵の記者をしている山崎烝に相談すると、新撰組を抜けた伊東甲子太郎らが結成した御陵衛士に潜入する密偵になった過去がある斎藤が、武闘派の左之助に調査を依頼したことや、新政府の要人と繋《つな》がりがある塚本の悪事が追及できないので外部の左之助を使いたいのかもしれないが、上が握り潰すのであれば誰が調査しても結果は同じになることなど幾つもの疑問が出てくる。依頼人の真意が不明のまま左之助と山崎の調査が進むうち事件は思わぬ経過をたどり、山崎が意外な真相を暴き出すと数々の疑問に合理的な解釈が与えられるだけに、ミステリとしても秀逸である。

本書の収録作は、左之助と山崎が生きていたとの奇想の中に、佐幕派と尊王攘夷派が血で血を洗う抗争を繰り広げた幕末の争乱が尊王攘夷派の勝利で終わったものの、双方に同志を殺された恨みが残り、利権を手にした者とできなかった者の格差が広がった社会の矛盾が引き起こした事件が織り込まれているだけに、山田風太郎《やまだふうたろう》の〈明治もの〉を思わせるテイストがあり、歴史時代小説のファンも、ミステリ好きも満足できるはずだ。

取材に行った山崎が姿を消し、斎藤に頼まれた左之助が行方を追う「残党の変節」は、ハードボイルド色が濃い。ラストには、槍《やり》の名手だった左之助が、棒を手に敵の本拠地に乗り込み新撰組時代と変わらぬ活躍をする派手なアクションも用意されている。このあたりは、デビュー作『蛇衆』以降、剣戟《けんげき》シーンに定評のある著者の面目躍如といえる。

事件の背後には、幕末に発生した有名な事件がなければもっとよい人生になっていたはずだと考える犯人の憎悪が置かれているが、それを知った山崎は「あいつらはあんなに出世してんのに、俺はどうしてこんなことになってんだ。そんなこと言ってる奴《やつ》ぁ、なにしたって駄目なんだ」と切って捨てる。時代の波に乗れず自暴自棄になった犯人と、同じ幕末維新期の混迷を自分の力で切り抜けたと自負する左之助、山崎の対比は、どんな人生を送るべきかを考えるヒントを読者に与えてくれるのである。

「闇夜の盛衰」は、陸軍参謀本部長の山県有朋に呼び出された斎藤が、山県が間者として使っていた牧本要蔵を始末して欲しいと頼まれる。元新撰組隊士には楽な任務と思われたが、ターゲットの牧本が斎藤に接触してきたことで事態が急変する。山県に切られることを予見していた牧本は、用意する身代りを殺し自分は見逃して欲しいと頼む。なぜ山県は牧本が不用になったのか？　信じるべきは山県か、牧本か？　少しでも判断を誤ると転落が待ち受ける状況下で、斎藤が牧本、山県を相手に凄《すさ》まじい頭脳戦、心理戦を繰り広げる展開は、静かながら息詰まるサスペンスがある。

「富者の懊悩」は、斜陽の新聞錦絵に見切りをつけ貿易商を始めて軌道に乗せた山崎が、片腕だった望月友吉に取引のため用意していた七百円もの大金を持ち逃げされてしまう。物語は、山崎が望月の行方を追うことで進むが、窮地に立つ山崎の前に斎藤が現れてからは、蜘蛛《くも》の糸のように探偵役をからめ捕る罠《わな》が張り巡らされていくので、終盤のどんでん返しには衝撃を受けるだろう。新撰組だった若い頃は無茶ができた山崎も、経営者として社員の生活を守る必要があるので慎重にならざるを得ず、そこにつけ込まれてしまう。就職したり、家族を持ったりすると否応《いやおう》なく生まれる守勢は、年齢を重ねると誰もが経験するので、山崎の「懊悩」に共感する読者も少なくないように思えた。

　北海道開拓使長官の黒田清隆が、開拓使所有の工場、土地などを同じ薩摩出身の五代友厚に安価、無利子で払い下げようとしたため政争になり、政府は払い下げを取り消し、政府に批判的だった大隈重信らが下野した明治十四年の政変は、自由民権運動が盛り上がる切っ掛けの一つになった。この史実を背景にした「愚民の自由」は、左之助と自由党の党員・近江十郎の交流が描かれる。幕末という〝政治の季節〟に青春時代を送った左之助は、政府の圧力に屈せず庶民が政治に参加する重要性を語る近江を青臭いと思いながら、熱い志にシンパシーを抱いていた。そんな左之助の前に斎藤が現れ、政府に国会開設、憲法制定などを要求する自由民権運動は、庶民による下からの改革ではなく、旧薩摩、長州の藩士に政府の要職を奪われた旧土佐、肥前出身者による失地回復の手段に過ぎず、維新の勝ち組に踊らされている若者も多いという裏の事情を語る。ここから近江を挟んで左之助と斎藤の綱引きが始まるが、その先に待ち受けているのは、小さな個人は政治とどのようにかかわるべきなのかという普遍的な問い掛けである。本作を読むと、自分の意思決定は自身の決断でなされているのか、それとも何らかのプロパガンダの影響を受けているのか疑ってしまうのではないか。

　留守中に左之助の店を訪れた山崎が、お皐と二人だけでいるところを左之助に目撃され、間男を疑われても仕方ない状況が描かれる「淑女の本懐」は、女性の貞操が重要な鍵になっている。鹿鳴館《ろくめいかん》の夜会に出た山崎に山県有朋が近付き、お雇い外国人の医師ベルツの助手ヨーゼフは「異国の間諜」で、山県の命令で釘《くぎ》を刺しに行った二人の日本人を殺したという。不平等条約に守られているヨーゼフを密かに始末したい山県は、まだ鹿鳴館近くにいるであろうヨーゼフを探し出すよう山崎に命じた。わずかな手掛かりからヨーゼフの居場所を突き止める山崎と斎藤の推理は切れ味鋭いが、現場に踏み込むと中に女がいた。弄ばれていたと思われた女がヨーゼフといた予想外の理由を語る終盤になると、明治維新は男が立身出世するシステムを作ったが、女性は変わらず抑圧され搾取されている現実を浮かび上がらせていく。男に有利な社会構造は現在も続いており、本作を読むとジェンダーギャップをどのように解消すべきかを考えてしまうだろう。

最終話「至誠の輪廻」は、山県有朋に公家《くげ》らしき男を紹介された斎藤が、その公家が計画する伊藤博文暗殺を手助けするよう頼まれる。間もなく開催される国会で伊藤は初代内閣総理大臣になると目されていて、同じ長州閥の山県が幕末維新の動乱期に苦楽を共にした伊藤の暗殺に協力する理由が分からない。この謎《なぞ》が解けないまま、公家らしき男の暗殺計画は実行の時を迎えるが、その前に左之助が立ちはだかる。

といっても左之助が伊藤を助けようとするのは、政治信条に共感したからでも、人物に魅《ひ》かれていたからでもない。明治維新は、薩摩、長州などの若き藩士たちが旧弊な江戸幕府を倒した改革ではなく、冷遇されていた外様《とざま》の雄藩が幕府から権力を奪ったに過ぎなかった。そのため薩摩、長州の出身なら官吏として出世するのも、政府から優遇してもらえるので民間企業を興して金儲《かねもう》けをするのも夢ではなかった。その一方で、かつて薩長に逆らった旧幕臣や佐幕派の藩士たちは、厳しい生活を強いられるケースも少なくなかった。出身地や有力者とのコネがあるかないかで将来が決まった明治初期は、住んでいる場所が大都市か地方か、親が金持ちか貧しいかで進学や就職、出世に差が出る現代に近い。こうした激変する時代の流れの中で、斎藤と山崎は生きるために新政府側に付いたが、仲間の遺志を受け継ぐ左之助は、「士道」を貫き不逞《ふてい》浪士から京の庶民を守った新撰組が掲げた「至誠」を守ろうとする。左之助が伊藤の命を守ろうとするのは、斎藤と山崎の行動が「至誠」とかけ離れてしまったからにほかならない。

下級武士から〝維新の元勲〟に成り上がった山県や伊藤、政商となり莫大《ばくだい》な富を蓄えた五代、岩崎弥太郎《いわさきやたろう》らと比べると、死ぬ機会を逸し東京の片隅で客の少ない古物商を営む左之助は〝負け組〟といえる。そんな左之助が、ラスボスの政府要人と槍を交えるクライマックスは、新撰組の「至誠」と虚飾に満ちた明治の相克を象徴的に描いており強く印象に残る。等身大の左之助の戦いは、自分を律する規範と社会の漠然とした空気の是非を見極める目を持てば、誰もが美しく生きられることを示してくれているのである。

（すえくに・よしみ　文芸評論家）

本書は、二〇一九年八月、集英社より刊行されました。

初出「小説すばる」
至誠の残滓　二〇一五年五月号
残党の変節　二〇一六年九月号
闇夜の盛衰　二〇一六年十二月号
富者の懊悩　二〇一七年四月号
愚民の自由　二〇一七年七月号
淑女の本懐　二〇一七年十二月号
至誠の輪廻　二〇一八年七、十一月号

集英社文庫

至誠《しせい》の残滓《ざんし》

2022年11月25日　第1刷　　定価はカバーに表示してあります。

著　者　矢野《やの》　隆《たかし》

発行者　樋口尚也

発行所　株式会社　集英社
東京都千代田区一ツ橋2-5-10　〒101-8050
電話　【編集部】03-3230-6095
【読者係】03-3230-6080
【販売部】03-3230-6393(書店専用)

印　刷　凸版印刷株式会社

製　本　凸版印刷株式会社

フォーマットデザイン　アリヤマデザインストア　　マークデザイン　居山浩二

ISBN978-4-08-744455-1 C0193